MEISTER FLOH

E.T.A. Hoffmann

MEISTER FLOH

Ein Märchen in sieben Abenteuern zweier Freunde

Illustriert von Otto Nückel

Faber & Faber

ERSTES ABENTEUER

EINLEITUNG
WORIN DER GENEIGTE LESER SO VIEL AUS DEM LEBEN DES HERRN PEREGRINUS TYSS ERFÄHRT, ALS IHM ZU WISSEN NÖTIG. – DIE WEIHNACHTS-BESCHERUNG BEI DEM BUCHBINDER LÄMMERHIRT IN DER KALBÄCHER GASSE UND BEGINN DES ERSTEN ABENTEUERS. – DIE BEIDEN ALINEN.

Es war einmal – welcher Autor darf es jetzt wohl noch wagen, sein Geschichtlein also zu beginnen. – »Veraltet! – Langweilig!« – so ruft der geneigte oder vielmehr ungeneigte Leser, der nach des alten römischen Dichters weisen Rat gleich medias in res versetzt sein will. Es wird ihm dabei zumute, als nehme irgendein weitschweifiger Schwätzer von Gast, der eben eingetreten, breiten Platz und räuspre sich aus, um seinen endlosen Sermon zu beginnen, und er klappt unwillig das Buch zu, das er kaum aufgeschlagen. Gegenwärtiger Herausgeber des wunderbaren Märchens von Meister Floh meint nun zwar, daß jener Anfang sehr gut und eigentlich der beste jeder Geschichte sei, weshalb auch die vortrefflichsten Märchenerzähler, als da sind Ammen, alte Weiber u.a. sich desselben jederzeit bedient haben, da aber jeder Autor vorzugsweise schreibt, um gelesen zu werden, so will er (besagter Herausgeber nämlich) dem günstigen Leser durchaus nicht die Lust benehmen, wirklich sein Leser zu sein. Er sagt demselben daher gleich ohne alle weitere Umschweife, daß demselben Peregrinus Tyß, von dessen seltsamen Schicksalen diese Geschichte handeln wird, an keinem Weihnachtsabende das Herz so geklopft hatte vor banger freudiger Erwartung, als gerade an demjenigen, mit welchem die Erzählung seiner Abenteuer beginnt.

Peregrinus befand sich in einer dunklen Kammer, die neben dem Prunkzimmer belegen, wo ihm der Heilige Christ einbeschert zu werden pflegte. Dort schlich er bald leise auf und ab, lauschte auch wohl ein wenig an der Türe, bald setzte er sich still hin in den Winkel und zog mit geschlossenen Augen die mystischen Düfte des Marzipans, der Pfefferkuchen ein, die aus dem Zimmer strömten. Dann durchbebten ihn süße heimliche Schauer, wenn, indem er schnell wieder die Augen öffnete, ihn die hellen Lichtstrahlen blendeten, die, durch die Ritzen der Türe hineinfallend, an der Wand hin und her hüpften.

Endlich erklang das silberne Glöcklein, die Türe des Zimmers wurde geöffnet, und hinein stürzte Peregrinus in ein ganzes Feuermeer von bunt flackernden Weihnachtslichtern. – Ganz erstarrt blieb Peregrinus vor dem Tische stehen, auf dem die schönsten Gaben in gar hübscher zierlicher Ordnung aufgestellt waren, nur ein lautes – Ach! drängte sich aus seiner Brust hervor. Noch nie hatte der Weihnachtsbaum solche reiche Früchte getragen; denn alles Zuckerwerk, wie es nur Namen haben mag, und dazwischen manche goldne Nuß, mancher goldne Apfel aus den Gärten der Hesperiden hing an den Ästen, die sich beugten unter der süßen Last. Der Vorrat von dem auserlesensten Spielzeug, schönem bleiernen Militär, ebensolcher Jägerei, aufgeschlagenen Bilderbüchern usw. ist gar nicht zu beschreiben. Noch wagte er es nicht, irgend etwas

von dem ihm bescherten Reichtum zu berühren, er konnte sich nur mühen, sein Staunen zu besiegen, den Gedanken des Glücks zu erfassen, daß das alles nun wirklich sein sei. 7

»O meine lieben Eltern! – o meine gute Aline!« So rief Peregrinus im Gefühl des höchsten Entzückens. »Nun«, erwiderte Aline, »hab ich's so recht gemacht, Peregrinchen? – Freuest du dich auch recht von Herzen, mein Kind? – Willst du nicht all die schöne Ware näher betrachten, willst du nicht das neue Reitpferd, den hübschen Fuchs hier, versuchen?«

»Ein herrliches Pferd«, sprach Peregrinus, das aufgezäumte Steckenpferd mit Freudentränen in den Augen betrachtend, »ein herrliches Pferd, echt arabische Rasse.« Er bestieg denn auch sogleich das edle stolze Roß; mochte Peregrinus aber sonst auch ein vortrefflicher Reuter sein, er mußte es diesmal in irgend etwas verfehlt haben, denn der wilde Pontifex (so war das Pferd geheißen) bäumte sich schnaubend und warf ihn ab, daß er kläglich die Beine in die Höhe streckte. Noch ehe indessen die zum Tode erschrockene Aline ihm zu Hülfe springen konnte, hatte Peregrinus sich schon emporgerafft und den Zügel des Pferdes ergriffen, das eben, hinten ausschlagend, durchgehen wollte. Aufs neue schwang sich Peregrinus nun auf und brachte, alle Reiterkünste aufbietend und mit Kraft und Geschick anwendend, den wilden Hengst so zur Vernunft, daß er zitterte, keuchte, stöhnte, in Peregrinus seinen mächtigen Zwangherrn erkannte. – Aline führte, als Peregrinus abgesessen, den Gebeugten in den Stall.

Die etwas stürmische Reiterei, die im Zimmer, vielleicht im ganzen Hause einen unbilligen Lärm verursacht, war nun vorüber, und Peregrinus setzte sich an den Tisch, um ruhig die andern glänzenden Gaben in näheren Augenschein zu nehmen. Mit Wohlbehagen verzehrte Peregrinus einigen Marzipan, indem er diese, jene Gliederpuppe ihre Künste machen ließ, in dieses, jenes Bilderbuch kuckte, dann Heerschau hielt über seine Armee, die er sehr zweckmäßig uniformiert und mit Recht deshalb unüberwindlich fand, weil kein einziger Soldat einen Magen im Leibe, zuletzt aber fortschritt

zum Jagdwesen. Mit Verdruß gewahrte er jetzt, daß nur eine Hasen- und Fuchsjagd vorhanden, die Hirschjagd sowie die
8 wilde Schweinsjagd aber durchaus fehlte. Auch diese Jagd mußte ja da sein, keiner konnte das besser wissen als Peregrinus, der alles selbst mit unsäglicher Mühe und Sorgfalt eingekauft. –

Doch! – höchst nötig scheint es, den günstigen Leser vor den ärgsten Mißverständnissen zu bewahren, in die er geraten könnte, wenn der Autor ins Gelag hinein weitererzählte, ohne daran zu denken, daß er wohl weiß, was es mit der ganzen Weihnachts-Ausstellung, von der gesprochen wird, für ein Bewandtnis hat, nicht aber der gütige Leser, der eben erfahren will, was er nicht weiß.

Sehr irren würde jeder, welcher glauben sollte, daß Peregrinus Tyß ein Kind sei, dem die gütige Mutter oder sonst ein ihm zugewandtes weibliches Wesen, romantischerweise Aline geheißen, den Heiligen Christ beschert. – Nichts weniger als das! –

Herr Peregrinus Tyß hatte sechsunddreißig Jahre erreicht und daher beinahe die besten. Sechs Jahre früher hieß es von ihm, er sei ein recht hübscher Mensch, jetzt nannte man ihn mit Recht einen Mann von feinem Ansehen; immer, damals und jetzt wurde aber von allen getadelt, daß Peregrinus zu sehr sich zurückziehe, daß er das Leben nicht kenne und daß er offenbar an einem krankhaften Trübsinn leide. Väter, deren Töchter eben mannbar, meinten, daß der gute Tyß, um sich von seinem Trübsinn zu heilen, nichts Besseres tun könne als heiraten; er habe ja freie Wahl und einen Korb nicht so leicht zu fürchten. Der Väter Meinung war wenigstens hinsichts des letztern Punkts insofern richtig, als Herr Peregrinus Tyß außerdem, daß er, wie gesagt, ein Mann von feinem Ansehen war, ein sehr beträchtliches Vermögen besaß, das ihm sein Vater, Herr Balthasar Tyß, ein sehr angesehener Kaufherr, hinterlassen. Solchen hochbegabten Männern pflegt ein Mädchen, das, was Liebe betrifft, über die Überschwenglichkeit hinaus, das heißt wenigstens drei- bis vierundzwanzig Jahre alt geworden ist, auf die unschuldige Frage: »Wollen Sie mich mit Ihrer Hand beglücken, o Teure?« selten anders als mit roten Wangen und niedergeschlagenen Augen zu antworten: »Sprechen Sie mit meinen lieben Eltern, ihrem Befehl gehorche ich allein, ich habe keinen Willen!« Die Eltern falten aber die Hände und sprechen: »Wenn es Gottes Wille ist, wir haben nichts dagegen, Herr Sohn!« –

Zu nichts weniger schien aber Herr Peregrinus Tyß aufgelegt als zum Heiraten. Denn außerdem, daß er überhaupt im allgemeinen menschenscheu war, so bewies er insbesondere eine seltsame Idiosynkrasie gegen das weibliche Geschlecht. Die Nähe eines Frauenzimmers trieb ihm Schweißtropfen auf die Stirne, und wurde er vollends von einem jungen genugsam hübschen Mädchen angeredet, so geriet er in eine Angst, die ihm die Zunge band und ein krampfhaftes Zittern durch alle Glieder verursachte. Ebendaher mocht' es auch kommen, daß seine alte Aufwärterin von solch seltener Häßlichkeit war, daß sie in dem Revier, wo Herr Peregrinus Tyß wohnte, vielen für eine naturhistorische Merkwürdigkeit galt. Sehr gut stand das schwarze struppige, halb ergraute Haar zu den roten triefenden Augen, sehr gut die dicke Kupfernase zu den bleichblauen Lippen, um das Bild einer Blocksberg-Aspirantin zu vollenden, so daß sie ein paar Jahrhunderte früher schwerlich dem Scheiterhaufen entgangen sein würde, statt daß sie jetzt von Herrn Peregrinus Tyß und wohl auch noch von andern für eine sehr gutmütige Person gehalten wurde. Dies war sie auch in der Tat und ihr daher wohl nachzusehen, daß sie zu ihres Leibes Nahrung und Notdurft in die Stundenreihe des Tages so manches Schnäpschen einflocht und vielleicht auch zu oft eine ungeheure schwarzlackierte Dose aus dem Brusttuch hervorzog und die ansehnliche Nase reichlich mit echtem Offenbacher fütterte. Der geneigte Leser hat bereits bemerkt, daß diese merkwürdige Person ebendieselbe Aline ist, die die Weihnachtsbescherung veranstaltet. Der Himmel weiß, wie sie zu dem berühmten Namen der Königin von Golkonda gekommen. –

Verlangten aber nun Väter, daß der reiche, angenehme Herr Peregrinus Tyß seiner Weiberscheu entsage und sich ohne weiteres vereheliche, so sprachen dagegen wieder alte Hagestolze, daß Herr Peregrinus ganz recht tue, nicht zu heiraten, da seine Gemütsart nicht dazu tauge.

Schlimm war es aber, daß viele bei dem Worte »Gemütsart« ein sehr geheimnisvolles Gesicht machten und auf näheres Befragen nicht undeutlich zu verstehen gaben, daß Herr Peregrinus Tyß leider zuweilen was weniges überschnappe, ein Fehler, der ihm schon von früher Jugend anklebe. – Die vielen Leute, die den armen Peregrinus für übergeschnappt hielten, gehörten vorzüglich zu denjenigen, welche fest überzeugt sind, daß auf der großen Landstraße des Lebens, die man der Vernunft, der Klugheit gemäß einhalten müsse, die Nase der beste Führer und Wegweiser sei, und die lieber Scheuklappen anlegen als sich verlocken lassen von manchem duftenden Gebüsch, von manchem blumichten Wiesenplätzlein, das nebenher liegt.

Wahr ist es freilich, daß Herr Peregrinus manches Seltsame in und an sich trug, in das sich die Leute nicht finden konnten.

Es ist schon gesagt worden, daß der Vater des Herrn Peregrinus Tyß ein sehr reicher angesehener Kaufmann war, und wenn noch hinzugefügt wird, daß derselbe ein sehr schönes Haus auf dem freundlichen Roßmarkt besaß, und daß in diesem Hause und zwar in demselben Zimmer, wo dem kleinen Peregrinus stets der Heilige Christ einbeschert wurde, auch diesmal der erwachsene Peregrinus die Weihnachtsgaben in Empfang nahm, so ist gar nicht daran zu zweifeln, daß der Ort, wo sich die wundersamen Abenteuer zutrugen, die in dieser Geschichte erzählt werden sollen, kein anderer ist als die berühmte schöne Stadt Frankfurt am Main. –

Von den Eltern des Herrn Peregrinus ist eben nichts Besonderes zu sagen, als daß es rechtliche stille Leute waren, denen niemand etwas anders als Gutes nachsagen konnte. Die unbegrenzte Hochachtung, welche Herr Tyß auf der Börse genoß, verdankte er dem Umstande, daß er stets richtig und sicher spekulierte, daß er eine große Summe nach der andern gewann, dabei aber nie vorlaut wurde, sondern bescheiden blieb, wie er gewesen, und niemals mit seinem Reichtum prahlte, sondern ihn nur dadurch bewies, daß er weder um geringes noch um vieles knickerte und die Nachsicht selbst war gegen insolvente Schuldner, die ins Unglück geraten, sei es auch verdienterweise. –

Sehr lange Zeit war die Ehe des Herrn Tyß unfruchtbar geblieben, bis endlich nach beinahe zwanzig Jahren die Frau Tyß ihren Eheherrn mit einem tüchtigen hübschen Knaben erfreute, welches eben unser Herr Peregrinus Tyß war.

Man kann denken, wie grenzenlos die Freude der Eltern war, und noch jetzt sprechen alle Leute in Frankfurt von dem herrlichen Tauffeste, das der alte Tyß gegeben und an welchem der edelste urälteste Rheinwein kredenzt worden, als gelt' es ein Krönungsmahl. Was aber dem alten Herrn Tyß noch mehr nachgerühmt wird, ist, daß er zu jenem Tauffeste ein paar Leute geladen, die in feindseliger Gesinnung ihm gar öfters wehe getan hatten, dann aber andere, denen er wehe getan zu haben glaubte, so daß der Schmaus ein wirkliches Friedens- und Versöhnungsfest wurde.

Ach! – der gute Herr Tyß wußte, ahnte nicht, daß dasselbe Knäblein, dessen Geburt ihn so erfreute, ihm so bald Kummer und Not verursachen würde.

Schon in der frühsten Zeit zeigte der Knabe Peregrinus eine ganz besondere Gemütsart. Denn nachdem er einige Wochen hindurch Tag und Nacht ununterbrochen geschrieen, ohne daß irgendein körperliches Übel zu entdecken, wurde er plötzlich still und erstarrte zur regungslosen Unempfindlichkeit. Nicht des mindesten Eindrucks schien er fähig, nicht zum Lächeln, nicht zum Weinen verzog sich das kleine Antlitz, das einer leblosen Puppe anzugehören schien. Die Mutter behauptete, daß sie sich versehen an dem alten Buchhalter, der schon seit zwanzig Jahren stumm und starr mit demselben leblosen Gesicht im Comptoir vor dem Hauptbuch säße, und vergoß viele heiße Tränen über das kleine Automat.

Endlich geriet eine Frau Pate auf den glücklichen Gedanken, dem kleinen Peregrinus einen sehr bunten und, im Grunde genommen, häßlichen Harlekin mitzubringen. Des Kindes Augen belebten sich auf wunderbare Art, der Mund verzog sich zum sanften Lächeln, es griff nach der Puppe und drückte sie zärtlich an sich, als man sie ihm gab. Dann schaute der Knabe wieder das bunte Männlein an, mit solchen klugen beredten Blicken, daß es schien, als sei plötzlich Empfindung und Verstand in ihm erwacht, und zwar zu höherer Lebendigkeit, als es wohl bei Kindern des Alters gewöhnlich. »Der ist zu klug«, sprach die Frau Pate, »den werdet ihr nicht erhalten! – Betrachtet doch nur einmal seine Augen, der denkt schon viel mehr, als er soll!«

Dieser Ausspruch tröstete gar sehr den alten Herrn Tyß, der sich schon einigermaßen darin gefunden, daß er nach vielen Jahren vergeblicher Hoffnung einen Einfaltspinsel erzielt; doch bald kam er in neue Sorge.

Längst war nämlich die Zeit vorüber, in der die Kinder gewöhnlich zu sprechen beginnen, und noch hatte Peregrinus keinen Laut von sich gegeben. Man würde ihn für taubstumm gehalten haben, hätte er nicht manchmal den, der zu ihm

sprach, mit solchem aufmerksamen Blick angeschaut, ja durch freudige, durch traurige Mienen seinen Anteil zu erkennen gegeben, daß gar nicht daran zu zweifeln, wie er nicht allein hör- 13
te, sondern auch alles verstand. – In nicht geringes Erstaunen geriet indessen die Mutter, als sie bestätigt fand, was ihr die Wärterin gesagt. – Zur Nachtzeit, wenn der Knabe im Bette lag und sich unbehorcht glaubte, sprach er für sich einzelne Wörter, ja ganze Redensarten und zwar so wenig Kauderwelsch, daß man schon eine lange Übung voraussetzen konnte. Der Himmel hat den Frauen einen ganz besondern sichern Takt verliehen, die menschliche Natur, wie sie sich im Aufkeimen bald auf diese, bald auf jene Weise entwickelt, richtig aufzufassen, weshalb sie auch, wenigstens für die ersten Jahre des Kindes, in der Regel bei weitem die besten Erzieherinnen sind. Diesem Takt gemäß war auch Frau Tyß weit entfernt, dem Knaben ihre Beobachtung merken zu lassen und ihn zum Sprechen zwingen zu wollen, vielmehr wußte sie es auf andere geschickte Weise dahin zu bringen, daß er von selbst das schöne Talent des Sprechens nicht mehr verborgen hielt, sondern leuchten ließ vor der Welt und zu aller Verwunderung zwar langsam, aber deutlich sich vernehmen ließ. Doch zeigte er gegen das Sprechen stets einigen Widerwillen und hatte es am liebsten, wenn man ihn still für sich allein ließ. –

Auch dieser Sorge wegen des Mangels der Sprache war daher Herr Tyß überhoben, doch nur, um später in noch viel größere zu geraten. Als nämlich das Kind Peregrinus, zum Knaben herangewachsen, tüchtig lernen sollte, schien es, als ob ihm nur mit der größten Mühe etwas beizubringen. Wunderbar ging es mit dem Lesen und Schreiben wie mit dem Sprechen; erst wollte es durchaus nicht gelingen, und dann konnt' er es mit einem Mal ganz vortrefflich und über alle Erwartung. Später verließ indessen ein Hofmeister nach dem andern das Haus, nicht, weil der Knabe ihnen mißbehagte, sondern weil sie sich in seine Natur nicht finden konnten. Peregrinus war still, sittig, fleißig, und doch war an ein eigentliches systematisches Lernen, wie es die Hofmeister haben wollten, gar nicht zu denken, da er nur dafür Sinn hatte, nur dem sich mit ganzer Seele hingab, was gerade sein inneres Gemüt in Anspruch nahm, und alles übrige spurlos bei sich vorübergehen ließ. Das, was sein Gemüt ansprach, war nun aber alles Wunderbare, alles, was seine Fantasie erregte, in dem er dann lebte und webte. – So hatte er z.B. einst einen Aufriß der Stadt Peking mit allen Straßen, Häusern usw., der die ganze Wand seines Zimmers einnahm, zum Geschenk erhalten. Bei dem Anblick der märchenhaften Stadt, des wunderlichen Volks, das sich durch die Straßen zu drängen schien, fühlte Peregrinus sich wie durch einen Zauberschlag in eine andre Welt versetzt, in der er heimisch werden mußte. Mit heißer Begierde fiel er über alles her, was er über China, über die Chinesen, über Peking habhaft werden konnte, mühte sich, die chinesischen Laute, die er irgendwo aufgezeichnet fand, mit feiner singender Stimme der Beschreibung gemäß nachzusprechen, ja, er suchte mittels der Papierschere seinem Schlafröcklein, von dem schönsten Kalmank, möglichst einen chinesischen Zuschnitt zu geben, um der Sitte gemäß mit Entzücken in den Straßen von Peking umherwandeln zu können. Alles übrige konnte durchaus nicht seine Aufmerksamkeit reizen, zum großen Verdruß des Hofmeisters, der eben ihm die Geschichte des Bundes der Hansa beibringen wollte, wie es der alte Herr Tyß ausdrücklich gewünscht, der nun zu seinem Leidwesen erfahren mußte, daß Peregrinus nicht aus Peking fortzubringen, weshalb er denn Peking selbst fortbringen ließ aus dem Zimmer des Knaben. –

Für ein schlimmes Omen hatte es der alte Herr Tyß schon gehalten, daß als kleines Kind Peregrinus Rechenpfennige lieber hatte als Dukaten, dann aber gegen große Geldsäcke und Hauptbücher und Strazzen einen entschiedenen Abscheu bewies. Was aber am seltsamsten schien, war, daß er das Wort: Wechsel nicht aussprechen hören konnte, ohne krampfhaft zu erbeben, indem er versicherte, es sei ihm dabei so, als kratze man mit der Spitze des Messers auf einer Glasscheibe hin und her. Zum Kaufmanne, das mußte Herr Tyß einsehen, war daher Peregrinus von Haus aus verdorben, und so gern er es gesehen, daß der Sohn in seine Fußstapfen getreten, so stand er doch gern ab von diesem Wunsch, in der Voraussetzung, daß Peregrinus sich einem bestimmten Fach widmen werde. Herr Tyß hatte den Grundsatz, daß der reichste Mann ein Geschäft und durch dasselbe einen bestimmten Standpunkt im Leben haben müsse; geschäftslose Leute waren ihm ein Greuel, und eben zu dieser Geschäftslosigkeit neigte sich Peregrinus, bei allen Kenntnissen, die er nach seiner eigenen Weise erwarb und die chaotisch durcheinanderlagen, gänzlich hin. Das war nun des alten Tyß größte und drückendste Sorge. – Peregrinus wollte von der wirklichen Welt nichts wissen, der Alte lebte nur in ihr, und nicht anders konnt' es geschehen, als daß sich daraus, je älter Peregrinus wurde, ein desto ärgerer Zwiespalt entspann zwischen Vater und Sohn, zu nicht geringem Leidwesen der Mutter, die dem Peregrinus, der sonst gutmütig, fromm, der beste Sohn, sein ihr freilich unverständliches Treiben in lauter Einbildungen und Träumen herzlich gönnte und nicht begreifen konnte, warum ihm der Vater durchaus ein bestimmtes Geschäft aufbürden wollte.

Auf den Rat bewährter Freunde schickte der Tyß den Sohn nach der Universität Jena, aber als er nach drei Jahren wiederkehrte, da rief der alte Herr voller Ärger und Grimm: »Hab' ich's nicht gedacht! Hans der Träumer ging hin, Hans der Träumer kehrt zurück!« – Herr Tyß hatte insofern ganz recht, als Peregrinus in seinem ganzen Wesen sich ganz und gar nicht verändert hatte, sondern völlig derselbe geblieben. – Doch gab Herr Tyß die Hoffnung noch nicht auf, den ausgearteten Peregrinus zur Vernunft zu bringen, indem er meinte, daß, würde er erst mit Gewalt hineingestoßen in das Geschäft, er vielleicht doch am Ende Gefallen daran finden und anderes Sinnes werden könne. – Er schickte ihn mit Aufträgen nach Hamburg, die eben nicht sonderliche Handelskenntnisse erforderten, und empfahl ihn überdies einem dortigen Freunde, der ihm in allem treulich beistehen sollte. Peregrinus kam nach Hamburg, gab nicht allein den Empfehlungsbrief, sondern auch alle

Papiere, die seine Aufträge betrafen, dem Handelsfreunde seines Vaters in die Hände und verschwand darauf, niemand wußte wohin.

Der Handelsfreund schrieb darauf an Herrn Tyß: »Ich habe Dero Geehrtes vom – durch Ihren Herrn Sohn richtig erhalten. Derselbe hat sich aber nicht weiter blicken lassen, sondern ist schnell von Hamburg abgereist, ohne Auftrag zu hinterlassen. – In Pfeffern geht hier wenig um, Baumwolle ist flau, in Kaffee nur nach Mittelsorte Frage, dagegen erhält sich der Melis angenehm, und auch im Indigo zeigt sich fortwährend divers gute Meinung. Ich habe die Ehre etc.«

Dieser Brief hätte Herrn Tyß und seine Ehegattin nicht wenig in Bestürzung gesetzt, wäre nicht mit derselben Post ein Brief von dem verlornen Sohn selbst angelangt, in dem er sich mit den wehmütigsten Ausdrücken entschuldigte, daß es ihm ganz unmöglich gewesen, die erhaltenen Aufträge nach dem Wunsche des Vaters auszurichten, und daß er sich unwiderstehlich hingezogen gefühlt habe nach fernen Gegenden, aus denen er nach Jahresfrist glücklicher und froher in die Heimat zurückzukehren hoffe.

»Es ist gut«, sprach der alte Herr, »daß der Junge sich umsieht in der Welt, da werden sie ihn wohl herausrütteln aus seinen Träumereien.« Auf die von der Mutter geäußerte Besorgnis, daß es dem Sohne doch an Geld fehlen könne zur großen Reise und daß daher sein Leichtsinn, nicht geschrieben zu haben, wohin er sich begebe, sehr zu tadeln, erwiderte aber der Alte lachend: »Fehlt es dem Jungen an Gelde, so wird er sich desto eher mit der wirklichen Welt befreunden, und hat er uns nicht geschrieben, wohin er reisen will, so weiß er doch, wo *uns* seine Briefe treffen.« –

Es ist unbekannt geblieben, wohin Peregrinus eigentlich seine Reise gerichtet; manche wollen behaupten, er sei in dem fernen Indien gewesen, andere meinen dagegen, er habe sich das nur eingebildet; so viel ist gewiß, daß er weit weg gewesen sein muß, denn nicht so, wie er den Eltern versprochen, nach Jahresfrist, sondern erst nach Verlauf voller dreier Jahre kehrte

Peregrinus zurück nach Frankfurt und zwar zu Fuß, in ziemlich ärmlicher Gestalt. Er fand das elterliche Haus fest verschlossen, und niemand rührte sich darin, er mochte klingeln und klopfen, so viel er wollte.

Da kam endlich der Nachbar von der Börse, den Peregrinus augenblicklich fragte, ob Herr Tyß vielleicht verreiset. Der Nachbar prallte aber ganz erschrocken zurück und rief: »Herr Peregrinus Tyß! – sind Sie es? kommen Sie endlich? – wissen Sie denn nicht?« –

Genug, Peregrinus erfuhr, daß während seiner Abwesenheit beide Eltern hintereinander gestorben, daß die Gerichte den Nachlaß in Beschlag genommen und ihn, dessen Aufenthalt gänzlich unbekannt gewesen, öffentlich aufgefordert, nach Frankfurt zurückzukehren und die Erbschaft des Vaters in Empfang zu nehmen.

Sprachlos blieb Peregrinus vor dem Nachbar stehen; zum ersten Mal durchschnitt der Schmerz des Lebens seine Brust, zertrümmert sah er die schöne glänzende Welt, in der er sonst lustig gehauset.

Der Nachbar gewahrte wohl, wie Peregrinus gänzlich unfähig, auch nur das Kleinste, was jetzt nötig, zu beginnen. Er

nahm ihn daher in sein Haus und besorgte selbst in möglicher Schnelle alles, so daß noch denselben Abend Peregrinus sich
18 in dem elterlichen Hause befand.

Ganz erschöpft, ganz vernichtet von einer Trostlosigkeit, die er noch nicht gekannt, sank er in den großen Lehnstuhl des Vaters, der noch an derselben Stelle stand, wo er sonst gestanden; da sprach eine Stimme: »Es ist nur gut, daß Sie wieder da sind, lieber Herr Peregrinus. – Ach, wären Sie nur früher gekommen!«

Peregrinus schaute auf und gewahrte dicht vor sich die Alte, die sein Vater vorzüglich deshalb, weil sie wegen ihrer furchtbaren Häßlichkeit schwer einen Dienst finden konnte, in seiner frühen Kindheit als Wärterin angenommen und die das Haus nicht wieder verlassen hatte.

Lange starrte Peregrinus das Weib an, endlich begann er, seltsam lächelnd: »Bist du es, Aline? – Nicht wahr, die Eltern leben noch?« Damit stand er auf, ging durch alle Zimmer, betrachtete jeden Stuhl, jeden Tisch, jedes Bild usw. Dann sprach er ruhig: »Ja, es ist noch alles so, wie ich es verlassen, und so soll es auch bleiben!«

Von diesem Augenblick begann Peregrinus das seltsame Leben, wie es gleich anfangs angedeutet. Zurückgezogen von aller Gesellschaft, lebte er mit seiner alten Aufwärterin in dem großen geräumigen Hause, in tiefster Einsamkeit, erst ganz allein, bis er später ein paar Zimmer einem alten Mann, der des Vaters Freund gewesen, mietweise abtrat. Dieser Mann schien ebenso menschenscheu wie Peregrinus. Grund genug, warum sich beide, Peregrinus und der Alte, sehr gut vertrugen, da sie sich niemals sahen.

Es gab nur vier Familienfeste, die Peregrinus sehr feierlich beging, und das waren die beiden Geburtstage des Vaters und der Mutter, der erste Osterfeiertag und sein eignes Tauffest. An diesen Tagen mußte Aline einen Tisch für so viele Personen, als der Vater sonst eingeladen, und dieselben Schüsseln, die gewöhnlich aufgetragen worden, bereiten, sowie denselben Wein aufsetzen lassen, wie ihn der Vater gegeben. Es versteht sich, daß dasselbe Silber, dieselben Teller, dieselben Gläser, wie alles damals gebraucht worden und wie es sich noch unversehrt im Nachlasse befand, auch jetzt nach der so viele Jahre hindurch üblichen Weise gebraucht werden mußte. Peregrinus hielt strenge darauf. War die Tafel fertig, so setzte sich Peregrinus ganz allein hinan, aß und trank nur wenig, horchte auf die Gespräche der Eltern, der eingebildeten Gäste und antwortete nur bescheiden auf diese, jene Frage, die jemand aus der Gesellschaft an ihn richtete. Hatte die Mutter den Stuhl gerückt, so stand er mit den übrigen auf und empfahl sich jedem auf die höflichste Weise. – Er ging dann in ein abgelegenes Zimmer und überließ seiner Aline die Verteilung der vielen nicht angerührten Schüsseln und des Weins an Hausarme, welches Gebot des Herrn die treue Seele gar gewissenhaft auszuführen pflegte. Die Feier der Geburtstage des Vaters und der Mutter begann Peregrinus schon am frühen Morgen damit, daß er, wie es sonst zu seiner Knabenzeit geschehen, einen schönen Blumenkranz in das Zimmer trug, wo die Eltern zu frühstücken pflegten, und auswendig gelernte Verse hersagte. – An seinem eignen Tauffeste konnte er sich natürlicherweise nicht an die Tafel setzen, da er nicht längst geboren. Aline musste daher alles allein besorgen, d. h. die Gäste zum Trinken nötigen, überhaupt, wie man zu sagen pflegt, die Honneurs der Tafel machen; sonst geschah alles wie bei den übrigen Festen. – Außer denselben gab es aber noch für Peregrinus einen besondern Freudentag oder vielmehr Freudenabend im Jahre, und das war die Weihnachtsbescherung, die mehr als jede andere Lust sein junges Gemüt in süßem frommen Entzücken aufgeregt hatte.

Selbst kaufte er sorgsam bunte Weihnachtslichter, Spielsachen, Naschwerk ganz in dem Sinn ein, wie es die Eltern ihm in seinen Knabenjahren beschert hatten, und dann ging die Bescherung vor sich, wie es der geneigte Leser bereits erfahren. –

»Sehr unlieb«, sprach Peregrinus, nachdem er noch einige Zeit gespielt, »sehr unlieb ist es mir doch, daß die Hirsch- und wilde Schweinsjagd abhanden gekommen. Wo sie nur geblieben sein mag! – Ach! – sieh da!« Er gewahrte in dem Augenblick eine noch ungeöffnete Schachtel, nach welcher er schnell griff, die vermisste Jagd darin vermutend; als er sie indessen öffnete, fand er sie leer und fuhr zurück, als durchbebe ihn ein jäher Schreck. –

»Seltsam«, sprach er dann leise vor sich hin, »seltsam! was ist es mit dieser Schachtel? war es mir doch, als spränge mir daraus etwas Bedrohliches entgegen, das mit dem Blick zu erfassen, mein Auge zu stumpf war!«

Aline versicherte auf Befragen, daß sie die Schachtel unter den Spielsachen gefunden, indessen alle Mühe vergeblich angewandt hätte, sie zu öffnen; geglaubt habe sie daher, daß darin etwas Besonderes enthalten und der Deckel nur der kunstverständigen Hand des Herrn weichen werde. »Seltsam«, wiederholte Peregrinus, »sehr seltsam! – Und auf diese Jagd hatte ich mich ganz besonders gefreut; ich hoffe nicht, daß das etwas Böses bedeuten dürfte! – Doch wer wird am Weihnachtsabend solchen Grillen nachhängen, die doch eigentlich gar keinen Grund haben! – Aline, bringe Sie den Korb!« – Aline brachte alsbald einen großen weißen Henkelkorb herbei, in den Peregrinus mit vieler Sorglichkeit die Spielsachen, das Zuckerwerk, die Lichter einpackte, dann den Korb unter den Arm, den großen Weihnachtsbaum aber auf die Schulter nahm und so seinen Weg antrat. –

Herr Peregrinus Tyß hatte die löbliche, gemütliche Gewohnheit, mit seiner ganzen Bescherung, wie er sie sich selbst bereitet hatte, um sich ein paar Stunden hinüberzuträumen in die schöne vergnügliche Knabenzeit, hineinzufallen in irgendeine bedürftige Familie, von der ihm bekannt war, daß muntre Kinder vorhanden, wie der Heilige Christ selbst mit blanken, bunten Gaben. Wenn dann die Kinder in der hellsten, lebendigsten Freude, schlich er leise davon und lief oft die halbe Nacht über durch die Straßen, weil er sich vor tiefer, die Brust beengender Rührung gar nicht zu lassen wußte und sein eignes Haus ihm vorkam wie ein düstres Grabmal, in dem er selbst mit allen seinen Freuden begraben. Diesmal war die Bescherung den Kindern eines armen Buchbinders bestimmt, namens Lämmerhirt, der, ein geschickter fleißiger Mann, für Herrn Peregrinus seit einiger Zeit arbeitete, und dessen drei muntre Knaben von fünf bis neun Jahren Herr Peregrinus kannte.

Der Buchbinder Lämmerhirt wohnte in dem höchsten Stock eines engen Hauses in der Kalbächer Gasse, und pfiff und tobte nun der Wintersturm, regnete und schneite es wild durcheinander, so kann man denken, daß Herr Peregrinus nicht ohne große Beschwerde zu seinem Ziel gelangte. Aus Lämmerhirts Fenstern blinkten ein paar ärmliche Lichterchen herab, mühsam erkletterte Peregrinus die steile Treppe. »Aufgemacht«, rief er, indem er an die Stubentür pochte, »aufgemacht, aufgemacht, der Heilige Christ schickt frommen Kindern seine Gaben!« –

Der Buchbinder öffnete ganz erschrocken und erkannte den ganz eingeschneiten Peregrinus erst, nachdem er ihn lange genug betrachtet.

»Hochgeehrtester Herr Tyß«, rief Lämmerhirt voll Erstaunen, »hochgeehrtester Herr Tyß, wie komm' ich um des Herrn willen am heiligen Christabend zu der besondern Ehre –« Herr Peregrinus ließ ihn aber gar nicht ausreden, sondern bemächtigte sich, laut rufend: »Kinder Kinder! aufgepaßt, der Heilige Christ schickt seine Gaben!« des großen Klapptisches, der in der Mitte des Stübchens befindlich, und begann sofort die wohlverdeckten Weihnachtsgaben aus dem Korbe zu holen. Den ganz nassen tropfenden Weihnachtsbaum hatte er freilich vor der Türe stehenlassen müssen. Der Buchbinder konnte noch immer nicht begreifen, was das werden sollte; die Frau sah es besser ein, denn sie lachte den Peregrinus an mit Tränen in den Augen, aber die Knaben standen von ferne und verschlangen schweigend mit den Augen jede Gabe, wie sie aus der Hülle hervorkam, und konnten sich oft eines lauten Ausrufs der Freude und der Verwunderung nicht erwehren! – Als Peregrinus nun endlich die Gaben nach dem Alter jedes

Kindes geschickt getrennt und geordnet, alle Lichter angezündet hatte, als er rief: »Heran – heran, ihr Kinder! – das sind die Gaben, die der Heilige Christ euch geschickt!« da jauchzten sie, die den Gedanken, daß das alles ihnen gehören solle, noch gar nicht fest gefaßt hatten, laut auf und sprangen und jubelten, während die Eltern Anstalten machten, sich bei dem Wohltäter zu bedanken.

Der Dank der Eltern und auch der Kinder, das war es nun eben, was Herr Peregrinus jedesmal zu vermeiden suchte; er wollte sich daher wie gewöhnlich ganz still davonmachen. Schon war er an der Türe, als diese plötzlich aufging und in dem hellen Schimmer der Weihnachtslichter ein junges, glänzend gekleidetes Frauenzimmer vor ihm stand.

Es tut selten gut, wenn der Autor sich unterfängt, dem geneigten Leser genau zu beschreiben, wie diese oder jene sehr schöne Person, die in seiner Geschichte vorkommt, ausgesehen, was Wuchs, Größe, Stellung, Farbe der Augen, der Haare betrifft, und scheint es dagegen viel besser, demselben ohne diesen Detailhandel die ganze Person in den Kauf zu geben. Genügen würde es auch hier vollkommen, zu versichern, daß das Frauenzimmer, welches dem zum Tode erschrockenen Peregrinus entgegentrat, über die Maßen hübsch und anmutig war, käme es nicht durchaus darauf an, gewisser Eigentümlichkeiten zu er wähnen, die die kleine Person an sich trug.

Klein, und zwar etwas kleiner als gerade recht, war nämlich das Frauenzimmer in der Tat, dabei aber sehr fein und zierlich gebaut. Ihr Antlitz, sonst schön geformt und voller Ausdruck, erhielt aber dadurch etwas Fremdes und Seltsames, daß die Augäpfel stärker waren und die schwarzen, feingezeichneten Augenbrauen höher standen als gewöhnlich. Gekleidet oder vielmehr geputzt war das Dämchen, als käme es soeben vom Ball. Ein prächtiges Diadem blitzte in den schwarzen Haaren, reiche Kanten bedeckten nur halb den vollen Busen, das lila und gelb gegatterte Kleid von schwerer Seide schmiegte sich um den schlanken Leib und fiel nur in Falten so weit herab, dass man die niedlichsten weißbeschuhten Füßchen erblicken konnte, so wie die Spitzenärmel kurz genug waren und die weißen Glacéhandschuhe aber nur so weit hinaufgingen, um den schönsten Teil des blendenden Arms sehen zu lassen. Ein reiches Halsband, brillantne Ohrgehenke vollendeten den Anzug.

Es konnte nicht fehlen, daß der Buchbinder ebenso bestürzt war als Herr Peregrinus, daß die Kinder von ihren Spielsachen abließen und die fremde Dame angafften mit offnem Munde; wie aber die Weiber am wenigsten über irgend etwas Seltsames, Ungewöhnliches zu erstaunen pflegen und sich überhaupt am geschwindesten fassen, so kam denn auch des Buchbinders Frau zuerst zu Worten und fragte, was der schönen fremden Dame zu Diensten stehe.

Die Dame trat nun vollends in das Zimmer, und diesen Augenblick wollte der beängstete Peregrinus benutzen, um sich schnell davonzumachen; die Dame faßte ihn aber bei beiden Händen, indem sie mit einem süßen Stimmchen lispelte: »So ist das Glück mir doch günstig, so habe ich Sie doch ereilt! – O Peregrin, mein teurer Peregrin, was für ein schönes, heilbringendes Wiedersehen!« –

Damit erhob sie die rechte Hand so, daß sie Peregrins Lippen berührte und er genötigt war, sie zu küssen, unerachtet ihm dabei die kalten Schweißtropfen auf der Stirne standen. – Die Dame ließ nun zwar seine Hände los, und er hätte entfliehen können, aber gebannt fühlte er sich, nicht von der Stelle konnte er weichen, wie ein armes Tierlein, das der Blick der Klapperschlange festgezaubert. – »Lassen Sie«, sprach jetzt die Dame, »lassen Sie mich, bester Peregrin, an dem schönen Fest teilnehmen, das Sie mit edlem Sinn, mit zartem innigem Gemüt frommen Kindern bereitet, lassen Sie mich auch etwas dazu beitragen.«

Aus einem zierlichen Körbchen, das ihr am Arme hing und das man jetzt erst bemerkte, zog sie nun allerlei artige Spielsachen hervor, ordnete sie mit anmutiger Geschäftigkeit auf dem Tische, führte die Knaben heran, wies jedem, was sie ihm zugedacht, und wußte dabei mit den Kindern so schön zu tun, daß man nichts Lieblicheres sehen konnte. Der Buchbinder glaubte, er läge im Traum, die Frau lächelte aber schalkisch, weil sie überzeugt war, daß es mit dem Herr Peregrin und der fremden Dame wohl eine besondere Bewandtnis haben müsse.

Während nun die Eltern sich wunderten und die Kinder sich freuten, nahm die fremde Dame Platz auf einem alten gebrechlichen Kanapee und zog den Herrn Peregrinus Tyß, der in der Tat beinahe selbst nicht mehr wußte, ob er diese Person wirklich sei, neben sich nieder. »Mein teurer«, begann sie dann leise ihm ins Ohr lispelnd, »mein teurer lieber Freund, wie

froh, wie selig fühle ich mich an deiner Seite.« – »Aber«, stotterte Peregrinus, »aber mein verehrtestes Fräulein« – doch plötzlich kamen, der Himmel weiß wie, die Lippen der fremden Dame den seinigen so nahe, daß, ehe er daran denken konnte, sie zu küssen, sie schon geküsst hatte; und daß er darüber die Sprache aufs neue und gänzlich verlor, ist zu denken.

»Mein süßer Freund«, sprach nun die fremde Dame weiter, indem sie dem Peregrinus so nahe auf den Leib rückte, daß nicht viel daran gefehlt, sie hätte sich auf seinen Schoß gesetzt, »mein süßer Freund! ich weiß, was dich bekümmert, ich weiß, was heute abend dein frommes kindliches Gemüt schmerzlich berührt hat. Doch! – sei getrost! – Was du verloren, was du jemals wieder zu erlangen kaum hoffen durftest, das bring' ich dir.«

Damit holte die fremde Dame aus demselben Körbchen, in dem sich die Spielsachen befunden hatten, eine hölzerne Schachtel hervor und gab sie dem Peregrin in die Hände. Es war die Hirsch- und wilde Schweinsjagd, die er auf dem Weihnachtstische vermißt. Schwer möcht' es fallen, die seltsamen Gefühle zu beschreiben, die in Peregrins Innern sich durchkreuzten.

Hatte die ganze Erscheinung der fremden Dame, aller Anmut und Lieblichkeit unerachtet, dennoch etwas Spukhaftes, das auch andere, die die Nähe eines Frauenzimmers nicht so gescheut als Peregrin, recht durch alle Glieder fröstelnd empfunden haben würden, so mußte ja dem armen, schon genug geängsteten Peregrin ein tiefes Grauen anwandeln, als er gewahrte, daß die Dame von all dem, was er in der tiefsten Einsamkeit begonnen, auf das genaueste unterrichtet war. Und mitten in diesem Grauen wollte sich, wenn er die Augen aufschlug und der siegende Blick der schönsten schwarzen Augen unter den langen seidenen Wimpern hervorleuchtete, wenn er des holden Wesens süßen Atem, die elektrische Wärme ihres Körpers fühlte – doch wollte sich dann in wunderbaren Schauern das namenlose Weh eines unaussprechlichen Verlangens regen, das er noch nicht gekannt! Dann kam ihm zum erstenmal seine ganze Lebensweise, das Spiel mit der Weihnachtsbescherung kindisch und abgeschmackt vor, und er fühlte sich beschämt, daß die Dame darum wußte; und nun war es ihm wieder, als sei das Geschenk der Dame der lebendige Beweis, daß sie ihn verstanden wie niemand sonst auf Erden und daß das innigste tiefste Zartgefühl sie gelenkt, als sie ihn auf diese Weise erfreuen wollen. Er beschloß, die teure Gabe ewig aufzubewahren, nie aus den Händen zu lassen, und drückte, fortgerissen von einem Gefühl, das ihn ganz übermannt, die Schachtel, worin die Hirsch- und wilde Schweinsjagd befindlich, mit Heftigkeit an die Brust. – »Oh«, lispelte das Dämchen, »O des Entzückens! – Dich erfreut meine Gabe! O mein herziger Peregrin, so haben mich meine Träume, meine Ahnungen nicht getäuscht!« –

Herr Peregrinus Tyß kam etwas zu sich selbst, so daß er imstande war, sehr deutlich und vernehmlich zu sprechen: »Aber mein bestes, hochverehrtes Fräulein, wenn ich nur in aller Welt wüsste, wem ich die Ehre hätte« –

»Schalkischer Mann«, unterbrach ihn die Dame, indem sie ihm leise die Wange klopfte, »schalkischer Mann, du stellst dich gar, als ob du deine treue Aline nicht kenntest! – Doch es ist Zeit, daß wir hier den guten Leuten freien Spielraum lassen. Begleiten Sie mich, Herr Tyß!« –

Als Peregrinus den Namen Aline hörte, mußte er natürlicherweise an seine alte Aufwärterin denken, und es war ihm nun vollends, als drehe sich in seinem Kopfe eine Windmühle.

Der Buchbinder vermochte, als nun die fremde Dame von ihm, seiner Frau und den Kindern auf das freudigste, anmutigste Abschied nahm, vor lauter Verwunderung und Ehrfurcht nur unverständliches Zeug zu stammeln, die Kinder taten, als seien sie mit der Fremden lange bekannt gewesen; die Frau sprach aber: »Ein solcher schmucker gütiger Herr wie Sie, Herr Tyß, verdient wohl eine so schöne, herzensgute Braut zu haben, die ihm noch in der Nacht Werke der Wohltätigkeit vollbringen hilft. Nun, ich gratuliere von ganzem Herzen!« –

Die fremde Dame dankte gerührt, versicherte, daß ihr Hochzeitstag auch ihnen ein Festtag sein solle, verbot dann ernsthaft jede Begleitung und nahm selbst eine kleine Kerze vom Weihnachtstisch, um sich die Treppe hinabzuleuchten.

Man kann denken, wie dem Herrn Tyß, in dessen Arm sich nun die fremde Dame hängte, bei allem dem zumute war! – »Begleiten Sie mich, Herr Tyß«, dachte er bei sich, »das heißt, die Treppe hinab bis an den Wagen, der vor der Türe hält, und wo der Diener oder vielleicht eine ganze Dienerschaft wartet; denn am Ende ist es irgendeine wahnsinnige Prinzessin, die hier – der Himmel erlöse mich nur bald aus dieser seltsamen Qual und erhalte mir mein bißchen Verstand!« – Herr Tyß ahnte nicht, dass alles, was bis jetzt geschehen, nur das Vorspiel des wunderlichsten Abenteuers gewesen, und tat ebendeshalb unbewußt sehr wohl daran, den Himmel im voraus um die Erhaltung seines Verstandes zu bitten.

Als das Paar die Treppe herabgekommen, wurde die Haustüre von unsichtbaren Händen auf- und, als Peregrinus mit der Dame hinausgetreten, ebenso wieder zugeschlossen. Peregrinus merkte gar nicht darauf; denn viel zu sehr erstaunte er, als sich vor dem Hause auch nicht die mindeste Spur eines Wagens oder eines wartenden Dieners fand.

»Um des Himmels willen«, rief Peregrinus, »wo ist Ihr Wagen, Gnädigste?« – »Wagen«, erwiderte die Dame, »Wagen? – was für ein Wagen? Glauben Sie, lieber Peregrinus, daß meine Ungeduld, meine Angst, Sie zu finden, es mir erlaubt haben sollte, mich ganz ruhig hierher fahren zu lassen? Durch Sturm und Wetter bin ich, getrieben von Sehnsucht und Hoffnung, umhergelaufen, bis ich Sie fand. Dem Himmel Dank, daß mir dies gelungen. Führen Sie mich nur jetzt nach Hause, lieber Peregrinus, meine Wohnung ist nicht sehr weit entlegen.«

Herr Peregrinus entschlug sich mit aller Gewalt des Gedankens, wie es ja ganz unmöglich, daß die Dame, geputzt wie sie war, in weißseidnen Schuhen, auch nur wenige Schritte hatte gehen können, ohne den ganzen Anzug im Sturm, Regen und Schnee zu verderben, statt daß man jetzt auch keine Spur irgendeiner Zerrüttung der sorgsamsten Toilette wahrnahm; fand sich darin, die Dame noch weiter zu begleiten, und war nur froh, daß die Witterung sich geändert. Vorüber war das tolle Unwetter, kein Wölkchen am Himmel, der Vollmond schien freundlich herab, und nur die schneidend scharfe Luft ließ die Winternacht fühlen.

Kaum war Peregrinus aber einige Schritte gegangen, als die Dame leise zu wimmern begann, dann aber in laute Klagen ausbrach, daß sie vor Kälte erstarren müsse. Peregrinus, dem das Blut glühendheiß durch die Adern strömte, der deshalb nichts von der Kälte empfunden und nicht daran gedacht, daß die Dame so leicht gekleidet und nicht einmal einen Shawl oder ein Tuch umgeworfen hatte, sah plötzlich seine Tölpelei ein und wollte die Dame in seinen Mantel hüllen. Die Dame wehrte dies indessen ab, indem sie jammerte: »Nein, mein lieber Peregrin! das hilft mir nichts! – Meine Füße – ach meine Füße, umkommen muß ich vor fürchterlichem Schmerz.« –

Halb ohnmächtig wollte die Dame zusammensinken, indem sie mit ersterbender Stimme rief: »Trage mich, trage mich, mein holder Freund!« –

Da nahm ohne weiteres Peregrinus das federleichte Dämchen auf den Arm wie ein Kind und wickelte sie sorglich ein in den weiten Mantel. Kaum war er aber eine kleine Strecke mit der süßen Last fortgeschritten, als ihn stärker und stärker der wilde Taumel brünstiger Lust erfaßte. Er bedeckte Nacken, Busen des holden Wesens, das sich fest an seine Brust geschmiegt hatte, mit glühenden Küssen, indem er halb sinnlos fortrannte durch die Straßen. Endlich war es ihm, als erwache er mit einem Ruck aus dem Traum; er befand sich dicht vor einer Haustüre, und aufschauend erkannte er sein Haus auf dem Roßmarkt. Nun erst fiel ihm ein, daß er die Dame ja gar nicht nach ihrer Wohnung gefragt, mit Gewalt nahm er sich zusammen und fragte: »Fräulein! – himmlisches göttliches Wesen, wo wohnen Sie?« »Ei«, erwiderte die Dame, indem sie das Köpfchen emporstreckte, »ei, lieber Peregrin, hier, hier in diesem Hause, ich bin ja deine Aline, ich wohne ja bei dir! Laß nur schnell das Haus öffnen.«

»Nein! nimmermehr«, schrie Peregrinus entsetzt, indem er die Dame hinabsinken ließ. »Wie«, rief diese, »wie, Peregrin, du willst mich verstoßen und kennst doch mein fürchterliches Verhängnis und weißt doch, daß ich Kind des Unglücks kein Obdach habe, daß ich elendiglich hier umkommen muß, wenn du mich nicht aufnimmst bei dir wie sonst? – Doch du willst vielleicht, daß ich sterbe – so geschehe es denn! – Trage mich wenigstens an den Springbrunnen, damit man meine Leiche nicht vor deinem Hause finde – ha – jene steinernen Delphine haben vielleicht mehr Erbarmen als du. – Weh mir – weh mir – die Kälte.« – Die Dame sank ohnmächtig nieder; da faßte Herzensangst und Verzweiflung wie eine Eiszange Peregrins Brust und quetschte sie zusammen. Wild schrie er: »Mag es nun werden, wie es will, ich kann nicht anders!« hob die Leblose auf, nahm sie in seine Arme und zog stark an der Glocke. Schnell rannte Peregrin bei dem Hausknecht vorüber, der die Türe geöffnet, und rief schon auf der Treppe, statt daß er sonst erst oben ganz leise anzupochen pflegte: »Aline – Aline – Licht, Licht!« und zwar so laut, daß der ganze weite Flur widerhallte.

»Wie? – was? – was ist das? – was soll das heißen?« So sprach die alte Aline, indem sie die Augen weit aufriß, als Peregrinus die ohnmächtige Dame aus dem Mantel loswickelte und mit zärtlicher Sorgfalt auf den Sofa legte.

»Geschwind«, rief er dann, »geschwind, Aline, Feuer in den Kamin – die Wunderessenz her – Tee – Punsch! Betten herbei!«

Aline rührte sich aber nicht von der Stelle, sondern blieb, die Dame anstarrend, bei ihrem: »Wie? was? Was ist das? was soll das heißen?«

Da sprach Peregrinus von einer Gräfin, vielleicht gar Prinzessin, die er bei dem Buchbinder Lämmerhirt angetroffen, die auf der Straße ohnmächtig geworden, die er nach Hause tragen müssen, und schrie dann, als Aline noch immer unbeweglich blieb, indem er mit dem Fuße stampfte: »Ins Teufels Namen, Feuer, sag' ich, Tee – Wunderessenz!«

Da flimmerte es aber wie lauter Katzengold in den Augen des alten Weibes, und es war, als leuchte die Nase höher auf in phosphorischem Glanz. Sie holte die große schwarze Dose hervor, schlug auf den Deckel, daß es schallte, und nahm eine mächtige Prise. Dann stemmte sie beide Arme in die Seite und sprach mit höhnischem Ton: »Ei, seht doch, eine Gräfin, eine Prinzessin! die findet man beim armen Buchbinder in der Kalbächer Gasse, die wird ohnmächtig auf der Straße! Ho, ho, ich weiß wohl, wo man solche geputzte Dämchen zur Nachtzeit herholt! Das sind mir schöne Streiche, das ist mir eine saubere Aufführung! – Eine lockere Dirne ins ehrliche Haus bringen und, damit das Maß der Sünden noch voll werde, den Teufel anrufen in der heiligen Christnacht. – Und da soll ich auf meine alten Tage noch die Hand dazu bieten? Nein, mein Herr Tyß, da suchen Sie sich eine andere; mit mir ist es nichts, morgen verlass' ich den Dienst.«

Und damit ging die Alte hinaus und schlug die Türe so heftig hinter sich zu, daß alles klapperte und klirrte.

Peregrinus rang die Hände vor Angst und Verzweiflung, keine Spur des Lebens zeigte sich bei der Dame. Doch in dem

Augenblick, als Peregrinus in der entsetzlichen Not eine Flasche Kölnisches Wasser gefunden und die Schläfe der Dame geschickt damit einreiben wollte, sprang sie ganz frisch und munter von dem Sofa auf und rief: »Endlich – endlich sind wir allein! Endlich, o mein Peregrinus, darf ich es Ihnen sagen, warum ich Sie verfolgte bis in die Wohnung des Buchbinders Lämmerhirt, warum ich Sie nicht lassen konnte in der heutigen Nacht. – Peregrinus! geben Sie mir den Gefangenen heraus, den Sie verschlossen haben bei sich im Zimmer. Ich weiß, daß Sie dazu keineswegs verpflichtet sind, daß das nur von Ihrer Gutmütigkeit abhängt, aber ebenso kenne ich auch Ihr gutes, treues Herz, darum, o mein guter, liebster Peregrin, geben Sie ihn heraus, den Gefangenen!«

»Was«, fragte Peregrinus im tiefsten Staunen, »was für einen Gefangenen? – wer sollte bei mir gefangen sein?« »Ja«, sprach die Dame weiter, indem sie Peregrins Hand ergriff und zärtlich an ihre Brust drückte, »ja, ich muß es bekennen, nur ein großes edles Gemüt gibt Vorteile auf, die ein günstiges Geschick ihm zuführte, und wahr ist es, daß Sie auf manches verzichten, was zu erlangen Ihnen leicht geworden sein würde, wenn Sie den Gefangenen nicht herausgegeben hätten – aber! – bedenken Sie, Peregrin, daß Alinens ganzes Schicksal, ganzes Leben abhängt von dem Besitz dieses Gefangenen, daß –«

»Wollen Sie«, unterbrach Peregrinus die Dame, »wollen Sie nicht, englisches Fräulein, daß ich alles für einen Fiebertraum halten, daß ich vielleicht selbst auf der Stelle überschnappen soll, so sagen Sie mir nur, von wem Sie reden, von was für einem Gefangenen.« – »Wie«, erwiderte die Dame, »Peregrin, ich verstehe Sie nicht, wollen Sie vielleicht gar leugnen, daß er wirklich in Ihre Gefangenschaft geriet? – War ich denn nicht dabei, als er, da Sie die Jagd kauften –«

»Wer«, schrie Peregrin ganz außer sich, »wer ist der *Er*? – Zum erstenmal in meinem Leben sehe ich Sie, mein Fräulein, wer sind Sie, wer ist der *Er*?«

Da fiel aber die Dame, ganz aufgelöst in Schmerz, dem Peregrin zu Füßen und rief, indem ihr die Tränen reichlich aus den Augen strömten: »Peregrin, sei menschlich, sei barmherzig, gib ihn mir wieder! – gibt ihn mir wieder!« Und dazwischen schrie Herr Peregrinus: »Ich werde wahnsinnig – ich werde toll!« –

Plötzlich raffte sich die Dame auf. Sie erschien viel größer als vorher, ihre Augen sprühten Feuer, ihre Lippen bebten, sie rief mit wilder Gebärde: »Ha Barbar! – in dir wohnt kein menschliches Herz – du bist unerbittlich – du willst meinen Tod, mein Verderben – du gibst ihn mir nicht wieder! – Nein – nimmer – nimmer – ha ich Unglückselige – verloren – verloren.« – Und damit stürzte die Dame zum Zimmer hinaus, und Peregrin vernahm, wie sie die Treppe hinablief und ihr kreischender Jammer das ganze Haus erfüllte, bis unten eine Türe heftig zugeschlagen wurde.

Dann war alles totenstill wie im Grabe. –

ZWEITES ABENTEUER

DER FLOHBÄNDIGER. TRAURIGES SCHICKSAL DER PRINZESSIN GAMAHEH IN FAMAGUSTA. UNGESCHICKLICHKEIT DES GENIUS THETEL UND MERKWÜRDIGE MIKROSKOPISCHE VERSUCHE UND BELUSTIGUNGEN. DIE SCHÖNE HOLLÄNDERIN UND SELTSAMES ABENTEUER DES JUNGEN HERRN GEORGE PEPUSCH, EINES GEWESENEN JENENSERS.

Es befand sich zu der Zeit ein Mann in Frankfurt, der die seltsamste Kunst trieb. Man nannte ihn den Flohbändiger und das darum, weil es ihm, gewiß nicht ohne die größte Mühe und Anstrengung, gelungen, Kultur in diese kleinen Tierchen zu bringen und sie zu allerlei artigen Kunststücken abzurichten.

Zum größten Erstaunen sah man auf einer Tischplatte von dem schönsten weißen, glänzend polierten Marmor Flöhe, welche kleine Kanonen, Pulverkarren, Rüstwagen zogen, andre sprangen daneben her mit Flinten im Arm, Patronentaschen auf dem Rücken, Säbeln an der Seite. Auf das Kommandowort des Künstlers führten sie die schwierigsten Evolutionen aus, und alles schien lustiger und lebendiger wie bei wirklichen großen Soldaten, weil das Marschieren in den zierlichsten Entrechats und Luftsprüngen, das Linksum und Rechtsum aber in anmutigen Pirouetten bestand. Die ganze Mannschaft hatte ein erstaunliches Aplomb, und der Feldherr schien zugleich ein tüchtiger Ballettmeister. Noch beinahe hübscher und wunderbarer waren aber die kleinen goldnen Kutschen, die von vier, sechs, acht Flöhen gezogen wurden. Kutscher und Diener waren Goldkäferlein der kleinsten, kaum sichtbaren Art, was aber drin saß, war nicht recht zu erkennen.

Unwillkürlich wurde man an die Equipage der Fee Mab erinnert, die der wackre Merkutio in Shakespeares »Romeo und Julie« so schön beschreibt, daß man wohl merkt, wie oft sie ihm selbst über die Nase gefahren.

34 Erst wenn man den ganzen Tisch mit einem guten Vergrößerungsglase überschaute, entwickelte sich aber die Kunst des Flohbändigers in vollem Maße. Denn nun erst zeigte sich die Pracht, die Zierlichkeit der Geschirre, die feine Arbeit der Waffen, der Glanz, die Nettigkeit der Uniformen, und erregte die tiefste Bewunderung. Gar nicht zu begreifen schien es, welcher Instrumente sich der Flohbändiger bedient haben mußte, um gewisse kleine Nebensachen, z.B. Sporn, Rockknöpfe usw. sauber und proportionierlich anzufertigen, und jene Arbeit, die sonst für das Meisterstück des Schneiders galt und die in nichts Geringerem bestand, als einem Floh ein Paar völlig anschließende Reithosen zu liefern, wobei freilich das Anmessen das schwierigste, schien dagegen als etwas ganz Leichtes und Geringes.

Der Flohbändiger hatte unendlichen Zuspruch. Den ganzen Tag wurde der Saal nicht leer von Neugierigen, die den hohen Eintrittspreis nicht scheuten. Auch zur Abendzeit war der Besuch zahlreich, ja beinahe noch zahlreicher, da alsdann auch solche Personen kamen, denen an derlei possierlichen Künsteleien eben nicht viel gelegen, um ein Werk zu bewundern, das dem Flohbändiger ein ganz anderes Ansehen und die wahre Achtung der Naturforscher erwarb. Dies Werk war ein Nachtmikroskop, das wie das Sonnenmikroskop am Tage, einer magischen Laterne ähnlich, den Gegenstand hell erleuchtet mit einer Schärfe und Deutlichkeit auf die weiße Wand warf, die nichts zu wünschen übrigließ. Dabei trieb der Flohbändiger auch noch Handel mit den schönsten Mikroskopen, die man nur finden konnte und die man gern sehr teuer bezahlte. –

Es begab sich, daß ein junger Mensch, George Pepusch geheißen – der geneigte Leser wird ihn bald näher kennenlernen – Verlangen trug, noch am späten Abend den Flohbändiger zu besuchen. Schon auf der Treppe vernahm er Gezänk, das immer heftiger und heftiger wurde und endlich überging

in tolles Schreien und Toben. Sowie nun Pepusch eintreten wollte, sprang die Türe des Saals auf mit Ungestüm, und in wildem Gedränge stürzten die Menschen ihm entgegen, totenbleiches Entsetzen in den Gesichtern.

»Der verfluchte Hexenmeister! der Satanskerl! beim hohen Rat will ich ihn angeben! aus der Stadt soll er, der betrügerische Taschenspieler!« – So schrieen die Leute durcheinander und suchten, von Furcht und Angst gehetzt, so schnell als möglich aus dem Hause zu kommen.

Ein Blick in den Saal verriet dem jungen Pepusch sogleich die Ursache des fürchterlichen Entsetzens, das die Leute fortgetrieben. Alles lebte darin, ein ekelhaftes Gewirr der scheußlichsten Kreaturen erfüllte den ganzen Raum. Das Geschlecht der Pucerons, der Käfer, der Spinnen, der Schlammtiere, bis zum Übermaß vergrößert, streckte seine Rüssel aus, schritt daher auf hohen, haarichten Beinen, und die greulichen Ameisenräuber faßten, zerquetschten mit ihren zackichten Zangen die Schnacken, die sich wehrten und um sich schlugen mit den langen Flügeln, und dazwischen wanden sich Essigschlangen, Kleisteraale, hundertarmige Polypen durcheinander, und aus allen Zwischenräumen guckten Infusionstiere mit verzerrten menschlichen Gesichtern. Abscheulicheres hatte Pepusch nie geschaut. Er wollte eben ein tiefes Grauen verspüren, als ihm etwas Rauhes ins Gesicht flog und er sich eingehüllt sah in eine Wolke dicken Mehlstaubs. Darüber verging ihm aber das Grauen, denn er wußte sogleich, daß das rauhe Ding nichts anders sein konnte als die runde gepuderte Perükke des Flohbändigers, und das war es auch in der Tat.

Als Pepusch sich den Puder aus den Augen gewischt, war das tolle widrige Insektenvolk verschwunden. Der Flohbändiger saß ganz erschöpft im Lehnstuhl. »Leuwenhoek«, so rief ihm Pepusch entgegen, »Leuwenhoek, seht Ihr nun wohl, was bei Eurem Treiben herauskommt? – Da habt Ihr wieder zu Euern Vasallen Zuflucht nehmen müssen, um Euch die Leute vom Leibe zu halten! – Ist's nicht so?«

»Seid Ihr's«, sprach der Flohbändiger mit matter Stimme, »seid Ihr's, guter Pepusch? – Ach! mit mir ist es aus, rein aus, ich bin ein verlorner Mann! Pepusch, ich fange an zu glauben, daß Ihr es wirklich gut mit mir gemeint habt und daß ich nicht gut getan, auf Eure Warnungen nichts zu geben.« Als nun Pepusch ruhig fragte, was sich denn begeben, drehte sich der Flohbändiger mit seinem Lehnstuhl nach der Wand, hielt beide Hände vors Gesicht und rief weinerlich dem Pepusch zu, er möge nur eine Lupe zur Hand nehmen und die Marmortafel des Tisches anschauen. Schon mit unbewaffnetem Auge gewahrte Pepusch, daß die kleinen Kutschen, die Soldaten usw. tot da standen und lagen, daß sich nichts mehr regte und bewegte. Die kunstfertigen Flöhe schienen auch eine ganz andre Gestalt angenommen zu haben. Mittelst der Lupe entdeckte nun aber Pepusch sehr bald, daß kein einziger Floh mehr vorhanden, sondern daß das, was er dafür gehalten, schwarze Pfefferkörner und Obstkerne waren, die in den Geschirren, in den Uniformen steckten.

»Ich weiß«, begann nun der Flohbändiger ganz wehmütig und zerknirscht, »ich weiß gar nicht, welcher böse Geist mich mit Blindheit schlug, daß ich die Desertion meiner Mannschaft nicht eher bemerkte, als bis alle Leute an den Tisch getreten waren und sich gerüstet hatten zum Schauen. – Ihr könnet denken, Pepusch, wie die Leute, als sie sich getäuscht sahen, erst murrten und dann ausbrachen in lichterlohen Zorn. Sie beschuldigten mich des schnödesten Betruges und wollten mir, da sie sich immer mehr erhitzten und keine Entschuldigung mehr hörten, zu Leibe, um selbst Rache zu nehmen. Was konnt' ich, um einer Tracht Schläge zu entgehen, Besseres tun, als sogleich das große Mikroskop in Bewegung setzen und die Leute ganz einhüllen in Kreaturen, vor denen sie sich entsetzten, wie das dem Pöbel eigen.«

»Aber«, fragte Pepusch, »aber sagt mir nur, Leuwenhoek, wie es geschehen konnte, daß Euch Eure wohlexerzierte Mannschaft, die so viel Treue bewiesen, plötzlich auf und davon gehen konnte, ohne daß Ihr es sogleich gewahr wurdet?«

»Oh«, jammerte der Flohbändiger, »o Pepusch! *er* hat mich verlassen, *er*, durch den allein ich Herrscher war, und er ist es, dessen bösem Verrat ich meine Blindheit, all mein Unglück zuschreibe!«

»Hab' ich«, erwiderte Pepusch, »hab' ich Euch nicht schon längst gewarnt, Eure Sache nicht auf Künsteleien zu stellen, die Ihr, ich weiß es, ohne den Besitz des Meisters nicht vollbringen könnet? Und wie dieser Besitz aller Mühe unerachtet doch auf dem Spiele steht, habt Ihr eben jetzt erfahren.« – Pepusch gab nun ferner dem Flohbändiger zu erkennen, wie er ganz und gar nicht begreife, daß, müsse er jene Künsteleien aufgeben, dies sein Leben so verstören könne, da die Erfindung des Nachtmikroskops sowie überhaupt seine Geschicklichkeit im Verfertigen mikroskopischer Gläser ihn längstens festgestellt. Der Flohbändiger versicherte aber dagegen, daß ganz andre Dinge in jenen Künsteleien lägen und daß er sie nicht aufgeben könne. ohne sich selbst, seine Existenz aufzugeben.

»Wo ist aber Dörtje Elverdink?« – So fragte Pepusch, den Flohbändiger unterbrechend. »Wo sie ist«, kreischte der Flohbändiger, indem er die Hände rang, »wo Dörtje Elverdink ist? – Fort ist sie, fort in alle Welt – verschwunden. – Schlagt mich nur gleich tot, Pepusch, denn ich sehe schon, wie Euch immer mehr der Zorn kommt und die Wut. – Macht es kurz mit mir!«

»Da seht«, sprach Pepusch mit finsterm Blick, »da seht Ihr nun, was aus Eurer Torheit, aus Eurem albernen Treiben herauskommt. – Wer gab Euch das Recht, die arme Dörtje einzusperren wie eine Sklavin und dann wieder, um nur Leute anzulocken, sie im Prunk auszustellen wie ein naturhistorisches Wunder? – Warum tatet Ihr Gewalt an ihrer Neigung und ließet es nicht zu, daß sie mir die Hand gab, da Ihr doch bemerken mußtet, wie innig wir uns liebten? – Entflohen ist sie? – Nun gut, so ist sie wenigstens nicht mehr in Eurer Gewalt, und weiß ich auch in diesem Augenblick nicht, wo ich sie suchen soll, so bin ich doch überzeugt, daß ich sie finden werde. Da, Leuwenhoek, setzt die Perücke auf und ergebt Euch in Euer Geschick; das ist das Beste und Geratenste, was Ihr jetzt tun könnet.«

Der Flohbändiger stutzte mit der linken Hand die Perücke auf das kahle Haupt, während er mit der rechten Pepusch beim Arm ergriff. »Pepusch«, sprach er, »Pepusch, Ihr seid mein wahrer Freund; denn Ihr seid der einzige Mensch in der ganzen Stadt Frankfurt, welcher weiß, daß ich begraben liege in der alten Kirche zu Delft seit dem Jahre Eintausendsiebenhundertundfünfundzwanzig, und habt es doch noch niemandem verraten, selbst wenn Ihr auf mich zürntet wegen der Dörtje Elverdink. – Will es mir auch zuweilen nicht recht in den Kopf, daß ich wirklich jener Anton van Leuwenhoek bin, den man in Delft begraben, so muß ich es denn doch, betrachte ich meine Arbeiten und bedenke ich mein Leben, wiederum glauben, und es ist mir deshalb sehr angenehm, daß man davon überhaupt gar nicht spricht. – Ich sehe jetzt ein, liebster Pepusch, daß ich, was die Dörtje Elverdink betrifft, nicht recht gehandelt habe, wiewohl auf ganz andere Weise, als Ihr wohl meinen möget. Recht tat ich nämlich daran, daß ich Eure Bewerbungen für ein törichtes zweckloses Streben erklärte, unrecht aber, daß ich nicht ganz offenherzig gegen Euch war, daß ich Euch nicht sagte, was es mit der Dörtje Elverdink eigentlich für eine Bewandtnis hat. Eingesehen hättet Ihr dann, wie löblich es war, Euch Wünsche aus dem Sinn zu reden, deren Erfüllung nicht anders als verderblich sein konnte. – Pepusch! setzt Euch zu mir und vernehmt eine wunderbare Historie!«

»Das kann ich wohl tun«, erwiderte Pepusch mit giftigem Blick, indem er Platz nahm auf einem gepolsterten Lehnstuhl, dem Flohbändiger gegenüber. »Da«, begann der Flohbändiger, »da Ihr, mein lieber Freund Pepusch, in der Geschichte wohl bewandert seid, so wißt Ihr ohne Zweifel, daß der König Sekakis viele Jahre hindurch mit der Blumenkönigin im vertraulichen Verhältnis lebte und daß die schöne, anmutige Prinzessin Gamaheh die Frucht dieser Liebe war. Weniger bekannt dürft' es sein, und auch ich kann es Euch nicht sagen, auf welche Weise Prinzessin Gamaheh nach Famagusta kam. Manche behaupten, und nicht ohne Grund, daß die Prinzessin in Famagusta sich verbergen sollte vor dem widerlichen Egelprinzen, dem geschwornen Feinde der Blumenkönigin.

Genug! – in Famagusta begab es sich, daß die Prinzessin einst in der erfrischenden Kühle des Abends lustwandelte und in ein dunkles anmutiges Zypressenwäldchen geriet. Verlockt von dem lieblichen Säuseln des Abendwindes, dem Murmeln des Bachs, dem melodischen Gezwitscher der Vögel, streckte die Prinzessin sich hin in das weiche duftige Moos und fiel bald in tiefen Schlaf. Gerade *der* Feind, dem sie hatte entgehen wollen, der häßliche Egelprinz, streckte aber sein Haupt empor aus dem Schlammwasser, erblickte die Prinzessin und verliebte sich in die schöne Schläferin dermaßen, daß er dem Verlangen, sie zu küssen, nicht widerstehen konnte. Leise kroch er heran und küßte sie hinter das linke Ohr. Nun wißt Ihr aber wohl, Freund Pepusch, daß die Dame, die der Egelprinz zu küssen sich unterfängt, verloren, denn er ist der ärgste Blutsauger von der Welt. So geschah es denn auch, daß der Egelprinz die arme Prinzessin so lange küßte, bis alles Leben aus

ihr geflohen war. Da fiel er ganz übersättigt und trunken ins Moos und mußte von seinen Dienern, die sich schnell aus dem Schlamm hinanwälzten, nach Hause gebracht werden. – Vergebens arbeitete sich die Wurzel Mandragora aus der Erde hervor, legte sich auf die Wunde, die der heimtückische Egelprinz der Prinzessin geküßt, vergebens erhoben sich auf das Wehgeschrei der Wurzel alle Blumen und stimmten ein in die trostlose Klage! Da geschah es, daß der Genius Thetel gerade des Weges kam; auch er wurde tief gerührt von Gamahehs Schönheit und ihrem unglücklichen Tode. Er nahm die Prinzessin in die Arme, drückte sie an seine Brust, mühte sich, ihr Leben einzuhauchen mit seinem Atem, aber sie erwachte nicht aus dem Todesschlaf. Da erblickte der Genius Thetel den abscheulichen Egelprinzen, den (so schwerfällig und trunken war er) die Diener nicht hatten hinunterschaffen können in den Palast, entbrannte in Zorn und warf eine ganze Faust voll Kristallsalz dem häßlichen Feinde auf den Leib, so daß er sogleich allen purpurnen Ichor, den er der Prinzessin Gamaheh ausgesogen, ausströmte und dann seinen Geist aufgab unter vielen Zukkungen und Grimassen, auf elendigliche Weise. Alle Blumen, die ringsum standen, tauchten aber ihre Kleider in diesen

Ichor und färbten sie zum ewigen Andenken der ermordeten Prinzessin in ein solches herrliches Rot, wie es kein Maler auf Erden herauszubringen vermag. – Ihr wißt, Pepusch, daß die schönsten dunkelroten Nelken, Amaryllen und Cheiranthen eben aus jenem Zypressenwäldchen, wo der Egelprinz die schöne Gamaheh totküßte, herstammen. Der Genius Thetel wollte forteilen, da er noch vor Einbruch der Nacht in Samarkand viel zu tun hatte; noch einen Blick warf er aber auf die Prinzessin, blieb festgezaubert stehen und betrachtete sie mit der innigsten Wehmut. Da kam ihm plötzlich ein Gedanke. Statt weiterzugehen, nahm er die Prinzessin in die Arme und schwang sich mit ihr hoch auf in die Lüfte. –

Zu derselben Zeit beobachteten zwei weise Männer, von denen einer, nicht verschwiegen sei es, ich selbst war, auf der Galerie eines hohen Turmes den Lauf der Gestirne. Diese gewahrten hoch über sich den Genius Thetel mit der Prinzessin Gamaheh, und in demselben Augenblick fiel auch dem einen – doch! das gehört für jetzt nicht zur Sache! – Beide Magier hatten zwar den Genius Thetel erkannt, nicht aber die Prinzessin und erschöpften sich in allerlei Vermutungen, was die Erscheinung wohl zu bedeuten, ohne irgend etwas Gewisses oder auch nur Wahrscheinliches ergrübeln zu können. Bald darauf wurde aber das unglückliche Schicksal der Prinzessin Gamaheh in Famagusta allgemein bekannt, und nun wußten auch die Magier sich die Erscheinung des GeniusThetel mit dem Mädchen im Arm zu erklären.

Beide vermuteten, daß der Genius Thetel gewiß noch ein Mittel gefunden haben müsse, die Prinzessin ins Leben zurückzurufen, und beschlossen, in Samarkand Nachfrage zu halten, wohin er, ihrer Beobachtung nach, offenbar seinen Flug gerichtet hatte. In Samarkand war aber von der Prinzessin alles stille, niemand wußte ein Wort.

Viele Jahre waren vergangen, die beiden Magier hatten sich entzweit, wie es wohl unter gelehrten Männern desto öfter zu geschehen pflegt, je gelehrter sie sind, und nur noch die wichtigsten Entdeckungen teilten sie sich aus alter eiserner

Gewohnheit einander mit. – Ihr habt nicht vergessen, Pepusch, daß ich selbst einer dieser Magier bin. – Also, nicht wenig erstaunte ich über eine Mitteilung meines Kollegen, die über die Prinzessin Gamaheh das Wunderbarste und zugleich Glückseligste enthielt, was man nur hätte ahnen können. Die Sache verhielt sich folgendergestalt: Mein Kollege hatte durch einen wissenschaftlichen Freund aus Samarkand die schönsten und seltensten Tulpen und so vollkommen frisch erhalten, als seien sie eben vom Stengel geschnitten. Es war ihm unverzüglich um die mikroskopische Untersuchung der innern Teile, und zwar des Blumenstaubes, zu tun. Er zergliederte deshalb eine schöne lila und gelb gefärbte Tulpe und entdeckte mitten in dem Kelch ein kleines fremdartiges Körnlein, welches ihm auffiel in ganz besonderer Weise. Wie groß war aber seine Verwunderung, als er mittelst Anwendung des Suchglases deutlich gewahrte, daß das kleine Körnlein nichts anders als die Prinzessin Gamaheh, die, in den Blumenstaub des Tulpenkelchs gebettet, ruhig und süß zu schlummern schien.

Solch eine weite Strecke mich auch von meinem Kollegen trennen mochte, dennoch setzte ich mich augenblicklich auf und eilte zu ihm hin. Er hatte indessen alle Operationen beiseite gestellt, um mir das Vergnügen des ersten Anblicks zu gönnen, wohl auch aus Furcht, ganz nach eignem Kopf handelnd, etwas zu verderben. Ich überzeugte mich bald von der vollkommnen Richtigkeit der Beobachtung meines Kollegen und war auch ebenso wie er des festen Glaubens, daß es möglich sein müsse, die Prinzessin dem Schlummer zu entreißen und ihr die vorige Gestalt wiederzugeben. Der uns inwohnende sublime Geist ließ uns bald die richtigen Mittel finden. – Da Ihr, Freund Pepusch, sehr wenig, eigentlich gar nichts von unserer Kunst verstehet, so würde es höchst überflüssig sein, Euch die verschiedenen Operationen zu beschreiben, die wir nun vornahmen, um zu unserm Zweck zu gelangen. Es genügt, wenn ich Euch sage, daß es uns mittelst des geschickten Gebrauchs verschiedener Gläser, die ich meistenteils selbst präparierte, glückte, nicht allein die Prinzessin unversehrt aus dem Blumenstaub hervorzuziehen, sondern auch ihr Wachstum in der Art zu fördern, daß sie bald zu ihrer natürlichen Größe gelangt war. – Nun fehlte freilich noch das Leben, und ob ihr dieses zu verschaffen möglich, das hing von der letzten und schwierigsten Operation ab. – Wir reflektierten ihr Bild mittelst eines herrlichen Kuffischen Sonnenmikroskops und lösten dieses Bild geschickt los von der weißen Wand, welches ohne allen Schaden vonstatten ging. Sowie das Bild frei schwebte, fuhr es wie ein Blitz in das Glas hinein, welches in tausend Stücken zersplitterte. Die Prinzessin stand frisch und lebendig vor uns. Wir jauchzten vor Freude, aber auch um

so größer war unser Entsetzen, als wir bemerkten, daß der Umlauf des Blutes gerade da stockte, wo der Egelprinz sich angeküßt hatte. Schon wollte sie ohnmächtig hinsinken, als wir eben an der Stelle hinter dem linken Ohr einen kleinen schwarzen Punkt erscheinen und ebenso schnell wieder verschwinden sahen. Die Stockung des Bluts hörte sogleich auf, die Prinzessin erholte sich wieder, und unser Werk war gelungen.

Jeder von uns, ich und mein Kollege, wußte recht gut, welch unschätzbaren Wert der Besitz der Prinzessin für ihn haben mußte, und jeder strebte darnach, indem er größeres Recht zu haben glaubte als der andere. Mein Kollege führte an, daß die Tulpe, in deren Kelch er die Prinzessin gefunden, sein Eigentum gewesen, und daß er die erste Entdeckung gemacht, die er mir mitgeteilt, so daß ich nur als Hilfeleistender zu betrachten, der das Werk selbst, bei dem er geholfen, nicht als Lohn der Arbeit verlangen könne. Ich dagegen berief mich darauf, daß ich die letzte, schwierigste Operation, wodurch die Prinzessin zum Leben gelangt, erfunden und bei der Ausführung mein Kollege nur geholfen, weshalb, habe er auch Eigentumsansprüche auf den Embryo im Blumenstaub gehabt, mir doch die lebendige Person gehöre. Wir zankten uns mehrere Stunden, bis endlich, als wir uns die Kehlen heiser geschrieen hatten, ein Vergleich zustande kam. Der Kollege überließ mir die Prinzessin, wogegen ich ihm ein sehr wichtiges, geheimnisvolles Glas einhändigte. Eben dieses Glas ist aber die Ursache unserer jetzigen gänzlichen Verfeindung. Mein Kollege behauptet nämlich, ich habe das Glas betrügerischerweise unterschlagen; dies ist aber eine grobe, unverschämte Lüge, und wenn ich auch wirklich weiß, daß ihm das Glas bei der Aushändigung abhanden gekommen ist, so kann ich doch auf Ehre und Gewissen beteuern, daß ich nicht daran schuld bin, auch durchaus nicht begreife, wie das hat geschehen können. Das Glas ist nämlich gar nicht so klein, da ein Pulverkorn nur höchstens achtmal größer sein mag. – Seht, Freund Pepusch, nun habe ich Euch mein ganzes Vertrauen geschenkt, nun wißt

Ihr, daß Dörtje Elverdink keine andere ist als eben die ins Leben zurückgerufene Prinzessin Gamaheh, nun seht Ihr ein, daß ein schlichter junger Mann wie Ihr wohl auf solch eine hohe mystische Verbindung keinen –«

»Halt«, unterbrach George Pepusch den Flohbändiger, indem er ihn etwas satanisch anlächelte, »halt, ein Vertrauen ist des andern wert, und so will ich Euch meinerseits denn vertrauen, daß ich das alles, was Ihr mir da erzählt habt, schon viel früher und besser wußte als Ihr. Nicht genug kann ich mich über Eure Beschränktheit, über Eure alberne Anmaßung verwundern. – Vernehmt, was Ihr längst erkennen müßtet, wäre es, außer dem, was die Glasschleiferei betrifft, mit Eurer Wissenschaft nicht so schlecht bestellt, vernehmt, daß ich selbst die Distel Zeherit bin, welche dort stand, wo die Prinzessin Gamaheh ihr Haupt niedergelegt hatte, und von der Ihr gänzlich zu schweigen für gut befunden habt.«

»Pepusch«, rief der Flohbändiger, »seid Ihr bei Sinnen? Die Distel Zeherit blüht im fernen Indien und zwar in dem schönen, von hohen Bergen umschlossenen Tale, wo sich zuweilen die weisesten Magier der Erde zu versammeln pflegen. Der Archivarius Lindhorst kann Euch darüber am besten belehren. Und Ihr, den ich hier im Polröckchen zum Schulmeister laufen gesehen, den ich als vor lauter Studieren und Hungern vermagerten, vergelbten Jenenser gekannt, Ihr wollt die Distel Zeherit sein? – Das macht einem andern weis, aber mich laßt damit in Ruhe.«

»Was Ihr«, sprach Pepusch lachend, »was Ihr doch für ein weiser Mann seid, Leuwenhoek. Nun! haltet von meiner Person, was Ihr wollt, aber seid nicht albern genug, zu leugnen, daß die Distel Zeherit in dem Augenblick, da sie Gamahehs süßer Atem traf, in glühender Liebe und Sehnsucht erblühte und daß, als sie die Schläfe der holden Prinzessin berührte, diese auch süß träumend in Liebe kam. Zu spät gewahrte die Distel den Egelprinzen, den sie sonst mit ihren Stacheln augenblicklich getötet hätte. Doch wär' es ihr mit Hilfe der Wurzel Mandragora gelungen, die Prinzessin wieder in das Leben

zurückzubringen, kam nicht der tölpische Genius Thetel dazwischen mit seinen ungeschickten Rettungsversuchen. – Wahr
46 ist es, daß Thetel im Zorn in die Salzmeste griff, die er auf Reisen gewöhnlich am Gürtel zu tragen pflegt, wie Pantagruel seine Gewürzbarke, und eine tüchtige Hand voll Salz nach dem Egelprinzen warf, ganz falsch aber, daß er ihn dadurch getötet haben sollte. Alles Salz fiel in den Schlamm, nicht ein einziges Körnlein traf den Egelprinzen, den die Distel Zeherit mit ihren Stacheln tötete, so den Tod der Prinzessin rächte und sich dann selbst dem Tode weihte. Bloß der Genius Thetel, der sich in Dinge mischte, die ihn nichts angingen, ist schuld daran, daß die Prinzessin so lange im Blumenschlaf liegen mußte; die Distel Zeherit erwachte viel früher. Denn beider Tod war nur die Betäubung des Blumenschlafs, aus der sie ins Leben zurückkehren durften, wiewohl in anderer Gestalt. Das Maß Eures gröblichen Irrtums würdet Ihr nämlich vollmachen, wenn ihr glauben solltet, daß die Prinzessin Gamaheh völlig so gestaltet war, als es jetzt Dörtje Elverdink ist, und daß Ihr es waret, der ihr das Leben wiedergab. Es ging Euch so, mein guter Leuwenhoek, wie dem ungeschickten Diener in der wahrhaft merkwürdigen Geschichte von den drei Pomeranzen, der zwei Jungfrauen aus den Pomeranzen befreite, ohne sich vorher des Mittels versichert zu haben, sie am Leben zu erhalten, und die dann vor seinen Augen elendiglich umkamen. – Nicht Ihr, nein jener, der Euch entlaufen, dessen Verlust Ihr so hart fühlt und bejammert, der war es, der das Werk vollendete, welches Ihr ungeschickt genug begonnen.«

»Ha«, schrie der Flohbändiger ganz außer sich, »ha, meine Ahnung! – Aber Ihr, Pepusch, Ihr, dem ich so viel Gutes erzeigt, Ihr seid mein ärgster, schlimmster Feind, das sehe ich nun wohl ein. Statt mir zu raten, statt mir beizustehen in meinem Unglück, tischt Ihr mir allerlei unziemliche Narrenspossen auf.« – »Die Narrenspossen auf Euern Kopf«, schrie Pepusch ganz erbost, »zu spät werdet Ihr Eure Torheit bereuen, einbildischer Charlatan! – Ich gehe, Dörtje Elverdink aufzusuchen. – Doch damit Ihr nicht mehr ehrliche Leute vexiert –«

Pepusch faßte nach der Schraube, die das ganze mikroskopische Maschinenwerk in Bewegung setzte. »Bringt mich nur gleich ums Leben!« kreischte der Flohbändiger; doch in dem Augenblick krachte auch alles zusammen, und ohnmächtig stürzte der Flohbändiger zu Boden. –

»Wie mag es«, sprach George Pepusch zu sich selbst, als er auf der Straße war, »wie mag es geschehen, daß einer, der über ein hübsches warmes Zimmer, über ein wohlaufgeklopftes Bett gebietet, sich zur Nachtzeit in dem ärgsten Sturm und Regen auf den Straßen herumtreibt?« – »Wenn er den Hausschlüssel vergessen, und wenn überdem Liebe, törichtes Verlangen ihn jagd.« So mußte er sich selbst antworten. – Töricht kam ihm nämlich jetzt sein ganzes Beginnen vor. – Er erinnerte sich des Augenblicks, als er Dörtje Elverdink zum erstenmal gesehen. – Vor mehreren Jahren zeigte nämlich der Flohbändiger seine Kunststückchen in Berlin und hatte nicht geringen Zuspruch, solange die Sache neu blieb. Bald hatte man sich aber an den kultivierten und exerzierten Flöhen satt gesehen, man hielt nun nicht einmal die Schneider-, Riemer-, Sattler-, Waffenarbeiten zum Gebrauch der kleinen Personen für so gar bewundrungswürdig, unerachtet man erst von Unbegreiflichkeit, zauberischem Wesen gesprochen, und der Flohbändiger schien ganz in Vergessenheit zu geraten. Bald hieß es aber, daß eine Nichte des Flohbändigers, die sonst noch gar nicht zum Vorschein gekommen, jetzt den Vorstellungen beiwohne. Diese Nichte sei aber solch ein schönes, anmutiges Mädchen und dabei so allerliebst geputzt, daß es gar nicht zu sagen. Die bewegliche Welt der jungen und modernen Herren, welche als tüchtige Konzertmeister in der Sozietät Ton und Takt anzugeben pflegen, strömte hin, und weil in dieser Welt nur die Extreme gelten, so weckte des Flohbändigers Nichte ein nie gesehenes Wunder. – Bald war es Ton, den Flohbändiger zu besuchen; wer seine Nichte nicht gesehen, durfte nicht mitsprechen, und so war dem Manne geholfen. Kein Mensch konnte sich übrigens in den Vornamen »Dörtje« finden, und da gerade zu der Zeit die herrliche

Bethmann in der Rolle der Königin von Golkonda alle hohe Liebenswürdigkeit, alle hinreißende Anmut, alle weibliche Zartheit entwickelte, die dem Geschlecht nur eigen, und ein Ideal des unnennbaren Zaubers schien, mit dem ein weibliches Wesen alles zu entzücken vermag, so nannte man die Holländerin »Aline«.

Zu der Zeit kam George Pepusch nach Berlin, Leuwenhoeks schöne Nichte war das Gespräch des Tages, und so wurde auch an der Wirtstafel des Hotels, in dem Pepusch sich einlogiert, beinahe von nichts anderem gesprochen als von dem kleinen reizenden Wunder, das alle Männer, jung oder alt, ja selbst die Weiber entzücke. Man drang in Pepusch, sich nur gleich auf die höchste Spitze alles jetzigen Treibens in Berlin zu stellen und die schöne Holländerin zu sehen. – Pepusch hatte ein reizbares melancholisches Temperament; in jedem Genuß spürte er zu sehr den bittern Beigeschmack, der freilich aus dem schwarzen stygischen Bächlein kommt, das durch unser ganzes Leben rinnt, und das machte ihn finster, in sich gekehrt, ja oft ungerecht gegen alles, was ihn umgab. Man kann denken, daß auf diese Weise Pepusch wenig aufgelegt war, hübschen Mädchen nachzulaufen; er ging aber dennoch zu dem Flohbändiger, mehr um seine vorgefaßte Meinung, daß auch hier, wie so oft im Leben, nur ein seltsamer Wahn spuke, bewährt zu sehen, als des gefährlichen Wunders halber. Er fand die Holländerin gar hübsch, anmutig, angenehm, indem er sie aber betrachtete, mußte er selbstgefällig seine Sagazität belächeln, vermöge der er schon erraten, daß die Köpfe, welche die Kleine vollends verdreht hatte, schon von Haus aus ziemlich wackelicht gewesen sein mußten.

Die Schöne hatte den leichten, ungezwungenen Ton, der von der feinsten sozialen Bildung zeugt, ganz in ihrer Gewalt; mit jener liebenswürdigen Koketterie, die dem, dem sie vertraulich die Fingerspitze hinreicht, zugleich den Mut benimmt, sie zu erfassen, wußte das kleine holde Ding die sie von allen Seiten Bestürmenden ebenso anzuziehen als in den Grenzen des zartesten Anstandes zu erhalten.

Niemand kümmerte sich um den fremden Pepusch, der
Muße genug empfand, die Schöne in ihrem ganzen Tun und
Wesen zu beobachten. Indem er aber länger und länger ihr in 49
das holde Gesichtchen guckte, regte sich in dem tiefsten Hintergrunde des inneren Sinnes eine dumpfe Erinnerung, als habe er die Holländerin irgendwo einmal gesehen, wiewohl in ganz andern Umgebungen und anders gekleidet, sowie es ihm war, als sei auch er damals ganz anders gestaltet gewesen. Vergebens quälte er sich ab, diese Erinnerungen zu irgendeiner Deutlichkeit zu bringen; wiewohl der Gedanke, daß er die Kleine wirklich schon gesehen, immer mehr an Festigkeit gewann. Das Blut stieg ihm ins Gesicht, als ihn endlich jemand leise anstieß und ihm ins Ohr lispelte: »Nicht wahr, Herr Philosoph, auch Sie hat der Blitzstrahl getroffen?« Es war sein Nachbar von der Wirtstafel her, dem er geäußert hatte, daß er die Ekstase, in die alles versetzt sei, für einen seltsamen Wahnsinn halte, der ebenso schnell dahinschwinde, als er entstehe. – Pepusch bemerkte, daß, während er die Kleine unverwandten Auges angestarrt, der Saal leer geworden, so daß eben die letzten Personen davonschritten. Erst jetzt schien die Holländerin ihn zu gewahren; sie grüßte ihn mit anmutiger Freundlichkeit. –

Pepusch wurde die Holländerin nicht los; er marterte sich ab in der schlaflosen Nacht, um nur auf die Spur jener Erinnerung zu kommen, indessen vergebens. Der Anblick der Schönen konnte allein ihn auf jene Spur bringen, so dachte er ganz richtig und unterließ nicht, gleich andern Tages und dann alle folgenden Tage zum Flohbändiger zu wandern und zwei bis drei Stunden die hübsche Dörtje Elverdink anzustarren. – Kann der Mann den Gedanken an ein liebenswürdiges Frauenzimmer, das seine Aufmerksamkeit erregte auf diese, jene Weise, nicht loswerden, so ist das für ihn der erste Schritt zur Liebe, und so kam es denn auch, daß Pepusch in dem Augenblick, als er bloß jener dunklen Erinnerung nachzugrübeln glaubte, in die schöne Holländerin schon ganz verliebt war.

Wer wollte sich jetzt noch um die Flöhe kümmern, über die die Holländerin, alles an sich ziehend, den glänzendsten Sieg davongetragen hatte. Der Flohbändiger fühlte selbst, daß er mit seinen Flöhen eine etwas alberne Rolle spiele; er sperrte daher seine Mannschaft bis auf andere Zeiten ein und gab mit vielem Geschick seinem Schauspiel eine andere Gestalt, der schönen Nichte aber die Hauptrolle.

Der Flohbändiger hatte nämlich den glücklichen Gedanken gefaßt, Abendunterhaltungen anzuordnen, auf die man sich mit einer ziemlich hohen Summe abonnierte, und in denen, nachdem er einige artige optische Kunststücke gezeigt, die fernere Unterhaltung der Gesellschaft seiner Nichte oblag. – In vollem Maß ließ die Schöne ihr soziales Talent glänzen, dann nützte sie aber die kleinste Stockung, um durch Gesang, den sie selbst auf der Guitarre begleitete, der Gesellschaft einen neuen Schwung zu geben. Ihre Stimme war nicht stark, ihre Methode nicht grandios, oft wider die Regel, aber der süße Ton, die Klarheit, Nettigkeit ihres Gesangs entsprach ganz ihrem holden Wesen, und vollends, wenn sie unter den schwarzen seidnen Wimpern den schmachtenden Blick wie feuchten Mondesstrahl hineinleuchten ließ unter die Zuhörer, da wurde jedem die Brust enge, und selbst der Tadel des eigensinnigsten Pedanten mußte verstummen. –

Pepusch setzte in diesen Abendunterhaltungen sein Stu- 51
dium eifrig fort, das heißt, er starrte zwei Stunden lang die Holländerin an und verließ dann mit den übrigen den Saal.

Einmal stand er der Holländerin näher als gewöhnlich und hörte deutlich, was sie zu einem jungen Manne sprach: »Sagen Sie mir, wer ist dieses leblose Gespenst, das mich jeden Abend stundenlang anstarrt und dann lautlos verschwindet?«

Pepusch fühlte sich tief verletzt, tobte und lärmte auf seinem Zimmer, stellte sich so ungebärdig, daß kein Freund ihn in diesem tollen Wesen wiedererkannt haben würde. Er schwur hoch und teuer, die boshafte Holländerin niemals wiederzusehen, unterließ aber nicht, gleich am andern Abend sich zur gewöhnlichen Stunde bei Leuwenhoek einzufinden und womöglich die schöne Dörtje mit noch erstarrterem Blick anzugaffen. Schon auf der Treppe war er freilich darüber sehr erschrocken, daß er eben die Treppe hinaufstieg, und hatte in aller Schnelligkeit den weisen Vorsatz gefaßt, sich wenigstens von dem verführerischen Wesen ganz entfernt zu halten. Diesen Vorsatz führte er auch wirklich aus, indem er sich in einen Winkel des Saals verkroch; der Versuch, die Augen niederzuschlagen, mißglückte aber durchaus, und wie gesagt, noch starrer als sonst schaute er der Holländerin in die Augen.

Selbst wußte er nicht, wie es geschah, daß Dörtje Elverdink plötzlich in seinem Winkel dicht neben ihm stand.

Mit einem Stimmlein, das süßlispelnde Melodie war, sprach die Holde: »Ich erinnere mich nicht, mein Herr, Sie schon anderwärts gesehen zu haben als hier in Berlin, und doch finde ich in den Zügen Ihres Antlitzes, in Ihrem ganzen Wesen so viel Bekanntes. Ja, es ist mir, als wären wir vor gar langer Zeit einander ganz befreundet gewesen, jedoch in einem sehr fernen Lande und unter ganz andern seltsamen Umständen. Ich bitte Sie, mein Herr, reißen Sie mich aus der Ungewißheit, und täuscht mich nicht vielleicht eine

Ähnlichkeit, so lassen Sie uns das freundschaftliche Verhältnis erneuern, das in dunkler Erinnerung ruht wie ein schöner Traum.«

Dem Herrn Georg Pepusch wurde bei diesen anmutigen Worten der schönen Holländerin gar sonderbar zumute. Die Brust war enge, und indem ihm die Stirn brannte, fröstelte es ihm durch alle Glieder, als läg' er im stärksten Fieber. Wollte das nun auch nichts anders bedeuten, als daß Herr Pepusch in die Holländerin bis über den Kopf verliebt war, so gab es doch noch eine andere Ursache des durchaus verwirrten Zustandes, der ihm alle Sprache, ja beinahe alle Besinnung raubte. Sowie nämlich Dörtje Elverdink davon sprach, daß sie glaube, vor langer Zeit ihn schon gekannt zu haben, war es ihm, als würde in seinem Innern wie in einer Laterna magica plötzlich ein anderes Bild vorgeschoben, und er erblickte ein weit entferntes Sonst, das lange zurückliege hinter der Zeit, als er zum erstenmal Muttermilch gekostet, und in dem er selbst doch ebensogut als Dörtje Elverdink sich rege und bewege. Genug! – der Gedanke, der sich eben durch vieles Denken erst recht klar und fest gestaltete, blitzte in diesem Augenblick auf, und dieser Gedanke war nicht Geringeres, als daß Dörtje Elverdink die Prinzessin Gamaheh, Tochter des Königs Sekakis sei, die er schon in der grünen Zeit geliebt, da er noch die Distel Zeherit gewesen. Gut war es, daß er diesen Gedanken andern Leuten nicht sonderlich mitteilte; man hätte ihn sonst vielleicht für wahnsinnig gehalten und eingesperrt, wiewohl die fixe Idee eines Partiell-Wahnsinnigen oft nichts anders sein mag als die Ironie eines Seins, welches dem jetzigen vorausging.

»Aber mein Himmel, Sie scheinen ja stumm, mein Herr!« So sprach die Kleine, indem sie mit den niedlichsten Fingerchen Georgs Brust berührte. Doch aus den Spitzen dieser Finger fuhr ein elektrischer Strahl dem Georg bis ins Herz hinein, und er erwachte aus seiner Betäubung. In voller Ekstase ergriff er die Hand der Kleinen, bedeckte sie mit glühenden Küssen und rief: »Himmlisches, göttliches Wesen« – usw. Der geneigte

Leser wird sich wohl denken können, was Herr Georg Pepusch in diesem Augenblick noch alles gerufen. –

Es genügt zu sagen, daß die Kleine Georges Liebesbeteue- 53
rungen so aufnahm, wie er es nur wünschen konnte, und daß die verhängnisvolle Minute im Winkel des Leuwenhoekschen Saals ein Liebesverhältnis gebar, das den guten Herrn Georg Pepusch erst in den Himmel, dann aber der Abwechslung wegen in die Hölle versetzte. War nämlich Pepusch melancholischen Temperaments und dabei mürrisch und argwöhnisch, so konnt' es nicht fehlen, daß Dörtjes Betragen ihm Anlaß gab zu mancher Eifersüchtelei. Gerade diese Eifersüchtelei reizte aber Dörtjes etwas schalkischen Humor, und es war ihre Lust, den armen Herrn Georg Pepusch auf die sinnreichste Weise zu quälen. Da nun aber jedes Ding nur bis zu einer gewissen Spitze getrieben werden kann, so kam es denn auch zuletzt bei Pepusch zum Ausbruch des lang verhaltenen Ingrimms. Er sprach nämlich einmal gerade von jener wunderbaren Zeit, da er als Distel Zeherit die schöne Holländerin, die damals die Tochter des Königs Sekakis gewesen, so innig geliebt, und gedachte mit aller Begeisterung der innigsten Liebe, daß eben jenes Verhältnis, der Kampf mit dem Egelkönig ihm schon das unbestrittenste Recht auf Dörtjes Hand gegeben. Dörtje Elverdink versicherte, wie sie sich jener Zeit, jenes Verhältnisses gar wohl erinnere und die Ahnung davon zuerst wieder in ihre Seele gekommen, als Pepusch sie mit dem Distelblick angeschaut. Die Kleine wußte so anmutig von diesen wunderbaren Dingen zu reden, sie tat so begeistert von der Liebe zu der Distel Zeherit, die dazu bestimmt gewesen, in Jena zu studieren und dann in Berlin die Prinzessin Gamaheh wiederzufinden, daß Herr Georg Pepusch im Eldorado alles Entzückens zu sein glaubte. – Das Liebespaar stand am Fenster, und die Kleine litt es, daß der verliebte Georg den Arm um sie schlug. In dieser vertraulichen Stellung kosten sie miteinander, denn zum Gekose wurde das träumerische Reden von den Wundern in Famagusta. Da begab es sich, daß ein sehr hübscher Offizier von den Garde-Husaren in funkelnagelneuer Uniform

vorüberging und die Kleine, die er aus den Abendgesellschaften kannte, sehr freundlich grüßte. Dörtje hatte die Augen halb geschlossen und das Köpfchen abgewendet von der Straße; man hätte denken sollen, daß es ihr unmöglich sein müßte, den Offizier zu gewahren; aber mächtig ist der Zauber einer neuen glänzenden Uniform! Die Kleine, vielleicht schon erregt durch das bedeutungsvolle Klappern des Säbels auf dem Steinpflaster, öffnete die Äuglein hell und klar, wand sich aus Georgs Arm, riß das Fenster auf, warf dem Offizier ein Kußhändchen zu und schaute ihm nach, bis er um die Ecke verschwunden.

»Gamaheh«, schrie die Distel Zeherit ganz außer sich, – »Gamaheh, was ist das? – spottest du meiner? Ist das die Treue, die du deiner Distel angelobt?« – Die Kleine drehte sich auf dem Absatz herum, schlug ein helles Gelächter auf und rief: »Geht, geht, George! Bin ich die Tochter des würdigen alten Königs Sekakis, seid Ihr die Distel Zeherit, so ist jener allerliebste Offizier der Genius Thetel, der mir eigentlich viel besser gefällt wie die traurige stachlichte Distel.« – Damit sprang die Holländerin fort durch die Türe, Georg Pepusch geriet aber, wie man denken kann, sofort in Wut und Verzweiflung und rannte wild die Treppe hinab, zum Hause hinaus, als hetzten ihn tausend Teufel. Das Geschick wollt' es, daß George einem Freunde begegnete, der in einer Postkalesche saß und fort wollte. »Halt, ich reise mit Euch!« So rief die Distel Zeherit, flog schnell nach Hause, zog einen Überrock an, steckte Geld ein, gab den Stubenschlüssel der Wirtin, setzte sich in die Kalesche hinein und fuhr mit dem Freunde von dannen.

Unerachtet dieser feindseligen Trennung war aber die Liebe zur schönen Holländerin in Georges Brust ganz und gar nicht erloschen, und ebensowenig konnte er sich entschließen, die gerechten Ansprüche aufzugeben, die er als Distel Zeherit auf Gamahehs Hand und Herz zu haben glaubte. Er erneuerte daher diese Ansprüche, als er nach etlichen Jahren wiederum im Haag mit Leuwenhoek zusammentraf, und wie eifrig er sie auch in Frankfurt verfolgte, hat der geneigte Leser bereits erfahren. –

Ganz trostlos rannte Herr George Pepusch in der Nacht durch die Gassen, als der flackernde, ungewöhnlich helle Schein eines Lichts, der durch die Spalte eines Fensterladens im untern Stock eines ansehnlichen Hauses auf die Straße fiel, seine Aufmerksamkeit erregte. Er glaubte, es müsse in der Stube brennen, und schwang sich daher am Gitterwerk hinauf, um in die Stube zu schauen. Grenzenlos war aber sein Erstaunen über das, was er erblickte.

Ein helles, lustiges Feuer loderte im Kamin, der dem Fenster geradeüber gelegen; vor diesem Kamin saß oder lag vielmehr in einem breiten altväterischen Lehnstuhl die kleine Holländerin, geputzt wie ein Engel. Sie schien zu schlummern, während ein sehr alter ausgetrockneter Mann vor dem Feuer kniete und, Brill' auf der Nase, in einen Topf guckte, in dem wahrscheinlich irgendein Getränk kochte. Pepusch wollte sich noch höher hinaufschwingen, um besser die Gruppe ins Auge zu fassen, fühlte sich indessen bei den Beinen gepackt und mit Gewalt heruntergezogen. Eine barsche Stimme rief: »Seht mal den Spitzbuben, das wäre mir recht. – Fort, Patron, ins Hundeloch!« – Es war der Nachtwächter, der Georgen bemerkt hatte, wie er an das Fenster hinanklimmte, und nichts anders vermuten konnte, als daß er einbrechen wolle ins Haus. Aller Protestationen unerachtet wurde Herr George Pepusch von dem Wächter, dem die herbeieilende Patrouille zu Hülfe geeilt war, fortgeschleppt, und auf diese Weise endete seine nächtliche Wanderung fröhlich in der Wachtstube. –

DRITTES ABENTEUER

ERSCHEINUNG EINES KLEINEN UNGEHEUERS. FERNERE ERLÄUTERUNGEN ÜBER DIE SCHICKSALE DER PRINZESSIN GAMAHEH. MERKWÜRDIGES FREUNDSCHAFTSBÜNDNIS, WELCHES HERR PEREGRINUS TYSS EINGEHT, UND AUFSCHLUSS, WER DER ALTE HERR IST, DER IN SEINEM HAUSE ZUR MIETE WOHNT. SEHR WUNDERBARE WIRKUNG EINES ZIEMLICH KLEINEN MIKROSKOPISCHEN GLASES. UNVERMUTETE VERHAFTUNG DES HELDEN DER GESCHICHTE.

Wer solche Dinge an einem Abende erfahren hat wie Herr Peregrinus Tyß, ja, wer sich in solcher Stimmung befindet als er, kann ganz unmöglich gut schlafen. Unruhig wälzte Herr Peregrinus sich auf seinem Lager, und wenn er in das Delirieren geriet, das dem Schlaf vorherzugehen pflegt, so hatte er wieder das kleine holde Wesen in den Armen und fühlte heiße glühende Küsse auf seinen Lippen. – Dann fuhr er auf und glaubte noch wachend Alinens liebliche Stimme zu hören. In brünstiger Sehnsucht wünschte er, sie möge nicht entflohen sein, und doch fürchtete er wieder, sie werde gleich hineintreten und ihn verstricken in ein unauflösliches Netz. Dieser Kampf widersprechender Gefühle beklemmte seine Brust und erfüllte sie zugleich mit süßer, nie gekannter Angst.

»Schlaft nicht, Peregrinus, schlaft nicht, edler Mann, ich muß augenblicklich mit Euch reden!« So lispelte es dicht vor Peregrinus, und immerfort: »schlaft nicht! schlaft nicht!«, bis er endlich die Augen aufschlug, die er geschlossen, nur um die holde Aline deutlicher zu sehen.

In dem Schimmer der Nachtlampe gewahrte er ein kleines, kaum spannlanges Ungeheuer, das auf seiner weißen Bettdecke saß und vor dem er sich im ersten Augenblick entsetzte, dann griff er aber mutig mit der Hand darnach, um sich zu überzeugen, ob seine Fantasie ihn nicht täusche. Doch sogleich war das kleine Ungeheuer spurlos verschwunden.

58 Konnte die genaue Porträtierung der schönen Aline, Dörtje Elverdink oder Prinzessin Gamaheh – denn daß eine und dieselbe Person sich nur scheinbar in drei Personen zerspaltet, weiß der geneigte Leser schon längst – füglich unterbleiben, so ist dagegen es durchaus nötig, ganz genau das kleine Ungeheuer zu beschreiben, das auf der Bettdecke saß und dem Herrn Peregrinus einiges Entsetzen verursachte.

Wie schon erwähnt, war die Kreatur kaum eine Spanne lang; in dem Vogelkopf staken ein Paar runde glänzende Augen, und aus dem Sperlingsschnabel starrte noch ein langes spitzes Ding wie ein dünnes Papier hervor, dicht über dem Schnabel streckten sich zwei Hörner aus der Stirne. Der Hals begann dicht unter dem Kopf auch vogelartig, wurde aber immer dicker, so daß er ohne Unterbrechung der Form zum unförmlichen Leibe wuchs, der beinahe die Gestalt einer Haselnuß hatte und mit dunkelbraunen Schuppen bedeckt schien wie der Armadillo. Das Wunderlichste und Seltsamste war aber wohl die Gestaltung der Arme und Beine. Die ersteren hatten zwei Gelenke und wurzelten in den beiden Backen der Kreatur dicht bei dem Schnabel. Gleich unter diesen Armen befand sich ein Paar Füße und denn weiterhin noch ein Paar, beide zweigelenkig, wie die Arme. Diese letzten Füße schienen aber diejenigen zu sein, auf deren Tüchtigkeit die Kreatur sich eigentlich verließ, denn außerdem daß diese Füße merklich länger und stärker waren als die andern, so trug die Kreatur auch an denselben sehr schöne goldne Stiefel mit diamantnen Sporen.

War nun, wie gesagt, das kleine Ungeheuer spurlos verschwunden, sowie Peregrinus darnach faßte, so hätte er gewiß alles für Täuschung seiner aufgeregten Sinne gehalten, wäre nicht gleich unten in der Ecke des Bettes eine leise Stimme hörbar geworden, die sich also vernehmen ließ: »Mein Himmel, Peregrinus Tyß, sollte ich mich in Euch geirrt haben? Ihr handeltet gestern an mir so edel, und jetzt, da ich Euch meine

Dankbarkeit beweisen will, greift Ihr nach mir mit mörderischer Hand? – Doch vielleicht mißfiel Euch meine Gestalt, und ich tat Verkehrtes, mich Euch mikroskopisch zu zeigen, damit Ihr mich nur gewiß bemerken solltet, welches nicht so leicht ist, als Ihr wohl denken möchtet. Ebenso wie vorher sitze ich jetzt auf Eurer weißen Bettdecke, und Ihr seht mich doch ganz und gar nicht. Nehmt's nicht übel, Peregrinus, aber Eure Sehnerven sind wahrlich ein wenig zu grob für meine schlanke Taille. Doch versprecht mir nur, daß ich bei Euch sicher bin und daß Ihr nichts Feindseliges gegen mich unternehmen wollt, so werde ich Euch näher kommen und manches erzählen, was zu erfahren Euch eben nicht unrecht sein wird.«

»Sagt mir«, erwiderte Peregrinus Tyß der Stimme, »sagt mir nur erst, wer Ihr seid, guter unbekannter Freund, das übrige wird sich denn wohl finden. Versichern kann ich Euch indessen zum voraus, daß irgend Feindseliges gar nicht in meiner Natur ist und daß ich fortfahren werde, gegen Euch edel zu handeln, wiewohl ich zurzeit gar nicht begreifen kann, auf welche Weise ich schon jetzt Euch meinen Edelmut bewiesen haben sollte. Bewahrt aber doch nur immer Euer Inkognito, denn Euer Anblick ist eben nicht anmutig.«

»Ihr seid«, sprach die Stimme weiter, nachdem sie sich ein wenig ausgeräuspert, »Ihr seid, ich wiederhole es mit Vergnügen, ein edler Mann, Herr Peregrinus, aber nicht sonderlich tief eingedrungen in die Wissenschaft und überhaupt ein wenig unerfahren, sonst hättet Ihr mich erkannt auf den ersten Blick. – Ich könnte ein wenig prahlerisch reden, ich könnte sagen, daß ich einer der mächtigsten Könige sei und über viele, viele Millionen herrsche. Aus angeborner Bescheidenheit, und weil auch am Ende der Ausdruck: König! nicht recht paßlich, will ich es unterlassen. – In dem Volk, an dessen Spitze zu stehen ich die Ehre habe, herrscht nämlich eine republikanische Verfassung. Ein Senat, der höchstens aus fünfundvierzigtausendneunhundertundneunundneunzig Mitgliedern bestehen darf, der leichteren Übersicht beim Votieren halber, vertritt die Stelle des Regenten, wer aber an der Spitze dieses Senats steht, führt, weil er in allen Dingen des Lebens zur Meisterschaft gelangt sein muß, wirklich den Namen: Meister! – Ohne weitere Umschweife will ich es Euch denn nun entdecken, daß ich, der ich hier mit Euch spreche, ohne daß Ihr mich gewahrt, kein anderer bin als der Meister Floh. – Daß Ihr mein Volk kennet, daran will ich nicht im mindesten zweifeln, denn gewiß habt Ihr, würdiger Herr, schon so manchen von meinem Volke mit Euerm eignen Blut erfrischt und gestärkt. Bekannt muß es darum Euch wenigstens wohl sein, daß mein Volk von einem beinahe unzähmbaren Freiheitssinn beseelt ist und recht eigentlich aus lauter leichtsinnigen Springinsfelden besteht, die geneigt sind, sich jeder soliden Gestaltung zu entziehen durch fortwährendes Hüpfen. Was für ein Talent dazu gehört, von einem solchen Volk Meister zu sein, werdet Ihr einsehen, Herr Peregrinus, und schon deshalb die gehörige Ehrfurcht vor mir haben. Versichert mir das, Herr Peregrinus, ehe ich weiterrede.« –

Einige Augenblicke hindurch war es dem Herrn Peregrinus Tyß, als drehe sich in seinem Kopf ein großes Mühlrad, von brausenden Wellen getrieben. Dann wurde er aber ruhiger, und es wollte ihn bedünken, daß die Erscheinung der fremden Dame bei dem Buchbinder Lämmerhirt ebenso wunderbar als das, was sich jetzt begebe, und dies vielleicht eben nur die richtige Fortsetzung der seltsamsten Geschichte sei, in die er verflochten.

Herr Peregrinus erklärte dem Meister Floh, daß er ihn schon jetzt seiner seltenen Gaben halber ganz ungemein verehre und daß er um so begieriger sei, mehr von ihm zu erfahren, als seine Stimme sehr wohlklinge und eine gewisse Zartheit in der Rede seinen feinen zierlichen Körperbau verrate.

»Sehr«, fuhr Meister Floh fort, »sehr danke ich Euch, bester Herr Tyß, für Eure gute Gesinnung und hoffe Euch bald zu überzeugen, daß Ihr Euch in mir nicht geirrt habt. – Damit Ihr erfahrt, bester Mann, welchen Dienst Ihr mir erwiesen habt, ist es indessen nötig, Euch meine vollständige Bio-

graphie mitzuteilen. – Vernehmt also! – Mein Vater war der berühmte – doch! eben fällt mir ein, daß Lesern und Hörern die schöne Gabe der Geduld merklich ausgegangen ist, und 61
daß ausführliche Lebensbeschreibungen, sonst am mehrsten geliebt, jetzt verabscheut werden. Ich will daher, statt gründlich zu sein, nur flüchtig und episodisch dasjenige berühren, was auf meinen Aufenthalt bei Euch sich zunächst bezieht. Schon weil ich wirklich Meister Floh bin, müßt Ihr, teurer Herr Peregrinus, in mir einen Mann von der umfangreichsten Erudition, von der tiefsten Erfahrung in allen Zweigen des Wissens erkennen. Doch! – nicht messen könnt Ihr den Grad meiner Wissenschaft nach Euerm Maßstabe, da Euch die wunderbare Welt unbekannt ist, in der ich mit meinem Volk lebe. In welches Erstaunen würdet Ihr geraten, wenn Euer Sinn erschlossen werden sollte für diese Welt, die Euch das seltsamste, unbegreiflichste Zauberreich dünken würde. Eben daher möget Ihr es auch gar nicht befremdlich finden, wenn alles, was aus jener Welt herstammt, Euch vorkommen wird wie ein verwirrtes Märchen, das ein müßiges Gehirn ausgebrütet. Laßt Euch aber dadurch nicht irremachen, sondern traut meinen Worten. – Seht, mein Volk ist Euch Menschen in manchen Dingen weit überlegen, z.B. was Durchschauen der Geheimnisse der Natur, Stärke, Gewandtheit, geistige und körperliche Gewandtheit betrifft. Doch auch wir haben Leidenschaften, und diese sind, so wie bei euch, gar oft die Quelle vieles Ungemachs, ja gänzlichen Verderbens. So war auch ich von meinem Volk geliebt, ja, angebetet, mein Meistertum hätte mich auf die höchste Stufe des Glücks bringen können, verblendete mich nicht eine unglückliche Leidenschaft zu einer Person, die mich ganz und gar beherrschte, ohne jemals meine Gattin werden zu können. Man wirft überhaupt unserm Geschlecht eine ganz besondere, die Schranken des Anstandes überschreitende Vorliebe für das schöne Geschlecht vor. Mag dieser Vorwurf auch begründet sein, so weiß auf der andern Seite jeder – Doch! – ohne weitere Umschweife! – Ich sah des Königs Sekakis Tochter, die schöne Gamaheh, und wurde

augenblicklich so entsetzlich verliebt in sie, daß ich mein Volk, mich selbst vergaß und nur in der Wonne lebte, auf dem
62 schönsten Halse, auf dem schönsten Busen umherzuhüpfen und die Holde mit süßen Küssen zu kitzeln. Oft haschte sie mit den Rosenfingern nach mir, ohne mich jemals fangen zu können. Dies dünkte mir anmutiges Kosen, liebliche Tändelei beglückter Liebe! – Wie töricht ist der Sinn eines Verliebten, ist dieser auch selbst der Meister Floh. – Es genügt zu sagen, daß die arme Gamaheh von dem häßlichen Egelprinzen überfallen wurde, der sie zu Tode küßte; mir wär' es aber gelungen, die Geliebte zu retten, hätte sich nicht ein einfältiger Prahlhans und ein ungeschickter Tölpel ohne Beruf in die Sache gemischt und alles verdorben. Der Prahlhans war aber die Distel Zeherit und der Tölpel der Genius Thetel. – Als sich der Genius Thetel mit der entschlummerten Prinzessin in die Lüfte erhob, klammerte ich mich fest an die Brüßler Kanten, die sie gerade um den Hals trug, und war so Gamahehs treuer Reisegefährte, ohne von dem Genius bemerkt zu werden. Es geschah, daß wir über zwei Magier wegflogen, die auf einem hohen Turm gerade den Lauf der Gestirne beobachteten. Da richtete der eine dieser Magier sein Glas so scharf auf mich, daß ich schier von dem Schein des magischen Instruments geblendet wurde. Mich überfiel ein starker Schwindel, vergebens suchte ich mich festzuhalten, ich stürzte rettungslos hinab aus der entsetzlichen Höhe, fiel dem beobachtenden Magier gerade auf die Nase; nur meine Leichtigkeit, meine außerordentliche Gewandtheit erhielt mich am Leben.

Noch war ich zu betäubt, um von des Magiers Nase herabzuhüpfen und mich ganz in Sicherheit zu setzen, als der Unhold, der verräterische Leuwenhoek (der war der Magier), mich geschickt mit den Fingern erhaschte und sogleich in ein Rußwurmsches Universal-Mikroskop setzte. Unerachtet es Nacht war und er daher die Lampe anzünden mußte, war er doch ein viel zu geübter Beobachter und viel zu tief eingedrungen in die Wissenschaft, um nicht sogleich mich als den Meister Floh zu erkennen. Hoch erfreut, daß ein glücklicher

Zufall ihm diesen vornehmen Gefangenen in die Hände gespielt, entschlossen, allen Vorteil daraus zu ziehen, der nur möglich, schlug er mich Ärmsten in Ketten, und so begann eine qualvolle Gefangenschaft, aus der ich durch Euch, Herr Peregrinus Tyß, erst gestern vormittags befreit wurde. – Mein Besitz gab dem fatalen Leuwenhoek volle Macht über meine Vasallen, die er bald scharenweise um sich her versammelte und mit barbarischer Härte eine sogenannte Kultur einführte, die uns bald um alle Freiheit, um allen Genuß des Lebens brachte. Was die Schulstudien und überhaupt die Wissenschaften und Künste betrifft, so fand Leuwenhoek gar bald zu seinem Erstaunen und Ärger, daß wir beinahe gelehrter waren, als er selbst; die höhere Kultur, die er uns aufzwang, bestand aber vorzüglich darin, daß wir durchaus was werden, wenigstens was vorstellen mußten. Eben dieses Was-werden, dieses Was-vorstellen führte eine Menge Bedürfnisse herbei, die wir sonst gar nicht gekannt hatten und die wir nun im Schweiß unseres Angesichts erringen mußten. Zu Staatsmännern, Kriegsleuten, Professoren und was weiß ich alles schuf uns der grausame Leuwenhoek um. Diese mußten einhertreten in der Tracht des verschiedenen Standes, mußten

Waffen tragen usw. So entstanden aber unter uns Schneider, Schuster, Friseure, Sticker, Knopfmacher, Waffenschmiede, Gürtler, Schwertfeger, Stellmacher und eine Menge anderer Professionisten, die nur arbeiteten, um einen unnötigen, verderblichen Luxus zu befördern. Am allerschlimmsten war es, daß Leuwenhoek nichts im Auge hatte als seinen eignen Vorteil, daß er uns kultivierte Leute den Menschen zeigte und sich Geld dafür bezahlen ließ. Überdies aber kam unsere Kultur ganz auf seine Rechnung, und er erhielt die Lobsprüche, die uns allein gebührten. Recht gut wußte Leuwenhoek, daß mit meinem Verlust auch seine Herrschaft über mein Volk ein Ende hatte; um so fester verschlang er daher den Zauber, der mich an ihn bannte, und um so quälender war meine unglückliche Gefangenschaft. – Mit heißer Sehnsucht dachte ich an die holde Gamaheh und sann auf Mittel, Nachricht von ihrem Schicksal zu erhalten. – Was aber der schärfste Verstand nicht zu ersinnen vermochte, das führte die Gunst des Zufalls von selbst herbei. – Meines Magiers Freund und Bundesgenosse, der alte Swammerdamm, hatte die Prinzessin Gamaheh in dem Blumenstaube einer Tulpe entdeckt und diese Entdeckung dem Freunde mitgeteilt. Durch Mittel, die ich Euch, guter Herr Peregrinus Tyß, weiter zu entwickeln unterlasse, da Ihr nicht sonderlich viel davon verstehen würdet, gelang es dem Herrn, der Prinzessin natürliche Gestalt wieder herzustellen und sie ins Leben zurückzurufen. Am Ende waren aber doch beide hochweise Herren ebenso ungeschickte Tölpel als der Genius Thetel und die Distel Zeherit. Sie hatten nämlich im Eifer die Hauptsache vergessen, und so kam es, daß die Prinzessin in demselben Augenblick, als sie zum Leben erwacht, wiederum tot niedersinken wollte. Ich allein wußte, woran es lag: die Liebe zur schönen Gamaheh, die in meiner Brust emporgelodert stärker als jemals, gab mir Riesenkraft; ich zerriß meine Ketten, ich sprang mit einem mächtigen Satz der Holden auf die Schulter – nur ein einziger kleiner Stich genügte, das stockende Blut in Wallung zu setzen. Sie lebte! – Nun muß ich Euch aber sagen, Herr Peregrinus

Tyß, daß dieser Stich wiederholt werden muß, wenn die Prinzessin in Schönheit und Jugend fortblühen soll; sie würde entgegengesetzten Falls in wenigen Monaten zusammenschrumpfen zum alten abgelebten Mütterlein. Deshalb bin ich ihr, das werdet Ihr einsehen, ganz unentbehrlich, und nur aus der Furcht, mich zu verlieren, läßt sich der schwarze Undank erklären, mit dem Gamaheh meine Liebe lohnte. Sie lieferte mich nämlich ohne weiteres dem abscheulichen Quälgeist, dem Leuwenhoek aus, der mich in stärkere Fesseln schlug, als ich sie je getragen, jedoch zu seinem eignen Verderben. – Trotz aller Vorsicht des alten Leuwenhoek und der schönen Gamaheh gelang es mir endlich dennoch, in einer unbewachten Stunde aus meinem Kerker zu entspringen. Hinderten mich auch die schweren Reiterstiefel, die ich nicht Zeit hatte von den Füßen abzustreifen, sehr an der Flucht, so kam ich doch glücklich bis in die Bude des Spielsachenkrämers, bei dem Ihr Waren einkauftet. Nicht lange dauerte es, so trat, zu meinem nicht geringen Schreck, auch Gamaheh in den Laden. Ich hielt mich für verloren; Ihr allein konntet mich retten, edler Herr Peregrinus; ich klagte Euch leise meine Not, und Ihr wart gütig genug, mir eine Schachtel zu öffnen, in die ich schnell hineinhüpfte und die Ihr dann ebenso schnell mit Euch nahmet; Gamaheh suchte mich vergebens und erfuhr erst viel später, wie und wohin ich geflüchtet. Sowie ich in Freiheit war, hatte Leuwenhoek auch die Macht über mein Völklein verloren. Alle befreiten sich, entschlüpften und ließen dem Tyrannen zum Hohn Pfefferkörner, Obstkerne u.d.m. in den Kleidern stecken. Nochmals meinen herzlichen Dank, guter edler Herr Peregrinus, für die große Wohltat, die Ihr mir erzeigt habt und die ich zu schätzen weiß wie keiner. Erlaubt, daß ich mich als ein freier Mann wenige Zeit bei Euch aufhalte; ich kann Euch in manchen recht wichtigen Angelegenheiten Eures Lebens so nützlich sein, als Ihr es kaum denken möget. Zwar könnte es für gefährlich zu achten sein, daß Ihr in heftiger Liebe entbrannt seid zu dem holden Wesen –«

»Was sagt Ihr«, unterbrach Peregrinus den kleinen Unsichtbaren, »was sagt Ihr, Meister, *ich* – *ich* entbrannt in Liebe?«

»Es ist nicht anders«, fuhr Meister Floh fort, »denkt Euch mein Entsetzen, meine Angst, als Ihr gestern eintratet mit der Prinzessin in den Armen, ganz erhitzt von wilder Leidenschaft; als sie alle Verführungskünste anwandte, die ihr leider nur zu sehr zu Gebote stehen, um Euch zu meiner Auslieferung zu bewegen! – Doch! erst da erkannte ich Eure Großmut in ganzem Umfange, als Ihr standhaft bliebt, als Ihr geschickt so tatet, als wüßtet Ihr gar nichts von meinem Aufenthalt bei Euch, als verständet Ihr gar nicht, was die Prinzessin eigentlich von Euch verlange.«

»Das«, unterbrach Peregrinus den Meister Floh aufs neue, »das war ja aber auch in der Tat der Fall. Ihr rechnet mir, lieber Meister Floh, Dinge als Verdienst an, die ich gar nicht geahnt habe. Weder Euch, noch das hübsche Frauenzimmer, das mich aufsuchte bei dem Buchbinder Lämmerhirt und das Ihr seltsamerweise Prinzessin Gamaheh zu nennen beliebt, habe ich in der Bude gewahrt, wo ich Spielsachen einkaufte. Ganz unbekannt war es mir, daß unter den Schachteln, die ich mitnahm und in welchen ich bleierne Soldaten und ebensolche Jagden vermutete, sich eine leere befand, in der Ihr saßet, und wie in aller Welt hätte ich es erraten können, daß *Ihr* der Gefangene wart, den das anmutige Kind so stürmisch verlangte. Seid nicht wunderlich, Meister Floh, und laßt Euch Dinge träumen, von denen keine Ahnung in meiner Seele liegt.«

»Ihr wollt«, erwiderte Meister Floh, »meinen Danksagungen ausweichen auf geschickte Weise, guter Herr Peregrinus, und dies gibt mir zu großem Trost aufs neue den lebhaften Beweis Eurer uneigennützigen Denkungsart. – Wißt, edler Mann! daß Leuwenhoeks, Gamahehs Bemühungen, mich wieder zu erhaschen, ganz vergeblich bleiben, solange Ihr mir Euern Schutz gewährt. Freiwillig müßt Ihr mich meinen Peinigern übergeben, alle andere Mittel sind fruchtlos. Herr Peregrinus Tyß! Ihr seid verliebt.« –

»O sprecht«, fiel Peregrinus dem Meister ins Wort, »o sprecht doch nur nicht so! – Nennt Liebe nicht eine augenblickliche törichte Aufwallung, die schon jetzt vorüber ist!« – 67

Herr Peregrinus fühlte, daß Glutröte ihm ins Antlitz stieg und ihn Lügen strafte. Er kroch unters Deckbette.

»Es ist«, fuhr Meister Floh fort, »es ist gar nicht zu verwundern, daß auch Ihr dem wunderbaren Liebreiz der Prinzessin Gamaheh nicht widerstehen konntet, zumal sie manche gefährliche Kunst anwandte, Euch zu fangen. Der Sturm ist noch nicht vorüber. Manches Zaubermittel, wie es auch wohl andern anmutigen Weibern, die nicht gerade die Prinzessin Gamaheh sind, zu Gebote steht, wird die kleine Boshafte noch aufbieten, um Euch in ihr Liebesnetz zu verstricken. Sie wird sich Eurer so ganz zu bemächtigen suchen, daß Ihr nur für sie, für ihre Wünsche leben sollt, und dann – weh mir! – Es wird darauf ankommen, ob Euer Edelmut stark genug ist, Eure Leidenschaft zu besiegen, ob Ihr es vorziehen werdet, Gamahehs Wünschen nachzugeben und nicht allein Euern Schützling, sondern auch das arme Völklein, welches Ihr niedriger Knechtschaft entrissen, aufs neue ins Elend zu stürzen oder der bösen falschen Verlockung eines verführerischen Wesens zu widerstehen und so mein und meines Volkes Glück zu begründen. – O daß Ihr mir das letztere versprechen wolltet – könntet!« –

»Meister«, antwortete Herr Peregrinus, indem er die Bettdecke vom Gesichte wegzog, »lieber Meister, Ihr habt recht, nichts ist gefährlicher als die Verlockung der Weiber; sie sind alle falsch, boshaft, sie spielen mit uns wie die Katze mit der Maus, und für unsere zärtlichsten Bemühungen ernten wir nichts ein als Spott und Hohn. Deshalb stand mir auch sonst der kalte Todesschweiß auf der Stirne, sowie sich nur ein weibliches Wesen nahte, und ich glaube selbst, daß mit der schönen Aline oder, wie Ihr wollt, mit der Prinzessin Gamaheh es eine besondere Bewandtnis haben muß, unerachtet ich alles, was Ihr mir erzählt habt, mit meinem schlichten gesunden Menschenverstande gar nicht begreifen kann und es mir vielmehr zumute ist, als läge ich in wirren Träumen oder läse in Tausendundeiner Nacht. – Doch, mag dem sein, wie ihm wolle, Ihr

habt Euch einmal in meinen Schutz begeben, lieber Meister, und nichts soll mich vermögen, Euch Euern Feinden auszuliefern; die verführerische Dirne will ich gar nicht wiedersehen. Ich verspreche das feierlich und würde Euch die Hand darauf reichen, hättet Ihr eine dergleichen, die meine zu erfassen und meinen ehrlichen Druck zu erwidern.« – Damit streckte Herr Peregrinus seinen Arm weit aus über die Bettdecke.

»Nun«, sprach der kleine Unsichtbare, »nun bin ich ganz getröstet, ganz beruhigt. Habe ich auch keine Hand Euch darzureichen, so erlaubt wenigstens, daß ich Euch in den rechten Daumen steche, teils um Euch meine innige Freude zu bezeugen, teils um unser Freundschaftsbündnis noch fester zu besiegeln.«

Herr Peregrinus fühlte auch in dem Augenblick an dem Daumen der rechten Hand einen Stich, der so empfindlich schmerzte, daß er nur von dem ersten Meister aller Flöhe herrühren konnte.

»Ihr stecht«, rief Peregrinus, »ihr stecht ja wie ein kleiner Teufel.«

»Nehmt das«, erwiderte Meister Floh, »für ein lebhaftes Zeichen meiner biedern guten Gesinnung. Doch billig ist es, daß ich als Pfand meiner Dankbarkeit Euch eine Gabe zukommen lasse, die zu dem Außerordentlichsten gehört, was die Kunst jemals hervorgebracht hat. Es ist nichts anders als ein Mikroskop, welches ein sehr geschickter, kunstvoller Optiker aus meinem Volk verfertigte, als er noch in Leuwenhoeks Dienste war. Euch wird das Instrument etwas subtil vorkommen, denn in der Tat ist es wohl an einhundertzwanzigmal kleiner als ein Sandkorn; aber der Gebrauch läßt keine sonderliche Größe zu. Ich setze das Glas nämlich in die Pupille Eures linken Auges, und dieses Auge wird dann mikroskopisch. – Die Wirkung soll Euch überraschen, ich will daher für jetzt darüber schweigen und Euch nur bitten, daß Ihr mir erlaubt, die Operation vorzunehmen dann, wenn ich überzeugt bin, daß Euch das mikroskopische Auge große Dienste leisten muß. Und nun schlaft wohl, Herr Peregrinus, Euch ist noch einige Ruhe vonnöten.«

Peregrinus schlief nun wirklich ein und erwachte erst am hellen Morgen.

Er vernahm das wohlbekannte Kratzen des Besens der alten Aline, die das Nebenzimmer auskehrte. Ein kleines Kind, das sich irgendeiner Unart bewußt, kann sich nicht so vor der Rute der Mutter fürchten, als Herr Peregrinus sich fürchtete vor den Vorwürfen des alten Weibes. Leise trat die Alte endlich hinein mit dem Kaffee. Herr Peregrinus schielte durch die Bettgardinen, die er zugezogen, und war nicht wenig über den hellen Sonnenschein verwundert, der auf dem Gesicht der Alten ausgebreitet lag.

»Schlafen Sie noch, lieber Herr Tyß?« so fragte die Alte mit dem süßesten Ton, der in ihrer Kehle liegen mochte.

Peregrinus erwiderte, ganz ermutigt, ebenso liebreich: »Nein, liebe Aline; setze Sie nur das Frühstück auf den Tisch, ich steige gleich aus dem Bette.«

Als Peregrinus nun aber wirklich aufstand, war es ihm, als wehe der süße Atem des lieblichen Geschöpfs, das in seinen Armen lag, durch das Zimmer; es wurde ihm so heimisch und dabei so ängstlich zumute; er hätte um alles in der Welt wissen mögen, was aus dem Geheimnis seiner Liebe geworden; denn wie dies Geheimnis selbst war ja das allerliebste Wesen erschienen und verschwunden.

Während Herr Peregrinus vergeblich versuchte, Kaffee zu trinken und Weißbrot zu genießen, da ihm jeder Bissen im Munde quoll, trat die Alte hinein und machte sich dies und das zu schaffen, während sie vor sich hin murmelte: »Wundersam! – Unglaublich! – Was man nicht alles erlebt! – Wer hätte das gedacht!« –

Peregrinus, der es vor Herzklopfen nicht länger aushalten konnte, fragte: »Was ist denn wundersam, liebe Aline?«

»Allerlei, allerlei!« erwiderte die Alte schalkisch lächelnd, indem sie in ihrem Geschäft, das Zimmer aufzuräumen,

fortfuhr. – Die Brust wollte dem armen Peregrinus zerspringen, und unwillkürlich rief er mit dem Tone der schmerzlichsten Sehnsucht: »Ach, Aline!«

»Ja, Herr Tyß, hier bin ich, was befehlen Sie?« – So sprach die Alte und stellte sich breit hin vor Peregrinus, als erwarte sie seine Befehle.

Peregrinus starrte in das kupfrige, abscheulich verzerrte Gesicht der Alten, und alle Scheu brach sich an dem tiefen Unwillen, der ihn plötzlich erfüllte.

»Was ist«, so fragte er mit ziemlich barschem Tone, »was ist aus der fremden Dame geworden, die sich gestern abend hier befand? – Hat Sie ihr die Haustüre aufgeschlossen, hat Sie, wie ich befohlen, für einen Wagen gesorgt? Ist die Dame nach ihrer Wohnung gebracht worden?« – »Türe aufgeschlossen?« sprach die Alte mit einem fatalen Grinsen, welches aussehen sollte wie schlaues Lächeln, »Wagen geholt? – Nach Hause gebracht? – War alles nicht vonnöten! Die schöne Dame, das allerliebste Ding, ist im Hause geblieben, befindet sich noch hier und wird das Haus auch wohl nicht vorderhand verlassen.«

Peregrinus fuhr auf im freudigen Schreck; die Alte erzählte ihm nun, wie, als die Dame die Treppe auf eine Art herabgesprungen, daß ihr Hören und Sehen vergangen, unten der alte Herr Swammer in der Türe seines Zimmers gestanden mit einem mächtigen Armleuchter in der Hand. Der alte Herr habe unter vielen Verbeugungen, wie es sonst gar nicht seine Art sei, die Dame in sein Zimmer eingeladen, diese sei auch gleich ohne Anstand hineingeschlüpft, und Herr Swammer habe dann die Türe fest verschlossen und verriegelt.

Viel zu sonderbar sei ihr doch des menschenscheuen Herrn Swammers Beginnen vorgekommen, um nicht ein wenig an der Türe zu lauschen und durch das Schlüsselloch zu gucken. Da habe dann Herr Swammer mitten im Zimmer gestanden und so beweglich und kläglich zu der Dame gesprochen, daß ihr, der Alten, die Tränen in die Augen gekommen, unerachtet sie kein einziges Wort verstehen können, da Herrn Swammers Sprache ausländisch gewesen. Nichts anders habe sie glauben können, als daß der Herr Swammer sich gemüht, die Dame auf den Weg der Tugend und Gottesfurcht zurückzubringen, denn er sei immer mehr in Eifer geraten, bis die Dame auf die Knie gesunken und gar demütig seine Hand geküßt, auch dabei etwas geweint. Sehr freundlich habe aber nun Herr Swammer die Dame aufgehoben, sie auf die Stirne geküßt, wobei er sich sehr bücken müssen, und sie dann zu einem Lehnstuhl geführt. Sehr geschäftig habe Herr Swammer ein Feuer im Kamin gemacht, ein Gewürz herbeigetragen und, soviel sie wahrnehmen können, einen Glühwein zu kochen begonnen. Unglücklicherweise habe sie, die Alte, jetzt etwas Tabak genommen und stark geniest. Da sei es ihr denn durch alle Glieder gefahren und sie wie vernichtet gewesen, als der Herr Swammer den Arm ausgestreckt nach der Türe und mit einer furchtbaren Stimme, die Mark und Bein durchdrungen, gerufen: »Hebe dich hinweg, horchender Satan!« – Sie wisse gar nicht, wie sie herauf und ins Bett gekommen. Am Morgen, als sie die Augen aufgeschlossen, habe sie geglaubt, ein Gespenst zu sehen. Denn Herrn Swammer habe sie erblickt vor ihrem Bette in einem schönen Zobelpelz mit goldnen Schnüren und Troddeln, Hut auf dem Kopfe, Stock in der Hand.

»Gute Frau Aline«, habe Herr Swammer zu ihr gesprochen, »ich muß in wichtigen Geschäften ausgehen und werde vielleicht erst nach mehreren Stunden wiederkehren. Sorgen Sie dafür, daß auf dem Flur des Hauses vor meinem Zimmer kein Geräusch entstehe oder gar jemand es wage, in mein Gemach eindringen zu wollen. – Eine vornehme Dame, und daß Sie es nur wissen, eine fremde, reiche, wunderbar schöne Prinzessin hat sich zu mir geflüchtet. Ich war in früherer Zeit am Hofe ihres königlichen Vaters ihr Informator, deshalb hat sie Zutrauen zu mir, und ich werde und muß sie schützen wider alle böse Angriffe. Ich sage Ihnen das, Frau Aline, damit Sie der Dame die Ehrfurcht beweisen, die ihrem Range gebührt. Sie wird, erlaubt es Herr Tyß, Ihre Bedienung in Anspruch nehmen, und Sie sollen, gute Frau Aline, dafür königlich belohnt werden, insofern Sie nämlich schweigen können und niemanden den Aufenthalt der Prinzessin verraten.«

Damit sei Herr Swammer dann schnell fortgegangen.

Herr Peregrinus Tyß fragte die Alte, ob es ihr denn nicht gar seltsam vorkomme, daß die Dame, die er, wie er nochmals beteuern könne, bei dem Buchbinder Lämmerhirt in der Kalbächer Straße getroffen, eine Prinzessin sein und zu dem alten Herrn Swammer geflüchtet sein solle. Die Alte meinte indessen, sie traue Herrn Swammers Worten mehr noch als ihren eignen Augen und glaube daher, daß alles, was sich bei dem Buchbinder Lämmerhirt und hier im Zimmer zugetragen, entweder nur zauberisches Blendwerk gewesen, oder daß die Angst, die Verwirrung auf der Flucht die Prinzessin zu solchem abenteuerlichen Beginnen vermocht. Übrigens werde sie ja wohl bald alles von der Prinzessin selbst erfahren.

»Aber«, sprach Herr Peregrinus weiter, eigentlich nur um das Gespräch über die Dame fortzusetzen, »aber wo ist Ihr Verdacht, die böse Meinung geblieben, die Sie gestern von der fremden Dame hegte?«

»Ach«, erwiderte die Alte schmunzelnd, »ach, das ist alles vorbei. Man darf ja nur die liebe Dame recht ansehen, um zu wissen, daß es eine vornehme Prinzessin ist und dabei so engelschön, wie nur eine Prinzessin gefunden werden kann. Ich mußte, als Herr Swammer fortgegangen war, ein wenig nachsehen, was die gute Dame macht, und guckte durch das Schlüsselloch. Da lag die Dame ausgestreckt auf dem Sofa und hatte das Engelsköpfchen auf die Hand gestützt, so daß die schwarzen Locken durch die lilienweißen Fingerchen quollen, welches ganz hübsch aussah. Und gekleidet war die Dame in lauter Silberzindel, der den niedlichen Busen, die rundlichen Ärmchen durchschimmern ließ. An den Füßchen trug sie goldne Pantoffeln. Einer war herabgefallen, so daß man gewahrte, wie sie keine Strümpfe angezogen; das bloße Füßchen

guckte unter dem Kleide hervor, und sie spielte mit den Zehen, welches artig anzusehen war. – Doch gewiß liegt die Dame unten noch ebenso wie vorher auf dem Sofa, und wenn es Ihnen gefällig ist, lieber Herr Tyß, sich an das Schlüsselloch zu bemühen, so –«

»Was sprichst du«, unterbrach Peregrinus die Alte mit Heftigkeit, »was sprichst du! – soll ich mich hingeben dem verführerischen Anblick, der mich vielleicht hinreißen könnte zu allerlei Torheiten?«

»Mut, Peregrinus, widerstehe der Verlockung!« so lispelte es dicht bei Peregrinus, der die Stimme des Meisters Floh erkannte.

Die Alte lächelte geheimnisvoll und sprach, nachdem sie einige Augenblicke geschwiegen: »Ich will Ihnen nur alles sagen, lieber Herr Tyß, wie mir die ganze Sache vorkommt. – Mag nun die fremde Dame eine Prinzessin sein oder nicht, soviel bleibt gewiß, daß sie sehr vornehm ist und reich und daß Herr Swammer sich ihrer lebhaft annimmt, mithin lange mit ihr bekannt sein muß. Und warum ist die Dame Ihnen nachgelaufen, lieber Herr Tyß? Ich sage, weil sie sich sterblich verliebt hat in Sie, und die Liebe macht ja wohl einen ganz blind und toll und verführt auch wohl Prinzessinnen zu den seltsamsten, unüberlegtesten Streichen. – Eine Zigeunerin hat Ihrer seligen Frau Mutter prophezeit, daß Sie einmal glücklich werden sollten durch eine Heirat, gerade wann Sie am wenigsten daran dächten. Das soll nun wahr werden!« –

Und damit begann die Alte aufs neue zu schildern, wie allerliebst die Dame aussähe.

Man kann denken, wie sich Peregrinus bestürmt fühlte. »Schweige«, brach er endlich los, »schweige Sie doch nur, Frau Aline, von solchen Dingen. Verliebt in mich sollte die Dame sein! – wie albern, wie abgeschmackt!«

»Hm«, sprach die Alte, »wäre das nicht der Fall, so würde die Dame nicht so gar jämmerlich geseufzt, so würde sie nicht so gar kläglich gerufen haben: ›Nein, mein lieber Peregrinus, mein süßer Freund, du wirst, du kannst nicht grausam gegen mich sein! – Ich werde dich wiedersehen und alles Glück des Himmels genießen!‹ – Und unsern alten Herrn Swammer, den hat die fremde Dame ganz umgekehrt. Habe ich sonst außer dem Kronentaler zu Weihnachten auch nur einen einzigen Kreuzer von ihm erhalten? Und diesen schönen blanken Karolin, den gab er mir heute morgen mit solcher freundlicher Miene, wie er sie sonst gar nicht im Antlitz hat, als Douceur im voraus für die Dienste, die ich der Dame leisten werde. Da steckt was dahinter. Was gilt's, Herr Swammer spielt am Ende den Freiwerber bei Ihnen, Herr Tyß?« – Wiederum sprach die Alte von der Liebenswürdigkeit und Anmut der Dame mit begeisterten Worten, die in dem Munde eines abgelebten Weibes seltsam genug klangen, bis Peregrinus, ganz Feuer und Flamme, aufsprang und wie rasend ausrief: »Mag es gehen, wie es will – hinab, hinab, ans Schlüsselloch!« – Vergebens warnte Meister Floh, der in das Halstuch des verliebten Peregrinus gesprungen war und sich dort in den Schlupfwinkel einer Falte versteckt hatte. Peregrinus vernahm nicht seine Stimme, und Meister Floh erfuhr, was er längst hätte wissen sollen, nämlich daß mit dem störrigsten Menschen etwas anzufangen ist, nur nicht mit einem Verliebten.

Die Dame lag in der Tat noch ebenso auf dem Sofa, wie die Alte es beschrieben hatte, und Peregrinus fand, daß keine menschliche Sprache hinreiche, den himmlischen Zauber in Worten auszudrücken, der über der ganzen holden Gestalt ausgebreitet lag. Ihr Anzug, wirklich Silberzindel mit seltsamer bunter Stickerei, war ganz fantastisch und konnte sehr füglich für das Negligé der Prinzessin Gamaheh gelten, das sie in Famagusta vielleicht in dem Augenblick getragen, als der boshafte Egelprinz sie totküßte. Wenigstens war der Anzug so reizend und dabei so über alle Maßen seltsam, daß die Idee dazu weder in dem Kopfe des genialsten Theaterschneiders entsprossen, noch in dem Geiste der sublimsten Putzhändlerin empfangen zu sein schien. »Ja, sie ist es, es ist Prinzessin Gamaheh!« So murmelte Peregrinus, indem er bebte vor süßer Wonne und dürstendem Verlangen. Als nun aber die Holde

aufseufzte: »Peregrinus, mein Peregrinus!« da erfaßte den Herrn Peregrinus Tyß der volle Wahnsinn der Leidenschaft, und nur eine unnennbare Angst, die ihm alle Kraft des Entschlusses raubte, hielt ihn zurück, nicht die Türe mit Gewalt einzustoßen und sich dem Engelsbilde zu Füßen zu werfen.

Der geneigte Leser weiß bereits, was es mit den zauberischen Reizen, mit der überirdischen Schönheit der kleinen Dörtje Elverdink für eine Bewandtnis hat. Der Herausgeber kann versichern, daß, nachdem er ebenfalls durch das Schlüsselloch geguckt und die Kleine in ihrem fantastischen Kleidchen von Silberzindel erblickt hatte, er weiter nichts sagen konnte, als daß Dörtje Elverdink ein ganz liebenswürdiges, anmutiges Püppchen sei.

Da aber kein junger Mann sich zum erstenmal in ein anderes Wesen verliebt hat als in ein überirdisches, in einen Engel, dem nichts gleichkommt auf Erden, so sei es dem Herrn Peregrinus auch erlaubt, Dörtje Elverdink für ein dergleichen zauberisches überirdisches Wesen zu halten. –

»Nehmt Euch zusammen, denkt an Euer Versprechen, werter Herr Peregrinus Tyß. – Niemals wolltet Ihr die verführerische Gamaheh wiedersehen, und nun! – Ich könnte Euch das Mikroskop ins Auge werfen, aber Ihr müßt ja auch ohne dasselbe gewahren, daß die boshafte Kleine Euch längst bemerkt hat, und daß alles, was sie beginnt, trügerische Kunst ist, Euch zu verlocken. Glaubt mir doch nur, ich meine es gut mit Euch!« – So lispelte Meister Floh in der Falte des Halstuchs; solch bange Zweifel aber auch in Peregrinus' Innern aufstiegen, doch konnte er sich nicht losreißen von dem bezaubernden Anblick der Kleinen, die den Vorteil, sich unbemerkt glauben zu dürfen, gut zu benutzen und, mit verführerischen Stellungen wechselnd, den armen Peregrinus ganz außer sich selbst zu setzen verstand.

Herr Peregrinus Tyß stünde vielleicht noch an der Tür des verhängnisvollen Gemachs, hätte es nicht stark geläutet und hätte die Alte ihm nicht zugerufen, daß der alte Herr Swammer zurückkehre. Peregrinus flog die Treppe hinauf in sein Zimmer. – Hier überließ er sich ganz seinen Liebesgedanken, mit eben diesen Gedanken kamen aber jene Zweifel zurück, die Meister Flohs Mahnungen in ihm erregt hatten. Es hatte sich recht eigentlich ein Floh in sein Ohr gesetzt, und er geriet in allerlei beunruhigende Betrachtungen.

»Muß ich«, dachte er, »muß ich nicht wirklich daran glauben, daß das holde Wesen die Prinzessin Gamaheh, die Tochter eines mächtigen Königs, ist? Bleibt dies aber der Fall, so muß ich es für Torheit, für Wahnsinn halten, nach dem Besitz einer so erhabenen Person zu streben. Dann aber hat sie auch ja selbst die Auslieferung eines Gefangenen verlangt, von dem ihr Leben abhinge, und stimmt dies genau mit dem überein, was mir Meister Floh gesagt, so kann ich auch beinahe nicht daran zweifeln, daß alles, was ich auf Liebe zu mir deuten dürfte, vielleicht nur ein Mittel ist, mich ihrem Willen ganz zu unterwerfen. Und doch! – sie verlassen – sie verlieren, das ist Hölle, das ist Tod!« –

Herr Peregrinus Tyß wurde in diesen schmerzlichen Betrachtungen durch ein leises bescheidenes Klopfen an der Türe gestört.

Wer hereintrat, war niemand anders als der Mietsmann des Herrn Peregrinus. – Der alte Herr Swammer, sonst ein zu-

sammengeschrumpfter menschenscheuer, mürrischer Mann, schien plötzlich um zwanzig Jahre jünger geworden zu sein. Die Stirne war glatt, das Auge belebt, der Mund freundlich; er trug statt der häßlichen schwarzen Perücke natürliches weißes Haar und statt des dunkelgrauen Oberrocks einen schönen Zobelpelz, wie ihn Frau Aline beschrieben.

Mit einer heitern, ja freudigen Miene, die ihm sonst ganz und gar nicht eigen, trat Herr Swammer dem Peregrinus entgegen. Er wünsche nicht, sprach Herr Swammer, seinen lieben Herrn Wirt in irgendeinem Geschäft zu stören; seine Pflicht als Mieter erfordere es aber, gleich am Morgen dem Hauswirt anzuzeigen, daß er in der Nacht genötigt worden, ein hilfloses Frauenzimmer bei sich aufzunehmen, das sich der Tyrannei eines bösen Oheims entziehen wolle und daher wohl einige Zeit in dem Hause zubringen werde, wozu es indessen der Erlaubnis des gütigen Wirts bedürfe, um die er hiermit ansuche.

Unwillkürlich fragte Peregrinus, wer denn das hilflose Frauenzimmer sei, ohne daran zu denken, daß dies in der Tat die zweckmäßigste Frage war, die er tun konnte, um die Spur des seltsamen Geheimnisses zu verfolgen.

»Es ist«, erwiderte Herr Swammer, »es ist recht und billig, daß der Hauswirt wisse, wen er in seinem Hause beherberge. Erfahren Sie also, verehrter Herr Tyß, daß das Mädchen, das sich zu mir geflüchtet, niemand anders ist als die hübsche Holländerin Dörtje Elverdink, Nichte des berühmten Leuwenhoek, der, wie Sie wissen, hier die wunderbaren mikroskopischen Kunststücke zeigt. Leuwenhoek ist sonst mein Intimus; aber ich muß bekennen, daß er ein harter Mann ist und die arme Dörtje, die noch dazu mein Patchen, mißhandelt auf arge Weise. – Ein stürmischer Auftritt, der sich gestern abend ereignete, zwang das Mädchen zur Flucht, und daß sie bei mir Trost und Hilfe suchte, scheint natürlich.«

»Dörtje Elverdink«, sprach Peregrinus halb träumend, »Leuwenhoek! – vielleicht ein Abkömmling des Naturforschers Anton von Leuwenhoek, der die berühmten Mikroskope verfertigte?«

»Daß unser Leuwenhoek«, erwiderte Herr Swammer lächelnd, »ein Abkömmling jenes berühmten Mannes sei, kann man so eigentlich nicht sagen, da er der berühmte Mann selbst und es nur eine Fabel ist, daß er vor beinahe hundert Jahren in Delft begraben worden. Glauben Sie das, bester Herr Tyß, sonst könnten Sie wohl noch gar daran zweifeln, daß ich, unerachtet ich mich der Kürze halber und, um nicht über Gegenstände meiner Wissenschaft jedem neugierigen Toren Rede stehen zu müssen, jetzt Swammer nenne, der berühmte Swammerdamm bin. Alle Leute behaupten, ich sei im Jahr 1680 gestorben, aber sie bemerken, würdiger Herr Tyß, daß ich lebendig und gesund vor Ihnen stehe, und daß *ich* wirklich *ich* bin, kann ich jedem, auch dem Einfältigsten aus meiner Biblia naturae demonstrieren. Sie glauben mir doch, werter Herr Tyß?«

»Mir ist«, sprach Peregrinus mit einem Ton, der von seiner innern Verwirrung zeugte, »mir ist seit ganz kurzer Zeit so viel Wunderbares geschehen, daß ich, wäre nicht alles deutliche Sinneswahrnehmung, ewig daran zweifeln würde. Aber nun glaube ich an alles, sei es auch noch so toll und ungereimt! – Es kann sein, daß Sie der verstorbene Herr Johann Swammerdamm sind und daher als Revenant mehr wissen als andere gewöhnliche Menschen; was aber die Flucht der Dörtje Elverdink oder der Prinzessin Gamaheh, oder wie die Dame sonst heißen mag, betrifft, so sind Sie im gewaltigen Irrtum. – Erfahren Sie, wie es damit herging.«

Peregrinus erzählte nun ganz ruhig das Abenteuer, das er mit der Dame bestanden, von ihrem Eintritt in Lämmerhirts Stube an bis zu ihrer Aufnahme in Herrn Swammers Zimmer.

»Mir scheint«, sprach Herr Swammer, als Peregrinus geendigt, »mir scheint, als wenn das alles, was Sie mir zu erzählen beliebt haben, nichts sei als ein merkwürdiger, jedoch ganz angenehmer Traum. Ich will das aber dahingestellt sein lassen und Sie um Ihre Freundschaft bitten, deren ich vielleicht gar

sehr bedürfen werde. Vergessen Sie mein mürrisches Betragen
und lassen Sie uns einander nähertreten. Ihr Vater war ein ein-
80 sichtsvoller Mann und mein herzlichster Freund; aber was
Wissenschaft, tiefen Verstand, reife Urteilskraft, geübten rich-
tigen Lebensblick betrifft, so tut es der Sohn dem Vater zuvor.
Sie glauben gar nicht, wie ich Sie hochschätze, mein bester
würdigster Herr Tyß.« –

»Jetzt ist es Zeit«, lispelte Meister Floh, und in dem Augenblick fühlte Peregrinus in der Pupille des linken Auges einen geringen, schnell vorübergehenden Schmerz. Er wußte, daß Meister Floh ihm das mikroskopische Glas ins Auge gesetzt, doch fürwahr, diese Wirkung des Glases hatte er nicht ahnen können. Hinter der Hornhaut von Herrn Swammers Augen gewahrte er seltsame Nerven und Äste, deren wunderlich verkreuzten Gang er bis tief ins Gehirn zu verfolgen und zu erkennen vermochte, daß es Swammers Gedanken waren. Die lauteten aber ungefähr: »Hätte ich doch nicht geglaubt, daß ich hier so wohlfeilen Kaufs davonkomme, daß ich nicht besser ausgefragt werden würde. War aber der Herr Papa ein beschränkter Mensch, auf den ich niemals etwas gab, so ist der Sohn noch verwirrteren Sinnes, dem ein großer Besitz kindischer Albernheit zugegeben. Erzählt mir der Einfaltspinsel die ganze Begebenheit mit der Prinzessin und setzt nicht voraus, daß sie mir schon selbst alles erzählt hat, da mein Beginnen mit ihr ein früheres vertrauliches Verhältnis notwendig voraussetzte. – Aber was hilft's, ich muß schön mit ihm tun, weil ich seiner Hilfe bedarf. Er ist unbefangen genug, mir alles zu glauben, ja wohl in einfältiger Gutmütigkeit meinem Interesse manches Opfer zu bringen, wofür er keinen andern Dank ernten wird, als daß ich ihn, wenn alles gut abgelaufen und Gamaheh wieder mein ist, hinterm Rücken derb auslache.« –

»War es«, sprach Herr Swammer, indem er dicht herantrat an Herrn Peregrinus, »war es mir doch, als säße ein Floh auf Ihrer Halsbinde, werter Herr Tyß!« – Die Gedanken lauteten: »Alle Wetter, das war doch wirklich Meister Floh! – das wäre ja ein verfluchter Querstreich, wenn Gamaheh sich nicht geirrt hätte.«

Schnell trat Peregrinus zurück, indem er versicherte, daß er den Flöhen gar nicht gram sei.

»So«, sprach Herr Swammer, sich tief verbeugend, weiter, »so empfehle ich mich fürs erste ganz ergebenst, mein lieber wertester Herr Tyß.«

Die Gedanken lauteten: »Ich wollte, daß dich der schwarzgefiederte Satan verschlinge, du verdammter Kerl!« –

Meister Floh nahm dem ganz in Erstaunen versunkenen Peregrinus das mikroskopische Glas aus der Pupille und sprach dann: »Ihr habt nun, lieber Herr Peregrinus, die wunderbare Wirkung des Instruments, das wohl in der ganzen Welt seinesgleichen nicht findet, erkannt und werdet einsehen, welche Übermacht es Euch über die Menschen gibt, wenn Euch ihre innersten Gedanken offen vor Augen liegen. Trüget Ihr aber beständig dies Glas im Auge, so würde Euch die stete Erkenntnis der Gedanken zuletzt zu Boden drücken; denn nur zu oft wiederholte sich die bittre Kränkung, die Ihr soeben erfahren habt. Stets werde ich, wenn Ihr Euer Haus verlasset, bei Euch sein, entweder in der Halsbinde, im Jabot, oder sonst an einem schicklichen bequemen Orte sitzen. Wollt Ihr nun die Gedanken wissen, der mit Euch spricht, so dürft Ihr nur mit dem Daumen schnippen, und augenblicklich habt Ihr das Glas im Auge.«

Herr Peregrinus Tyß, den unübersehbaren Nutzen dieser Gabe begreifend, wollte sich eben in die heißesten Danksagungen ergießen, als zwei Abgeordnete des hohen Rats eintraten und ihm ankündigten, daß er eines schweren Vergehens angeklagt sei, und daß diese Anklage vorläufige Haft und Beschlagnahme seiner Papiere zur Folge haben müsse.

Herr Peregrinus schwur hoch und teuer, daß er sich auch nicht des geringsten Verbrechens bewußt sei. Einer der Abgeordneten meinte aber lächelnd, daß vielleicht in wenigen Stunden seine völlige Unschuld aufgeklärt sein werde, bis dahin müsse er sich aber den Befehlen der Obrigkeit fügen.

Was blieb dem Herrn Peregrinus Tyß übrig, als in den Wagen zu steigen und sich nach dem Gefängnis transportieren zu
82 lassen.

Man kann denken, mit welchen Empfindungen er an Herrn Swammers Zimmer vorüberging.

Meister Floh saß in der Halsbinde des Gefangenen.

VIERTES ABENTEUER

UNERWARTETES ZUSAMMENTREFFEN ZWEIER FREUNDE. DER RAT KNARRPANTI UND SEINE PEINLICHEN GRUNDSÄTZE. LIEBESVERZWEIFLUNG DER DISTEL ZEHERIT. OPTISCHER ZWEIKAMPF ZWEIER MAGIER. SOMNAMBULER ZUSTAND DER PRINZESSIN GAMAHEH. DIE GEDANKEN DES TRAUMS. WIE DÖRTJE ELVERDINK BEINAHE DIE WAHRHEIT SPRICHT UND DIE DISTEL ZEHERIT MIT DER PRINZESSIN GAMAHEH VON DANNEN RENNT.

Sehr bald war der Fehlgriff des Wächters ausgemittelt, der den Herrn Pepusch als einen nächtlichen Dieb, welcher einzubrechen versucht, zur Haft gebracht hatte. Man wollte indessen einige Unrichtigkeiten in seinen Pässen bemerkt haben, und dies war die Ursache,warum man ihn ersuchte, irgendeinen angemessenen Bürger in Frankfurt als Gewährsmann aufzustellen, bis dahin sich aber den Aufenthalt auf dem Bürgermeisteramt gefallen zu lassen.

Da saß nun Herr George Pepusch in einem ganz artigen Zimmer und sann hin und her, wen er wohl in Frankfurt als seinen Gewährsmann aufstellen könne. So lange war er abwesend gewesen, daß er befürchten mußte, selbst von denen vergessen worden zu sein, die ihn vormals recht gut gekannt hatten, und an sonstigen Adressen fehlte es ihm gänzlich.

Ganz mißmutig sah er zum Fenster heraus und begann laut sein Schicksal zu verwünschen. Da wurde dicht neben ihm ein anderes Fenster geöffnet, und eine Stimme rief: »Wie? sehe ich recht? Bist du es, George?« – Herr Pepusch war nicht wenig erstaunt, als er den Freund erblickte, mit dem er während seines Aufenthalts in Madras den vertrautesten Umgang gepflogen.

»Wetter«, sprach Herr Pepusch, »Wetter, wie man so vergeßlich, ja so ganz vor den Kopf geschlagen sein kann! Ich wußt'

es ja, daß du glücklich in den heimatlichen Stapel eingelaufen bist. Wunderdinge habe ich in Hamburg von deiner seltsamen Lebensweise gehört, und nun ich hier angekommen, denke ich nicht daran, dich aufzusuchen. Doch wer solche Dinge im Kopfe hat als ich – Nun, es ist gut, daß der Zufall mir dich zugeführt. Du siehst, ich bin verhaftet, du kannst mich aber augenblicklich in Freiheit setzen, wenn du Gewähr leistest, daß ich wirklich der George Pepusch bin, den du seit langen Jahren kennest, und kein Spitzbube, kein Räuber!«

»Ich bin«, rief Herr Peregrinus Tyß, »in der Tat jetzt ein herrlicher tadelsfreier Gewährsmann, da ich selbst verhaftet eines schweren Verbrechens halber, das ich nicht kenne, ja von dem ich auch nicht die leiseste Ahnung habe.«

Doch, es möchte geraten sein, das Gespräch der beiden Freunde, die sich auf eine Weise wiederfanden, wie sie es wohl nicht vermutet, zu unterbrechen und dem geneigten Leser zu sagen, was es mit der Verhaftung des Herrn Peregrinus Tyß für eine Bewandtnis hatte. Es ist schwer, ja wohl unmöglich darzutun, wie Gerüchte entstehen; sie gleichen dem Winde, von dem man nicht weiß, woher er kommt und wohin er fährt. So hatte sich auch in der Stadt das Gerücht verbreitet, daß am

Weihnachtsabende aus einer großen Gesellschaft, die bei einem reichen Bankier versammelt gewesen, eine sehr vornehme Dame auf unbegreifliche Weise entführt worden. Jeder sprach davon, nannte den Namen des Bankiers und klagte laut, daß die Polizei wenig wachsam sein müsse, wenn eine solche gewaltsame Tat ohne Scheu verübt werden dürfe. Der Rat konnte nicht umhin, Nachforschungen anzustellen; alle Gäste, die am Weihnachtsabende bei dem Bankier gewesen, wurden vernommen; jeder sagte: allerdings sei, wie er gehört habe, eine vornehme Dame aus der Gesellschaft entführt worden, und der Bankier bedauerte gar sehr, daß in seinem Hause solch ein Streich geschehen. Keiner wußte indessen den Namen der entführten Dame anzugeben, und als der Bankier die Liste seiner Gäste einreichte, fand es sich, daß keine einzige von den Damen, die zugegen gewesen, vermißt wurde. War dies nun auch der Fall mit sämtlichen einheimischen und fremden Frauen und Mädchen in der ganzen Stadt, von denen keiner am Weihnachtsabende Leids geschehen, so sah der Rat, wie es nicht anders geschehen konnte, das entstandene Gerücht für völlig grundlos und die ganze Sache für erledigt an.

Da erschien aber vor dem Rat ein seltsamer Mensch, sowohl seiner Kleidung als seinem Wesen nach, welcher sagte, er sei Geheimer Hofrat und nenne sich Knarrpanti. Darauf zog er ein Papier mit einem großen Siegel aus der Tasche und überreichte es mit einer höflichen Verbeugung und einer Miene, die deutlich aussprach, wie sehr der Rat durch die hohe Würde, die er, der Geheime Hofrat Knarrpanti, bekleide, und durch den wichtigen Auftrag, den er erhalten, überrascht sein, und welcher Respekt ihm nun erwiesen werden würde. Knarrpanti war ein sehr wichtiger Mann, ein sogenanntes Faktotum an dem Hofe eines kleinen Fürsten, auf dessen Namen sich der Herausgeber nicht besinnen kann und von dem nur zu sagen ist, daß es ihm beständig an Gelde fehlte und daß von allen Staatseinrichtungen, die er aus der Geschichte kannte, ihm keine besser gefiel als die Geheime Staats-Inquisition, wie sie ehemals in Venedig stattfand. Diesem Fürsten war wirklich

vor einiger Zeit eine von seinen Prinzessinnen abhanden ge-
kommen, man wußte nicht recht, wie? Als nun dem Knarr-
86 panti, der sich gerade in Frankfurt befand, um womöglich ei-
niges Geld für seinen Herrn aufzuborgen, das Gerücht von
der entführten vornehmen Dame zu Ohren kam, schrieb er
sogleich an den Fürsten, daß es seinen Bemühungen gelungen,
der verlornen Prinzessin auf die Spur zu kommen. Darauf er-
hielt er sofort den Auftrag, den Räuber zu verfolgen und alles
anzuwenden, die Prinzessin aufzufinden und sich ihrer zu be-
mächtigen, koste es, was es wolle. Diesem Auftrage war ein
höfliches Schreiben an den Rat beigelegt, worin derselbe er-
sucht wurde, dem Geheimen Hofrat Knarrpanti in seinen
Nachforschungen möglichst beizustehen und auf seinen An-
trag den Räuber zu verhaften und ihm den Prozeß zu machen.
Dies Schreiben war aber jenes Papier, welches Knarrpanti dem
Rat in der Audienz überreichte und von dem er sich solch gro-
ße Wirkung versprach.

Der Rat erwiderte, das Gerücht von einer vornehmen Dame, die entführt sein solle, sei als grundlos widerlegt, dagegen vollkommen ermittelt, daß überhaupt niemand entführt worden, es könne daher von der Ausmittlung eines Entführers nicht die Rede sein und werde der Herr Geheime Hofrat Knarrpanti, aller weiteren Nachforschungen entübrigt, wohl keines Beistandes bedürfen.

Knarrpanti hörte dies alles mit einem selbstzufriedenen Lächeln an und versicherte, daß es seiner ungemeinen Sagazität bereits gelungen, den Täter zu erforschen. – Auf die Erinnerung, daß doch eine Tat begangen sein müsse, wenn es einen Täter geben solle, meinte Knarrpanti, daß, sei erst der Verbrecher ausgemittelt, sich das begangene Verbrechen von selbst finde. Nur ein oberflächlicher leichtsinniger Richter sei, wenn auch selbst die Hauptanklage wegen Verstocktheit des Angeklagten nicht festzustellen, nicht imstande, dies und das hineinzuinquirieren, welches dem Angeklagten doch irgendeinen kleinen Makel anhänge und die Haft rechtfertige. Er müsse schon jetzt dringend auf die schleunige Verhaftung des Entführers seiner Prinzessin antragen, und dieser Entführer sei niemand anders als Herr Peregrinus Tyß, der ihm schon längst als höchst verdächtig bekannt und dessen Papiere er sofort in Beschlag zu nehmen bitte.

Der Rat erstaunte über die kecke Anklage eines stillen unbescholtenen Bürgers und wies Knarrpantis Antrag mit vielem Geräusch zurück.

Knarrpanti kam nicht im mindesten aus der Fassung, sondern versicherte mit einer gewissen widerlichen Anmaßung, die ihm überhaupt eigen, daß, verlange man von ihm zuvor den Nachweis seiner Anklage, er diesen sehr leicht führen könne. Durch zwei Zeugen wolle er nämlich dartun, daß Herr Peregrinus Tyß in der Weihnachtsnacht mit Gewalt ein schön geputztes Mädchen in sein Haus geschleppt habe.

Mehr, um die Absurdität dieser Behauptung völlig darzutun, als um auf diese Sache wirklich einzugehen, beschloß der Rat, die beiden vorgeschlagenen Zeugen vernehmen zu lassen. Beide, ein Nachbar des Herrn Peregrinus Tyß, der in jener verhängnisvollen Weihnachtsnacht zufällig eben in sein Haus treten wollen, sowie der Wächter hatten aus der Ferne den ganzen Auftritt, als Peregrinus die geheimnisvolle Schöne herbeitrug, beobachtet und bekundeten einstimmig, daß Herr Tyß allerdings eine geputzte Dame in sein Haus gebracht. Beide wollten denn auch bemerkt haben, daß die Dame sich sehr gesträubt und jämmerlich lamentiert. Auf die Frage, warum sie denn dem bedrängten Frauenzimmer nicht zu Hilfe geeilt, erwiderten sie, solches sei ihnen nicht eingefallen.

Die Aussage dieser Zeugen setzte den Rat in nicht geringe Verlegenheit, da Herr Peregrinus sich wirklich des Vergehens schuldig gemacht zu haben schien, dessen man ihn anklagte. Knarrpanti sprach wie ein Cicero und bewies, wie der Umstand, daß man jetzt keine Dame vermisse, gar nichts entscheide, da die Dame sich ja wieder aus Peregrinus' Hause gerettet haben und nun aus purer Scham den ganzen Vorfall verschweigen könne. Wer die Dame sei, sowie was Herr Tyß noch sonst in gefährlichen Liebesumtrieben begonnen, das würde sich gewiß aus des Verbrechers Papieren ergeben, und er nehme die Gerechtigkeitsliebe des Rats in Anspruch, nach der gewiß

keine fluchwürdige Tat ungeahndet bleiben dürfe. Der Rat beschloß fürs erste, dem Gesuch des würdigen Geheimen Hofrats nachzugeben, und so geschah es, daß des armen Herrn Peregrinus Tyß schnelle Verhaftung sowie die Beschlagnahme seiner Papiere erfolgte.

Wir kehren zu den beiden Freunden, die nebeneinander die Köpfe aus den Fenstern ihrer Gefängnisse gesteckt haben, zurück. –

Peregrinus hatte dem Freunde ausführlich erzählt, wie er bei seiner Rückkehr nach Frankfurt sich verwaist gefunden und seitdem in völliger Abgeschiedenheit nur in der Erinnerung an die früheren Tage mitten in der geräuschvollen Stadt ein einsames freudenloses Leben führe.

»O ja«, erwiderte Pepusch mürrisch, »ich habe davon gehört, mir sind die Narrenspossen erzählt worden, die du treibst, um das Leben zu verbringen in kindischer Träumerei. Du willst ein Held der Gemütlichkeit, der Kindlichkeit sein, und darum verhöhnst du die gerechten Ansprüche, die das Leben, die menschliche Gesellschaft an dich macht. Du gibst eingebildete Familienschmäuse und spendest die köstlichen Speisen, die teuern Weine, die du für Tote auftischen ließest, den Armen. Du bescherst dir selbst den Heiligen Christ ein und tust, als seist du noch ein Kind; dann schenkst du aber die Gaben, welche von der Art sind, wie sie wohl verwöhnten Kindern in reicher Eltern Hause gespendet zu werden pflegen, armen Kindern. Aber du bedenkst nicht, daß es den Armen eine schlechte Wohltat ist, wenn du einmal ihren Gaumen kitzelst und sie nachher ihr Elend doppelt fühlen, wenn sie aus nagendem Hunger kaum genießbare Speise, die mancher lekkere Schoßhund verwirft, kauen müssen – ha, wie mir diese Armenfütterungen anekeln, wenn ich bedenke, daß das, was an einem Tage verspendet wird, hinreichen würde, sie Monate hindurch zu ernähren auf mäßige Weise! – Du überhäufst die Kinder armer Leute mit glänzenden Spielsachen und bedenkst nicht, daß ein hölzerner buntbemalter Säbel, ein Lumpenpüppchen, ein Kuckuck, ein geringes Naschwerk, von Vater und Mutter einbeschert, sie ebenso, ja vielleicht noch mehr erfreut. Aber sie fressen sich überdem an deinem verdammten Marzipan matt und krank, und mit der Kenntnis glänzenderer Gaben, die ihnen in der Folge versagt bleiben, ist der Keim der Unzufriedenheit, des Mißmutes in ihre Seele gepflanzt. Du bist reich, du bist lebenskräftig, und doch entziehst du dich jeder Mitteilung und vereitelst so jedes freundliche Annähern dir wohlwollender Gemüter. Ich will es glauben, daß der Tod deiner Eltern dich erschüttert hat, aber wenn jeder, der einen empfindlichen Verlust erlitten hat, in sein Schneckenhaus kriechen sollte, so würde, beim Teufel, die Welt einem Leichenhause gleichen, und ich wollte nicht darin leben. Aber, Patron! weißt du wohl, daß dich die störrigste Selbstsucht regiert, die sich hinter einer albernen Menschenscheue versteckt? – Geh, geh, Peregrinus, ich kann dich nicht mehr achten, nicht mehr dein Freund sein, wenn du dein Leben nicht änderst, die fatale Wirtschaft in deinem Hause nicht aufgibst!«

Peregrinus schnappte mit dem Daumen, und sogleich warf ihm Meister Floh das mikroskopische Glas ins Auge.

Die Gedanken des zürnenden Pepusch lauteten: »Ist es nicht ein Jammer, daß ein solcher gemütlicher verständiger Mensch auf solche bedrohliche Abwege geraten konnte, die ihn zuletzt zu völliger Abgespanntheit aller bessern Kräfte bringen können? Aber es ist gewiß, daß sein weiches, zum Trübsinn geneigtes Gemüt den Stoß nicht ertragen konnte, den ihm der Tod der Eltern versetzte, und daß er Trost in einem Treiben suchte, das an Wahnsinn grenzt. Er ist verloren, wenn ich ihn nicht rette. Ich will ihm desto härter zusetzen, mit desto grelleren Farben ihm das Bild seiner Torheit aufstellen, je mehr ich ihn hochschätze, sein wahrer Freund bin und bleibe.«

Peregrinus erkannte an diesen Gedanken, daß er in dem mürrischen Pepusch seinen alten wahrhaften Freund unverändert wiedergefunden.

»George«, sprach Peregrinus, nachdem ihm Meister Floh wieder das mikroskopische Glas aus der Pupille genommen, »George, ich mag mit dir gar nicht darüber rechten, was du über das Tadelnswerte meiner Lebensweise sagst. denn ich weiß, daß du es sehr gut mit mir meinst. Doch muß ich dir sagen, daß es meine Brust hoch erhebt, wenn ich den Armen einen Freudentag bereiten kann, und ist dies, unerachtet ich dabei an niemanden weniger denke als an mich selbst, gehässige Selbstsucht, so fehle ich wenigstens unbewußt. Das sind die Blumen in meinem Leben, das mir sonst vorkommt wie ein trauriges unwirtbares Feld voll Disteln.«

»Was«, fuhr George Pepusch heftig auf, »was sprichst du von Disteln? warum verachtest du Disteln und setzest sie den Blumen entgegen? – Bist du so wenig erfahren in der Naturkunde, um nicht zu wissen, daß die wunderherrlichste Blume, die es nur geben mag, nichts anders ist als die Blüte einer Distel? Ich meine den Cactus grandiflorus. Und ist die Distel Zeherit nicht eben wieder der schönste Cactus unter der Sonne? – Peregrinus, ich habe es dir so lange verschwiegen oder vielmehr verschweigen müssen, weil ich selbst die klare Erkenntnis davon nicht hatte, aber jetzt erfahre es, daß ich selbst die Distel Zeherit bin und meine Ansprüche auf die Hand der Tochter des würdigen Königs Sekakis, der holden, himmlischen Prinzessin Gamaheh, durchaus nicht aufgeben will und werde. – Ich habe sie gefunden, aber in demselben Augenblick erfaßten mich dämonische Wächter und Bürgerwachen und schleppten mich ins Gefängnis.«

»Wie«, rief Peregrinus halb erstarrt vor Erstaunen, »auch du, George, bist verflochten in die seltsamste aller Geschichten?« – »Was für eine Geschichte?« fragte Pepusch.

Peregrinus nahm gar keinen Anstand, auch seinem Freunde wie Herrn Swammer, alles zu erzählen, was sich bei dem Buchbinder Lämmerhirt und darauf in seinem Hause begeben. Er verschwieg auch nicht die Erscheinung des Meisters Floh, wiewohl, man mag es wohl denken, den Besitz des geheimnisvollen Glases.

Georges Augen brannten, er biß sich in die Lippen, er schlug sich vor die Stirn, er rief, als Peregrinus geendet, in voller Wut: »Die Verruchte! die Treulose! die Verräterin!« – Um in der Selbstqual verzweifelter Liebe jeden Tropfen aus dem Giftbecher, den ihm Peregrinus, ohne es zu ahnen, gereicht, gierig auszukosten, ließ er sich jeden kleinen Zug von Dörtjes Beginnen wiederholen. Dazwischen murmelte er: »In den Armen – an der Brust – glühende Küsse –« Dann sprang er vom Fenster zurück, lief in der Stube umher und gebärdete sich wie ein Rasender.

Vergebens rief Peregrinus ihm zu, er möge ihn doch nur weiter hören, er habe ihm noch viel Tröstliches zu sagen; Pepusch ließ nicht nach mit Toben.

Das Zimmer wurde aufgeschlossen, und ein Abgeordneter des Rats kündigte dem Herrn Peregrinus Tyß an, daß gar kein gesetzlicher Grund zu seiner längeren Haft gefunden worden und er zurückkehren könne in seine Wohnung.

Den ersten Gebrauch, den Peregrinus von seiner wiedererlangten Freiheit machte, war, daß er sich als Gewährsmann für den verhafteten George Pepusch gestellte, dem er bezeugte, daß er wirklich der George Pepusch sei, mit dem er, in innigster Freundschaft verbunden, zu Madras gelebt und der ihm als ein vermögender, ganz unbescholtener Mann bekannt sei. Von der Distel Zeherit, der schönsten aller Fackeldisteln, schwieg Peregrinus wohlweislich, da er einsah, daß unter den vorwaltenden Umständen dies dem Freunde hätte mehr schädlich als nützlich werden können. –

Meister Floh ergoß sich in sehr philosophischen lehrreichen Betrachtungen, die darauf hinausliefen, daß die Distel Zeherit, trotz der rauhen störrigen Außenseite, sehr human und verständig sei, jedoch sich stets ein wenig zu anmaßend zeige. Im Grunde genommen habe die Distel mit vollem Recht die Lebensweise des Herrn Peregrinus getadelt, sei auch dies in etwas zu harten Ausdrücken geschehen. Er seinerseits wolle wirklich dem Herrn Peregrinus raten, sich von nun an in die Welt zu begeben.

»Glaubt mir«, so sprach Meister Floh, »glaubt mir, Herr Peregrinus, es wird Euch gar manchen Nutzen bringen, wenn Ihr Eure Einsamkeit verlaßt. Fürs erste dürftet Ihr nicht mehr fürchten, scheu und verlegen zu erscheinen, da Ihr, das geheimnisvolle Glas im Auge, die Gedanken der Menschen beherrscht, es daher ganz unmöglich ist, daß Ihr nicht überall den richtigen Takt behaupten solltet. Wie fest, wie ruhig könnet Ihr vor den höchsten Häuptern auftreten, da ihr Innerstes klar vor Euern Augen liegt. Bewegt Ihr Euch frei in der Welt, so wird Euer Blut leichter fließen, jedes trübsinnige Brüten aufhören und, was das beste ist, bunte Ideen und Gedanken werden aufgehen in Euerm Gehirn, das Bild der schönen Gamaheh wird von seinem Glanz verlieren, und bald seid Ihr dann besser imstande, mir Wort zu halten.«

Herr Peregrinus fühlte, daß beide, George Pepusch und Meister Floh, es sehr gut mit ihm meinten, und er nahm sich vor, ihren weisen Rat zu befolgen. Doch sowie er die süße Stimme der holden Geliebten vernahm, welche öfters sang und spielte, so glaubte er nicht, wie es möglich sein werde, das Haus zu verlassen, das ihm zum Paradiese geworden.

Endlich gewann er es doch über sich, einen öffentlichen Spaziergang zu besuchen. Meister Floh hatte ihm das Glas ins Auge gesetzt und Platz genommen im Jabot, wo er sich sanft hin und her zu schaukeln wußte.

»Habe ich endlich das seltene Vergnügen, meinen guten lieben Herrn Tyß wiederzusehen? Sie machen sich rar, bester Freund, und alles schmachtet doch nach Ihnen. Lassen Sie uns irgendwo eintreten, eine Flasche Wein leeren auf Ihr Wohl, mein Herzensfreund. – Wie ich mich freue, Sie zu sehen!« So rief ihm ein junger Mann entgegen, den er kaum zwei-, dreimal gesehen. Die Gedanken lauteten: »Kommt der alberne Misanthrop auch einmal zum Vorschein? – Aber ich muß ihm schmeicheln, weil ich nächstens Geld von ihm borgen will. Er wird doch nicht des Teufels sein und meine Einladung annehmen? Ich habe keinen Groschen Geld, und kein Wirt borgt mir mehr.«

Zwei sehr zierlich gekleidete junge Mädchen traten dem Peregrinus geradezu in den Weg. Es waren Schwestern, weitläufig mit ihm verwandt.

»Ei«, rief die eine lachend, »ei, Vetterchen, trifft man Sie einmal? Es ist gar nicht hübsch von Ihnen, daß Sie sich so einsperren, daß Sie sich nicht sehen lassen. Sie glauben nicht, wie Mütterchen Ihnen gut ist, weil Sie solch ein verständiger Mensch sind. Versprechen Sie mir, bald zu kommen. Da! Küssen Sie mir die Hand.« – Die Gedanken lauteten: »Wie, was ist das? was ist mit dem Vetter vorgegangen? Ich wollte ihn recht in Furcht und Angst setzen. Sonst lief er vor mir, vor jedem Frauenzimmer, und jetzt bleibt er stehen und guckt mir so ganz sonderbar ins Auge und küßt mir die Hand ohne alle Scheu? Sollte er in mich verliebt sein? Das fehlte noch! – Die Mutter sagt, er sei etwas dämisch. Was tut's, ich nehm' ihn; ein dämischer Mann ist, wenn er reich ist, wie der Vetter, eben der beste.« Die Schwester hatte mit niedergeschlagenen Augen und hochroten Wangen bloß gelispelt: »Ja, besuchen Sie uns recht bald, lieber Vetter!« – Die Gedanken lauteten: »Der Vetter ist ein recht hübscher Mensch, und ich begreife nicht, warum ihn die Mutter albern und abgeschmackt nennt und ihn nicht leiden mag. Wenn er in unser Haus kommt, verliebt er sich in mich, denn ich bin das schönste Mädchen in ganz Frankfurt. Ich nehme ihn, weil ich einen reichen Menschen heiraten will, damit ich bis elf Uhr schlafen darf und teurere Shawls tragen kann als die Frau von Carsner.«

Ein vorüberfahrender Arzt ließ, als er den Peregrinus erblickte, den Wagen anhalten und schrie zum Schlage heraus: »Guten Morgen, bester Tyß! Sie sehen aus wie das Leben! der Himmel erhalte Sie bei guter Gesundheit! Aber wenn Ihnen was zustoßen sollte, so denken Sie an mich, an den alten Freund Ihres seligen Herrn Vaters. – Solchen kräftigen Naturen helfe ich auf die Beine in weniger Zeit! Adieu!« Die Gedanken lauteten: »Ich glaube, der Mensch ist aus purem Geiz beständig gesund? Aber er sieht mir so blaß, so verstört aus, er scheint mir endlich was am Halse zu haben. Nun! kommt er mir unter die Hände, so soll er nicht wieder so bald vom Lager aufstehen, er soll tüchtig büßen für seine hartnäckige Gesundheit.«

»Sei'n Sie schönstens gegrüßt, Wohledler«, rief ihm gleich darauf ein alter Kaufmann entgegen; »sehen Sie, wie ich laufe und renne, wie ich mich plagen muß der Geschäfte halber. Wie weise ist es, daß Sie sich den Geschäften entzogen, unerachtet es bei Ihren Einsichten Ihnen gar nicht fehlen könnte, den Reichtum Ihres braven Herrn Vaters zu verdoppeln.«

Die Gedanken lauteten: »Wenn der Mensch nur Geschäfte machen wollte, der verwirrte Einfaltspinsel würde in kurzer Zeit seinen ganzen Reichtum verspekulieren, und das wäre denn ein Gaudium. Der alte Herr Papa, der seine Freude daran hatte, andere ehrliche Leute, die sich durch ein klein Bankerottchen aufhelfen wollten, schonungslos zu ruinieren, würde sich im Grabe umdrehen.« –

Noch viel mehr solche schneidende Widersprüche zwischen Worten und Gedanken liefen dem Peregrinus in den Weg. Stets richtete er seine Antworten mehr nach dem ein, was die Leute gedacht, als nach dem, was sie gesprochen, und so konnt' es nicht fehlen, daß, da Peregrinus in der Leute Gedanken eingedrungen, sie selbst gar nicht wußten, was sie von dem Peregrinus denken sollten. Zuletzt fühlte sich Herr Peregrinus ermüdet und betäubt. Er schnappte mit dem Daumen, und sogleich verschwand das Glas aus der Pupille des linken Auges.

Als Peregrinus in sein Haus trat, wurde er durch ein seltsames Schauspiel überrascht. Ein Mann stand in der Mitte des Flurs und sah durch ein seltsam geformtes Glas unverwandten Blickes nach Herrn Swammers Stubentüre. Auf dieser Türe spielten aber sonnenhelle Kreise in Regenbogenfarben, fuhren zusammen in einen feurigglühenden Punkt, der durch die Türe zu dringen schien. Sowie dies geschehen, vernahm man ein dumpfes Ächzen, von Schmerzenslauten unterbrochen, das aus dem Zimmer zu kommen schien.

Zu seinem Entsetzen glaubte Herr Peregrinus Gamahehs Stimme zu erkennen.

»Was wollen Sie? Was treiben Sie hier?« So fuhr Peregrinus auf den Mann los, der wirklich Teufelskünste zu treiben schien, indem stets rascher, stets feuriger die Regenbogenkreise spielten, stets glühender der Punkt hineinfuhr, stets schmerzlicher die Jammerlaute aus dem Zimmer ertönten.

»Ah«, sprach der Mann, indem er seine Gläser zusammenschob und schnell einsteckte, »ah, sieh da, der Herr Wirt! Verzeihen Sie, bester Herr Tyß, daß ich hier ohne Ihre gütige

Erlaubnis operiere. Aber ich war bei Ihnen, um mir diese Erlaubnis zu erbitten. Da sagte mir aber die gute freundliche
96 Aline, daß Sie ausgegangen wären, und die Sache hier unten litt keinen Aufschub.«

»Welche Sache?« fragte Peregrinus ziemlich barsch, »welche Sache hier unten ist's, die keinen Aufschub leidet?«

»Sollten Sie«, fuhr der Mann mit widrigem Lächeln fort, »sollten Sie, wertester Herr Tyß, denn nicht wissen, daß mir meine ungeratene Nichte Dörtje Elverdink entlaufen ist? Sie sind ja, wiewohl mit großem Unrecht, als ihr Entführer verhaftet worden, weshalb ich denn auch, sollte es darauf ankommen, mit vielem Vergnügen Ihre völlige Unschuld bezeugen werde. Nicht zu Ihnen, nein, zu dem Herrn Swammerdamm, der sonst mein Freund war, sich aber jetzt in meinen Feind verkehrt hat, ist die treulose Dörtje geflüchtet. Sie sitzt hier im Zimmer, ich weiß es, und zwar allein, da Herr Swammerdamm ausgegangen. Eindringen kann ich nicht, da die Türe fest verschlossen und verriegelt ist, ich aber viel zu gutmütig bin, um Gewalt anzuwenden. Deshalb nehme ich mir die Freiheit, die Kleine mit meinem optischen Marter-Instrument etwas zu quälen, damit sie doch erkenne, daß ich, trotz ihres eingebildeten Prinzessintums, ihr Herr und Meister bin.«

»Der Teufel«, schrie Peregrinus im höchsten Grimm, »der Teufel sind Sie, Herr! aber nicht Herr und Meister der holden himmlischen Gamaheh. Fort aus dem Hause, treiben Sie Ihre Satanskünste, wo Sie wollen, aber hier scheitern Sie damit, dafür werde ich sorgen!« –

»Ereifern«, sprach Leuwenhoek, »ereifern Sie sich doch nur nicht, bester Herr Tyß, ich bin ein unschuldiger Mann, der nichts will als alles Gute. Sie wissen nicht, wessen Sie sich annehmen. Es ist ein kleiner Unhold, ein kleiner Basilisk, der dort im Zimmer sitzt in der Gestalt des holdesten Weibleins. Möchte sie, wenn ihr der Aufenthalt bei meiner Wenigkeit durchaus mißfiel, doch geflohen sein, aber durfte die treulose Verräterin mir mein schönstes Kleinod, den besten Freund meiner Seele, ohne den ich nicht leben, nicht bestehen kann, rauben? – Durfte sie mir den Meister Floh entführen? – Sie werden, Verehrtester, nicht verstehen, was ich meine, aber –«

Hier konnte sich Meister Floh, der von dem Jabot des Herrn Peregrinus hinaufgesprungen war und den sicheren und bequemeren Platz in der Halsbinde eingenommen hatte, nicht enthalten, ein feines höhnisches Gelächter aufzuschlagen. 97

»Ha«, rief Leuwenhoek, wie vom jähen Schreck getroffen, »ha! was war das! – sollte es möglich sein? – ja, hier an diesem Orte! – erlauben Sie doch, verehrtester Herr Peregrinus!«

Damit streckte Leuwenhoek den Arm aus, trat dicht heran an Herrn Peregrinus und wollte nach seiner Halsbinde greifen.

Peregrinus wich ihm aber geschickt aus, faßte ihn mit starker Faust und schleppte ihn nach der Haustüre, um ihn ohne weiteres hinauszuwerfen. Eben als Peregrinus sich mit Leuwenhoek, der sich in ohnmächtigen Protestationen erschöpfte, dicht an der Türe befand, wurde diese von außen geöffnet, und hinein stürmte George Pepusch, hinter ihm aber Herr Swammerdamm.

Sowie Leuwenhoek seinen Feind Swammerdamm erblickte, riß er sich los mit der höchsten Anstrengung seiner letzten Kräfte, sprang zurück und stemmte sich mit dem Rücken gegen die Türe des verhängnisvollen Zimmers, wo die Schöne gefangen saß.

Swammerdamm zog, dies gewahrend, ein kleines Fernglas aus der Tasche, schob es lang aus und ging dem Feinde zu Leibe, indem er laut rief: »Zieh, Verdammter, wenn du Courage hast!«

Schnell hatte Leuwenhoek ein ähnliches Instrument in der Hand, schob es ebenfalls auseinander und schrie: »Nur heran, ich stehe dir, bald sollst du meine Macht fühlen!« – Beide setzten sich nun die Ferngläser ans Auge und fielen grimmig gegeneinander aus mit scharfen mörderischen Streichen, indem sie ihre Waffen durch Aus- und Einschieben bald verlängerten, bald verkürzten. Da gab es Finten, Paraden, Volten, kurz alle nur möglichen Fechterkünste, und immer mehr schienen sich die Gemüter zu erhitzen. Wurde einer getroffen,

so schrie er laut auf, sprang in die Höhe, machte die wunderlichsten Kapriolen, die schönsten Entrechats, Pirouetten, wie der beste Solotänzer von der Pariser Bühne, bis der andere ihn mit dem verkürzten Fernglase fest fixierte. Geschah diesem nun Gleiches, so machte er es ebenso. So wechselten sie mit den ausgelassensten Sprüngen, mit den tollsten Gebärden, mit dem wütendsten Geschrei; der Schweiß troff ihnen von der Stirne herab, die blutroten Augen traten ihnen zum Kopfe heraus, und da man nur ihr wechselseitiges Anblicken durch die Ferngläser, sonst aber keine Ursache ihres Veitstanzes gewahrte, so mußte man sie für Rasende halten, die dem Irrenhause entsprungen. – Die Sache war übrigens ganz artig anzusehen. –

Herrn Swammerdamm gelang es endlich, den bösen Leuwenhoek aus seiner Stellung an der Türe, die er mit hartnäckiger Tapferkeit behauptet, zu vertreiben und den Kampf in den Hintergrund des Flurs zu spielen.

George Pepusch nahm den Augenblick wahr, drückte die frei gewordene Türe, die weder verschlossen noch verriegelt war, auf und schlüpfte ins Zimmer hinein. Sogleich stürzte er aber auch wieder heraus, schrie: »Sie ist fort – fort!« und eilte mit Blitzesschnelle aus dem Hause von dannen. – Beide, Leuwenhoek und Swammerdamm, hatten sich schwer getroffen, denn beide hüpften, tanzten auf ganz tolle Weise und machten dazu mit Heulen und Schreien eine Musik, die dem Wehgeschrei der Verdammten in der Hölle zu gleichen schien.

Peregrinus wußte in der Tat nicht recht, was er beginnen sollte, die Wütenden auseinanderzubringen und so einen Auftritt zu endigen, der ebenso lächerlich als entsetzlich war. Endlich gewahrten beide, daß die Türe des Zimmers weit offen stand, vergaßen Kampf und Schmerz, steckten die verderblichen Waffen ein und stürzten sich ins Zimmer.

Schwer fiel es nun erst dem Herrn Peregrinus Tyß aufs Herz, daß die Schönste aus dem Hause entflohen, er verwünschte den abscheulichen Leuwenhoek in die Hölle. Da ließ sich auf der Treppe Alinens Stimme vernehmen. Sie lachte laut und rief wiederum dazwischen: »Was man nicht alles erlebt! Wundersam – unglaublich! Wer hätte sich das träumen lassen!«

»Was ist«, fragte Peregrinus kleinlaut, »was ist denn schon wieder Unglaubliches vorgefallen?«

»O lieber Herr Tyß«, rief ihm die Alte entgegen, »kommen Sie doch nur schnell herauf, gehen Sie doch nur in Ihr Zimmer.«

Die Alte öffnete ihm schalkisch kichernd die Türe seines Gemachs. Als er hineintrat, da, o Wunder! o Wonne! hüpfte ihm die holde Dörtje Elverdink entgegen, gekleidet in das verführerische Gewand von Silberzindel, wie er sie bei dem Herrn Swammer erblickt. »Endlich, endlich sehe ich dich wieder, mein süßer Freund«, lispelte die Kleine und wußte sich dem Peregrinus so anzuschmiegen, daß er nicht umhin konnte, sie, aller guten Vorsätze unerachtet, auf das zärtlichste zu umarmen. Die Sinne wollten ihm vergehen vor Entzücken und Liebeslust. –

Wohl oft hat es sich aber begeben, daß jemand gerade im höchsten Rausch der überschwenglichsten Wonne sich recht derb die Nase stieß und plötzlich, geweckt durch den irdischen

Schmerz, aus dem seligen Jenseits hinabfiel in das ordinäre Diesseits. Geradeso ging es Herrn Peregrinus. Als er sich nämlich hinabbückte, um Dörtjes süßen Mund zu küssen, stieß er sich ganz entsetzlich die nicht unansehnliche Nase an dem Diadem von funkelnden Brillanten, das die Kleine in den schwarzen Locken trug. Der empfindliche Schmerz des Stoßes an den eckicht geschliffenen Steinen brachte ihn hinlänglich zu sich selbst, um das Diadem zu gewahren. Das Diadem mahnte ihn aber an die Prinzessin Gamaheh, und dabei mußte ihm wieder alles einfallen, was ihm Meister Floh von dem verführerischen Wesen gesagt hatte. Er bedachte, daß einer Prinzessin, der Tochter eines mächtigen Königs, unmöglich an seiner Liebe etwas gelegen sein könne und daß ihr ganzes Liebe atmendes Betragen wohl als gleisnerischer Trug gelten dürfe, durch den die Verräterin sich den zauberischen Floh wiederverschaffen wolle. – Dies betrachtend, glitt ein Eisstrom durch sein Inneres, der die Liebesflamme, wenn auch nicht gänzlich auslöschte, so doch wenigstens dämpfte.

Peregrinus wand sich aus den Armen der Kleinen, die ihn liebend umfaßt hatte und sprach leise mit niedergeschlagenen Augen: »Ach du lieber Himmel! Sie sind ja doch die Tochter des mächtigen Königs Sekakis, die schöne, hohe, herrliche Prinzessin Gamaheh! – Verzeihung, Prinzessin, wenn mich ein Gefühl, dem ich nicht widerstehen konnte, hinriß zur Torheit, zum Wahnsinn. Aber Sie selbst, Durchlauchtige –«

»Was«, unterbrach Dörtje Elverdink den Peregrinus, »was sprichst du, mein holder Freund? Ich eines mächtigen Königs Tochter? ich eine Prinzessin? Ich bin ja deine Aline, die dich lieben wird bis zum Wahnsinn, wenn du – doch, wie ist mir denn? Aline, die Königin von Golkonda? die ist ja schon bei dir; ich habe mit ihr gesprochen. Eine gute, liebe Frau, doch alt ist sie geworden, und lange nicht mehr so hübsch als zur Zeit ihrer Verheiratung mit einem französischen General! – Weh mir! ich bin wohl nicht die rechte, ich habe wohl nie in Golkonda geherrscht? – Weh mir!« –

Die Kleine hatte die Augen geschlossen und begann zu wanken. Peregrinus brachte sie auf den Sofa.

»Gamaheh«, fuhr sie, wie somnambul sprechend, fort, »Gamaheh sagst du? – Gamaheh, die Tochter des Königs Sekakis? Ja, ich erinnere mich, in Famagusta! – ich war eigentlich eine schöne Tulpe – doch nein, schon damals fühlte ich Sehnsucht und Liebe in der Brust – Still, still davon!«

Die Kleine schwieg, sie schien ganz einschlummern zu wollen. Peregrinus unternahm das gefährliche Wagestück, sie in eine bequemere Stellung zu bringen. Doch wie er die Holde sanft umschlang, stach ihn eine versteckte Nadel recht derb in den Finger. Seiner Gewohnheit nach schnappte er mit dem Daumen. Meister Floh hielt das aber für das verabredete Zeichen und setzte ihm augenblicklich das mikroskopische Glas in die Pupille.

So wie immer erblickte Peregrinus hinter der Hornhaut der Augen das seltsame Geflecht der Nerven und Adern, die bis in das tiefe Gehirn hineingingen. Aber durch dies Geflecht schlangen sich hell blinkende Silberfaden, wohl hundertmal dünner als die Faden des dünnsten Spinngewebes, und eben diese Faden, die endlos zu sein schienen, da sie sich hinausrankten aus dem Gehirn in ein selbst dem mikroskopischen Auge unentdeckbares Etwas, verwirrten, vielleicht Gedanken sublimerer Art, die andern von leichter zu erfassender Gattung. Peregrinus gewahrte bunt durcheinanderwirbelnde Blumen, die sich zu Menschen gestalteten, dann wieder Menschen, die in die Erde zerflossen und dann als Steine, Metalle hervorblinkten. Und dazwischen bewegten sich allerlei seltsame Tiere, die sich unzähligemal verwandelten und wunderbare Sprachen redeten. Keine Erscheinung paßte zu der andern, und in der bangen Klage brustzerreißender Wehmut, die durch die Luft ertönte, schien sich die Dissonanz der Erscheinungen auszusprechen. Doch eben diese Dissonanz verherrlichte nur noch mehr die tiefe Grundharmonie, die siegend hervorbrach und alles, was entzweit geschienen, vereinigte zu ewiger namenloser Lust.

»Verwirrt«, zischelte Meister Floh, »verwirrt Euch nicht, guter Herr Peregrinus, das sind Gedanken des Traums, die Ihr da schaut. Sollte auch vielleicht noch etwas mehr dahinterstecken, so ist es wohl jetzt nicht an der Zeit, das weiter zu untersuchen. Ruft nur die verführerische Kleine bei ihrem rechten Namen und fragt sie denn aus, wie Ihr nur Lust habt.«

Da die Kleine verschiedene Namen führte, so hätte es, wie man denken sollte, dem Peregrinus schwerfallen müssen, den rechten zu treffen. Peregrinus rief aber, ohne sich im mindesten zu besinnen: »Dörtje Elverdink! Holdes, liebes Mädchen, wäre es kein Trug? Wäre es möglich, daß du mich wirklich lieben könntest?« Sogleich erwachte die Kleine aus ihrem träumerischen Zustande, schlug die Äugelein auf und sprach mit leuchtendem Blick: »Welche Zweifel, mein Peregrinus? Kann ein Mädchen wohl das beginnen, was ich begann, wenn nicht die glühendste Liebe ihre Brust erfüllt? Peregrinus, ich liebe dich wie keinen andern, und willst du mein sein, so bin ich dein mit ganzer Seele und bleibe bei dir, weil ich nicht von dir lassen kann, und nicht etwa bloß, um der Tyrannei des Onkels zu entfliehen.«

Die Silberfaden waren verschwunden, und die gehörig geordneten Gedanken lauteten: »Wie ist das zugegangen? Erst heuchelte ich ihm Liebe, bloß um den Meister Floh mir und dem Leuwenhoek wiederzugewinnen, und jetzt bin ich ihm in der Tat gut geworden. Ich habe mich in meinen eignen Fallstricken gefangen. Ich denke kaum mehr an den Meister Floh; ich möchte ewig dem Mann angehören, der mir liebenswürdiger vorkommt als alle, die ich bis jetzt gesehen.«

Man kann sich vorstellen, wie diese Gedanken alles selige Entzücken in Peregrinus' Brust entflammten. Er fiel vor der Holden nieder, bedeckte ihre Händchen mit tausend glühenden Küssen, nannte sie seine Wonne, seinen Himmel, sein ganzes Glück. –

»Nun«, lispelte die Kleine, indem sie ihn sanft an ihre Seite zog, »nun, mein Teurer, wirst du gewiß einen Wunsch nicht zurückweisen, von dessen Erfüllung die Ruhe, ja das ganze Dasein deiner Geliebten abhängt.« –

»Verlange«, erwiderte Peregrinus, indem er die Kleine zärtlich umschlang, »verlange alles, mein süßes Leben, alles, was du willst, dein leisester Wunsch ist mir Gebot. Nichts in der Welt ist mir so teuer, daß ich es nicht dir, nicht deiner Liebe mit Freuden opfern sollte.«

»Weh mir«, zischelte Meister Floh. »Wer hätte das gedacht, daß die Treulose siegen sollte. Ich bin verloren!«

»So höre denn«, fuhr die Kleine fort, nachdem sie die glühenden Küsse, die Peregrinus auf ihre Lippen gedrückt, feurig erwidert hatte, »so höre denn, ich weiß, auf welche Art der –«

Die Türe sprang auf, und hinein trat Herr George Pepusch.

»Zeherit!« schrie wie in Verzweiflung die Kleine auf und sank leblos in den Sofa zurück.

Die Distel Zeherit flog aber auf die Prinzessin Gamaheh los, nahm sie in den Arm und rannte mit ihr blitzschnell von dannen.

Meister Floh war für diesmal gerettet. –

FÜNFTES ABENTEUER

MERKWÜRDIGER PROZESS UND FERNERES WEISES, VERSTÄNDIGES BENEHMEN DES HERRN GEHEIMEN HOFRATES KNARRPANTI. GEDANKEN JUNGER DICHTERISCHER ENTHUSIASTEN UND SCHRIFTSTELLERISCHER DAMEN. PEREGRINUS' BETRACHTUNGEN ÜBER SEIN LEBEN UND MEISTER FLOHS GELEHRSAMKEIT UND VERSTAND. SELTENE TUGEND UND STANDHAFTIGKEIT DES HERRN TYSS. UNERWARTETER AUSGANG EINES BEDROHLICHEN TRAGISCHEN AUFTRITTS.

Der geneigte Leser erinnert sich, daß die Papiere des Herrn Peregrinus Tyß in Beschlag genommen wurden, um einer Tat, die nicht geschehen, näher auf die Spur zu kommen. Beide, der Abgeordnete des Rats und der Geheime Hofrat Knarrpanti, hatten jede Schrift, jeden Brief, ja jedes Zettelchen, das vorgefunden (Wasch- und Küchenzettel nicht ausgenommen) auf das genaueste durchgelesen, waren aber nun rücksichts des Resultats ihrer Erforschung völlig verschiedener Meinung.

Der Abgeordnete versicherte nämlich, daß die Papiere auch nicht ein Wort enthielten, welches Bezug auf ein Verbrechen haben könne, wie es Peregrinus der Anklage nach begangen haben solle. Des Herrn Geheimen Hofrats Knarrpanti späherisches Falkenauge hatte dagegen gar vieles in den Schriften des Herrn Peregrinus Tyß entdeckt, das ihn als einen höchst gefährlichen Menschen darstellte. Peregrinus hatte sonst in seinen früheren Jünglingsjahren ein Tagebuch gehalten; in diesem Tagebuch gab es nun aber eine Menge verfänglicher Stellen, die rücksichts der Entführung junger Frauenzimmer nicht allein auf seine Gesinnungen ein sehr nachteiliges Licht warfen, sondern ganz klar nachwiesen, daß er dies Verbrechen schon öfters begangen. –

So hieß es: »Es ist doch was Hohes, Herrliches um diese Entführung!« – Ferner: »Doch hab' ich von allen die schönste entführt!« – Ferner: »Entführt habe ich ihm diese Marianne, diese Philin, diese Magnon!« – Ferner: »Ich liebe diese Entführungen.« – Ferner: »Entführt sollte, mußte Julia werden, und es geschah wirklich, da ich sie auf einem einsamen Spaziergange im Walde von Vermummten überfallen und fortschleppen ließ.«

Außer diesen ganz entscheidenden Stellen im Tagebuch fand sich auch noch der Brief eines Freundes vor, in dem es verfänglicherweise hieß: »so möcht' ich dich bitten, entführe ihm Friederiken, wo und wie du nur kannst.«

Alle die erwähnten Worte nebst hundert andern Phrasen, waren nur die Wörter: Entführung, entführen, entführt darin enthalten, hatte der weise Knarrpanti nicht allein mit Rotstift dick unterstrichen, sondern noch auf einem besondern Blatte zusammengestellt, welches sich sehr hübsch ausnahm und mit welcher Arbeit er ganz besonders zufrieden schien.

»Sehen Sie wohl«, sprach Knarrpanti zu dem Abgeordneten des Rats, »sehen Sie wohl, wertester Herr Kollege, habe ich es nicht gesagt? Der Peregrinus Tyß ist ein verruchter abscheulicher Mensch, ein wahrer Don Juan. Wer weiß, wo die unglücklichen Schlachtopfer seiner Lüste hingekommen sind, die Marianne, die Philine, und wie sie alle heißen mögen. Es war die höchste Zeit, daß dem Unwesen gesteuert wurde, sonst hätte der gefährliche Mensch durch seine entführerischen Umtriebe die gute Stadt Frankfurt in tausend Leid versetzen können. Was hat der Mensch schon nach seinen eignen Geständnissen für Verbrechen begangen! – Sehen Sie diese Stelle, bester Herr Kollege, und urteilen Sie selbst, wie der Peregrinus das Entsetzliche im Schilde führt.«

Die Stelle in dem Tagebuche, auf welche der weise Geheime Hofrat Knarrpanti den Abgeordneten des Rats aufmerksam machte, lautete: »Heute war ich leider *mord*faul.« – Die Silbe *mord* war dreimal unterstrichen, und Knarrpanti meinte, ob jemand wohl verbrecherischere Gesinnungen an den Tag legen könne, als wenn er bedauere, heute keinen Mord verübt zu haben!

Der Abgeordnete wiederholte seine Meinung, daß in den Papieren des Herrn Peregrinus Tyß auch nicht die leiseste Spur eines Verbrechens merkbar geworden. Knarrpanti schüttelte ungläubig den Kopf, und der Abgeordnete bat ihn, doch noch einmal jene Stellen, die er selbst als verdächtig ausgezogen, anzuhören, wiewohl im bessern Zusammenhange.

Der geneigte Leser wird sich sehr bald von Knarrpantis sublimer Schlauheit ganz überzeugen. –

Der Abgeordnete schlug das verfängliche Tagebuch auf und las: »Heute sah ich im Theater Mozarts ›Entführung aus dem Serail‹ zum zwanzigstenmal mit demselben Entzücken. *Es ist doch was Hohes, Herrliches um diese Entführung.*« Ferner: »Die Blumen, sie konnten mir alle gefallen, *doch hab' ich von allen die schönste entführt.*« Ferner: »*Entführt habe ich ihm diese Marianne, diese Philine, diese Mignon,* denn zu sehr vertiefte er sich in diese Gestaltungen, fantasierte von dem alten Hartner und zankte mit Jarno. ›Wilhelm Meister‹ ist kein Buch für solche, die eben aus schwerer Nervenkrankheit erstehen.« Ferner: »Jüngers ›Entführung‹ ist ein artiges Lustspiel. *Ich liebe diese Entführungen,* weil sie der Intrige ein besonderes Leben einhauchen.« Ferner: »Der zu wenig überdachte Plan brachte mich gewaltig in die Enge. *Entführt sollte, mußte Julia werden, und es geschah wirklich, da ich sie auf einem einsamen Spaziergange im Walde von Vermummten überfallen und fortschleppen ließ.* Ich freute mich ungemein über diese neue Idee, die ich breit genug ausführte. Überhaupt war dies Trauerspiel ein gar drolliges Machwerk des begeisterten Knaben, und es tut mir leid, daß ich es ins Feuer geworfen.« – Der Brief lautete: »So oft siehst Du Friederiken in der Gesellschaft, Du Glücklicher! Wahrscheinlich läßt Moritz niemanden heran und nimmt ihre ganze Aufmerksamkeit in Beschlag. Wärst Du nicht so blöde, so weiberscheu, *so möcht' ich Dich bitten, entführe ihm Friederiken, wo und wie Du nur kannst.*«

Knarrpanti blieb dabei, daß selbst der Zusammenhang die Sache nicht bessere, da es eben arglistige Schlauheit der Ver-
108 brecher sei, solche Äußerungen so zu verhüllen, daß sie auf den ersten Blick für ganz indifferent, für ganz unschuldig gelten könnten. Als besonderen Beweis solcher Schlauheit machte der tiefsinnige Knarrpanti den Abgeordneten auf einen Vers aufmerksam, der in Peregrinus' Papieren vorkam und worin von einer *end*losen Führung des Schicksals die Rede war. Nicht wenig tat sich Knarrpanti auf die Sagazität zugute, mit der er sogleich herausgefunden, daß das Wort Entführung in jenem Verse getrennt worden, um es der Aufmerksamkeit und dem Verdacht zu entziehen. –

Der Rat wollte immer noch nicht auf ein weiteres Verfahren wider den Angeklagten Peregrinus Tyß eingehen, und die Rechtsverständigen bedienten sich eines Ausdrucks, der schon deshalb hier stehen darf, weil er sich in dem Märchen vom Meister Floh wunderlich ausnimmt, das Wunderliche aber, darf das *Wunderbare* der eigentliche Schmuck des Märchens genannt werden, doch als ein angenehmer Schnörkel nicht zu verwerfen ist. Sie sagten (nämlich die Rechtsverständigen), es fehle gänzlich an einem Corpus delicti, der weise Rat Knarrpanti blieb aber fest dabei stehen, daß ihn das delictum den Henker was kümmere, wenn er nur ein Corpus in die Faust bekäme, und das Corpus sei der gefährliche Entführer und Mörder, Herr Peregrinus Tyß. – Der Herausgeber bittet den geneigten, nicht rechtsverständigen Leser, vorzüglich aber jede schöne Leserin, sich diese Stelle von irgendeinem jungen Rechtsgelehrten erklären zu lassen. Besagter Rechtsgelehrter wird sich augenblicklich in die Brust werfen und beginnen: »In der Rechtssprache heißt« usw.

Bloß den Vorfall in der Nacht, von dem die Zeugen gesprochen, hielt der Abgeordnete für einen Gegenstand, worüber Herr Peregrinus Tyß wohl vernommen werden müsse.

Peregrinus geriet in nicht geringe Verlegenheit, als er von dem Abgeordneten über den Hergang der Sache befragt wurde. Er fühlte, daß die ganze Erzählung, weiche er in keinem

Umstande von der Wahrheit ab, eben deshalb den Stempel der Lüge, wenigstens der höchsten Unwahrscheinlichkeit tragen müsse. Für ratsam fand er es daher, ganz zu schweigen und 109
sich damit zu schützen, daß, sobald kein wirkliches bestimmtes Verbrechen feststehe, dessen man ihn beschuldige, er nicht nötig zu haben glaube, über einzelne Begebenheiten in seinem Leben Rede zu stehen. Knarrpanti frohlockte über diese Erklärung des Angeklagten, durch die er seinen ganzen Verdacht bestätigt fand.

Er äußerte dem Abgeordneten ziemlich unverhohlen, daß er das Ding nicht recht anzugreifen wisse, und der Abgeordnete war hell und verständig genug, einzusehen, daß eine Vernehmung, die Knarrpanti selbst besorgen wollte, dem Peregrinus keinen Nachteil bringen, sondern vielmehr der Sache den Ausschlag zu seinem Vorteil geben konnte.

Der scharfsinnige Knarrpanti hatte über hundert Fragen in Bereitschaft, mit denen er dem Peregrinus zu Leibe ging, und die in der Tat oft nicht leicht waren zu beantworten. Vorzüglich waren sie dahin gerichtet, zu erforschen, was Peregrinus sowohl im allgemeinen sein ganzes Leben hindurch als auch bei diesem, jenem besondern Anlaß, wie z.B. bei dem Aufschreiben der verdächtigen Worte in seinen Papieren, *gedacht* habe.

Das Denken, meinte Knarrpanti, sei an und vor sich selbst schon eine gefährliche Operation und würde bei gefährlichen Menschen eben desto gefährlicher. – Ferner gab es solche verfängliche Fragen, wie z.B. wer der ältliche Mann im blauen Überrock und kurz verschnittenen Haaren gewesen sei, mit dem er [sich] am vierundzwanzigsten März des vergangenen Jahres mittags an der Wirtstafel über die beste Art, den Rheinlachs zu bereiten, verständigt habe? Ferner: ob er nicht selbst einsehe, daß all die geheimnisvollen Stellen in seinen Papieren mit Recht den Verdacht erweckten, daß das, was er niederzuschreiben unterlasse, noch viel Verdächtigeres, ja ein vollkommenes Zugeständnis der Tat hätte enthalten können?

Diese Art der Untersuchung, ja der Geheime Hofrat Knarr-
panti selbst kam dem Peregrinus so seltsam vor, daß er begie-
110 rig war, die Gedanken des spitzfindigen Schlaukopfs zu erken-
nen. Er schnippte mit dem Daumen, und schnell setzte ihm
der gehorsame Meister Floh das mikroskopische Glas in die
Pupille.

Knarrpantis Gedanken lauteten ungefähr: »Ich glaube selbst gar nicht, daß der junge Mann unsre Prinzessin, die schon vor mehreren Jahren mit einem landstreicherischen Komödianten durchgegangen ist, entführt hat, ja entführt haben kann. Aber ich durfte die Gelegenheit nicht versäumen, zu meinem eignen Besten einen großen Rumor zu machen. Mein kleiner Herr fing an gleichgültig gegen mich zu werden, und am Hofe nannte man mich einen langweiligen Träumer, ja, man fand mich öfters albern und fade, da doch keiner mir an Geist und Geschmack überlegen war, keiner von allen den kleinen Dienst, durch den man sich eben einschmeichelt bei dem Herrn [so gut verstand] als ich. Half ich nicht selbst dem Kammerdiener des Fürsten beim Stiefelputzen? Da kam ja die Entführungsgeschichte wie eine Wohltat des Himmels. Mit der Nachricht, daß ich der entflohenen Prinzessin auf die Spur gekommen, erhob ich mich plötzlich wieder zu dem Ansehen, das ich beinahe ganz verloren. Man findet mich wieder verständig, weise, gewandt und vorzüglich dem Herrn so treu ergeben, daß ich eine Stütze des Staats zu nennen, auf der alles Wohl beruht.

Es wird, es kann aus der Sache gar nichts herauskommen, da die wirklich geschehene Entführung dem Menschen nicht nachzuweisen ist; aber das tut gar nichts zur Sache. Eben deshalb will ich den jungen Mann recht arg quälen mit Kreuz- und Querfragen, soviel ich es nur vermag. Denn je mehr ich dies tue, je höher wird mein Interesse für die Sache, mein reger Eifer für das Wohl meines Herrn gepriesen. Ich muß es nur dahin bringen, daß ich den jungen Mann ungeduldig mache und einige schnippische Antworten erpresse. Die streiche ich denn an mit einem tüchtigen Rotstift, begleite sie auch wohl mit einigen Bemerkungen, und ehe man sich's versieht, steht der Mann da in einem zweideutigen Licht, und aus dem Ganzen erhebt sich ein gehässiger Geist, der ihm Nachteil bringt und sogar solche unbefangene ruhige Leute wie der Herr Abgeordnete da, wider ihn einnimmt. Gepriesen sei die Kunst, der gleichgültigsten Sache einen Anstrich von gehässiger Bedeutsamkeit zu geben. Es ist eine Gabe, die mir die Natur verlieh und vermöge der ich mir meine Feinde vom Halse schaffe und selbst im besten Wohlsein bleibe. Ich muß lachen, daß der Rat wunder glaubt, wieviel mir an der wirklichen Ermittlung der Wahrheit gelegen ist, da ich doch nur mich selbst im Auge habe und die ganze Sache als ein Mittel betrachte, mich bei dem Herrn wichtig zu machen und so viel Beifall und Geld zu erobern als nur möglich. Kommt auch nichts heraus, so sagt doch keiner, daß meine Bemühungen unnütz gewesen sind; es heißt vielmehr, daß ich wohl recht hatte und durch die getroffenen Maßregeln wenigstens verhinderte, daß der schelmische Peregrinus Tyß die bereits entführte Prinzessin hinterher noch wirklich entführte.« –

Da Peregrinus auf diese Art die Gedanken des sublimen Hofrats durchschaute, so war es natürlich, daß er sich in gehöriger Fassung erhielt und statt, wie Knarrpanti wollte, unruhig zu werden, durch gar geschickte Antworten Knarrpantis Scharfsinn zuschanden machte. Der Abgeordnete des Rats schien seine Freude daran zu haben. Diesem erzählte aber Peregrinus, nachdem Knarrpanti sein endloses Verhör hauptsächlich aus Mangel an Atem geschlossen, unaufgefordert mit wenigen Worten, daß die junge Dame, die er in jener Christnacht auf ihr ausdrückliches Verlangen in sein Haus getragen, niemand anders sei als die Nichte des optischen Künstlers Leuwenhoek, namens Dörtje Elverdink, und daß diese sich jetzt bei ihrem Paten, dem Herrn Swammer, aufhalte, der bei ihm im Hause zur Miete wohne.

Man fand diese Angaben richtig, und der merkwürdige Entführungsprozeß war beendigt.

Knarrpanti drang zwar noch auf fernere Vernehmungen und las im Rat sein scharfsinniges Verhörsprotokoll vor; dies Meisterstück erregte aber ein allgemeines schallendes Gelächter. Man fand es denn auch sehr ratsam, daß der Herr Geheime Hofrat Knarrpanti Frankfurt verließe und als Resultat seiner Bemühungen, als Beweis seiner Sagazität, seines regen Diensteifers das bewundrungswürdige Aktenstück seinem Herrn selbst überbringe. Der seltsame Entführungsprozeß wurde zum Stadtgespräch, und der würdige Knarrpanti mußte zu seinem nicht geringen Verdruß bemerken, daß die Leute sich mit allen Zeichen des Ekels und Abscheus die Nasen zuhielten, wenn er vorüberging, und ihre Plätze verließen, wenn er sich an die Wirtstafel setzen wollte. Bald machte er sich fort aus der Stadt. So mußte aber Knarrpanti das Feld mit Schimpf und Schande räumen, auf dem er Lorbeeren zu sammeln gehofft hatte.

Das, was hier hintereinander fort erzählt worden war, hatte aber den Zeitraum von mehreren Tagen ausgefüllt; denn man mag nicht denken, daß Knarrpanti in geringer Zeit einen ziemlichen Folioband zusammenzuschreiben vermochte. Einem solchen Bande glich aber das merkwürdige Verhörsprotokoll. Knarrpantis tägliche Quälerei, sein albernes anmaßendes Betragen erregte in Peregrinus tiefen Unmut, der aber noch merklich durch die Ungewißheit vermehrt wurde, in der er über das Schicksal der Schönsten schwebte.

Mit Blitzesschnelle hatte, wie es der geneigte Leser am Schlusse des vierten Abenteuers erfahren hat, George Pepusch die Kleine aus des verliebten Peregrinus' Armen entführt und diesen zurückgelassen, starr vor Erstaunen und Schreck.

Als Peregrinus, endlich zur Besinnung gekommen, aufsprang und dem räuberischen Freunde nachsetzte, war alles öde und still im Hause. Auf wiederholtes starkes Rufen pantoffelte die alte Aline aus dem entferntesten Zimmer heran und versicherte, von dem ganzen Vorfall auch nicht das mindeste bemerkt zu haben.

Peregrinus wollte über Dörtjes Verlust beinahe außer sich geraten. Meister Floh ließ sich aber vernehmen mit tröstenden Worten. »Ihr wißt«, sprach er mit einem Ton, der dem Hoffnungslosesten Zutrauen einflößen mußte, »Ihr wißt ja noch gar nicht, teurer Herr Peregrinus Tyß, ob die schöne Dörtje Elverdink Euer Haus wirklich verlassen hat. Soviel ich mich auf solche Dinge verstehe, ist sie gar nicht weit; mir ist's, als wittere ich ihre Nähe. Doch wollt Ihr meinem freundschaftlichen Rat vertrauen und ihn befolgen, so überlaßt die schöne Dörtje ihrem Schicksal. Glaubt mir, die Kleine ist ein wetterwendisches Ding; mag es sein, daß es, wie Ihr mir gesagt habt, Euch jetzt wirklich gut geworden ist, wie lange wird es dauern, und sie versetzt Euch in solch Trübsal und Leid, daß Ihr Gefahr lauft, darüber den Verstand zu verlieren wie die Distel Zeherit. Noch einmal sage ich es Euch, gebt Euer einsames Leben auf. Ihr werdet Euch besser dabei befinden. Was für Mädchen habt Ihr denn schon kennengelernt, daß Ihr die Dörtje für die schönste achtet; welchem Weibe habt Ihr Euch denn schon genähert mit freundlichen Liebesworten, daß Ihr glaubt, nur Dörtje könne Euch lieben. Geht, geht, Peregrinus, die Erfahrung wird Euch eines Bessern überzeugen. Ihr seid ein ganz hübscher stattlicher Mann, und ich müßte nicht so verständig und scharfsinnig sein, als es der Meister Floh wirklich ist, wenn ich nicht voraussehen sollte, daß Euch das Glück der Liebe noch lachen wird auf eine ganz andere Weise, als Ihr es wohl jetzt vermutet.« –

Peregrinus hatte dadurch, daß er an öffentliche Örter ging, bereits die Bahn gebrochen, und es wurde ihm nun weniger schwer, Gesellschaften zu besuchen, denen er sich sonst entzogen. Meister Floh tat ihm dabei mit dem mikroskopischen Glase vortreffliche Dienste, und Peregrinus soll während der Zeit ein Tagebuch gehalten und die wunderlichsten ergötzlichsten Kontraste zwischen Worten und Gedanken, wie sie ihm täglich aufstießen, aufgezeichnet haben. Vielleicht findet der Herausgeber des seltsamen Märchens, Meister Floh geheißen, künftig Gelegenheit, manches weiterer Mitteilung

Würdige aus diesem Tagebuch ans Licht zu fördern; hier würde es nur die Geschichte aufhalten und darum dem geneigten
114 Leser eben nicht willkommen sein. So viel kann gesagt werden, daß manche Redensarten mit den dazugehörenden Gedanken stereotypisch wurden, wie z. B. »Ich erbitte mir Ihren gütigen Rat«, lautet in Gedanken: »Er ist albern genug, zu glauben, daß ich wirklich in einer Sache, die längst beschlossen, seinen Rat verlange, und das kitzelt ihn!« – »Ich vertraue Ihnen ganz!« – »Ich weiß ja längst, daß du ein Spitzbube bist usw.« Endlich darf auch noch bemerkt werden, daß manche Leute doch den Peregrinus mit seinen mikroskopischen Betrachtungen in große Verlegenheit setzten. Das waren nämlich die jungen Männer, die über alles in den höchsten Enthusiasmus geraten und sich in einen brausenden Strom der prächtigsten Redensarten ergießen konnten. Unter diesen schienen am tiefsten und herrlichsten junge Dichter zu sprechen, die von lauter Fantasie und Genialität strotzten und vorzüglich von Damen viel Anbetung erleiden mußten. Ihnen reihten sich schriftstellerische Frauen an, die alle Tiefen des Seins hienieden sowie alle echt philosophische, das Innerste durchdringende Ansichten der Verhältnisse des sozialen Lebens, wie man zu sagen pflegt, recht am Schnürchen hatten und mit prächtigen Worten herzusagen wußten wie eine Festtagspredigt. – Kam es dem Peregrinus wunderbar vor, daß die Silberfaden aus Gamahehs Gehirn herausrankten in ein unentdeckbares Etwas, so erstaunte er nicht weniger darüber, was er im Gehirn der erwähnten Leute wahrnahm. Er sah zwar das seltsame Geflecht von Adern und Nerven, bemerkte aber zugleich, daß diese gerade, wenn die Leute über Kunst und Wissenschaft über die Tendenzen des höhern Lebens überhaupt ganz ausnehmend herrlich sprachen, gar nicht eindrangen in die Tiefe des Gehirns, sondern wieder zurückwuchsen, so daß von deutlicher Erkennung der Gedanken gar nicht die Rede sein konnte. Er teilte seine Bemerkung dem Meister Floh mit, der wie gewöhnlich in einer Falte des Halstuchs saß. Meister Floh meinte, daß das, was Peregrinus für Gedanken halte, gar keine

wären, sondern nur Worte, die sich vergeblich mühten, Gedanken zu werden.

Erlustigte sich nun Herr Peregrinus Tyß in der Gesell- 115
schaft auf mannigfache Weise, so ließ auch sein treuer Begleiter, Meister Floh, viel von seinem Ernste nach und bewies sich als ein kleiner schalkischer Lüstling, als ein aimable roué. Keinen schönen Hals, keinen weißen Nacken eines Frauenzimmers konnte er nämlich sehen, ohne bei der ersten Gelegenheit sich aus seinem Schlupfwinkel hervor und auf den einladenden Sitz zu schwingen, wo er jeder Nachstellung gespitzter Finger geschickt zu entgehen wußte. Dies Manöver umfaßte ein doppeltes Interesse. Einmal fand er selbst seine Lust daran, dann wollte er aber auch Peregrinus' Blicke auf Schönheiten ziehen, die Dörtjes Bild verdunkeln sollten. Dies schien aber ganz vergebliche Mühe zu sein; denn keine einzige der Damen, denen sich Peregrinus ohne alle Scheu mit voller Unbefangenheit näherte, kam ihm so gar hübsch und anmutig vor als seine kleine Prinzessin. Weshalb aber auch nun vollends seine Liebe zur Kleinen festhielt, war, daß bei keiner er Worte und Gedanken so zu seinen Gunsten übereinstimmend fand als bei ihr. Er glaubte sie nimmermehr lassen zu können, und erklärte dies unverhohlen. Meister Floh ängstigte sich nicht wenig.

Peregrinus bemerkte eines Tages, daß die alte Aline schalkisch vor sich hinlächelte, öfter als sonst Tabak schnupfte, sich räusperte, undeutliches Zeug murmelte, kurz, in ihrem ganzen Wesen tat wie jemand, der etwas auf dem Herzen hat und es gern los sein möchte. Dabei erwiderte sie auf alles: »Ja! – man kann das nicht wissen, man muß das abwarten!« – mochten nun diese Redensarten passen oder nicht. »Sage«, rief Peregrinus endlich voll Ungeduld, »sage Sie es nur lieber gleich heraus, Aline, was es wieder gibt, ohne so um mich herumzuschleichen mit geheimnisvollen Mienen.«

»Ach«, rief die Alte, indem sie die dürren Fäuste zusammenschlug, »ach, das herzige allerliebste Zuckerpüppchen, das zarte liebe Ding!«

»Wen meint Sie denn?«, unterbrach Peregrinus die Alte verdrießlich.

116 »Ei«, sprach diese schmunzelnd weiter, »ei, wen sollte ich denn anders meinen als unsere liebe Prinzeß hier unten bei Herrn Swammer, Ihre liebe Braut, Herr Tyß.«

»Weib«, fuhr Peregrinus auf, »unglückliches Weib, sie ist hier, hier im Hause, und das sagst du mir erst jetzt?«

»Wo sollte«, erwiderte die Alte, ohne im mindesten aus ihrer behaglichen Ruhe zu kommen, »wo sollte die Prinzeß auch wohl anders sein als hier, wo sie ihre Mutter gefunden hat.« – »Wie«, rief Peregrinus, »was sagt Sie, Aline?«

»Ja«, sprach die Alte, indem sie den Kopf erhob, »ja, Aline, das ist mein rechter Name, und wer weiß, was in kurzer Zeit, vor Ihrer Hochzeit, noch alles an das Tageslicht kommen wird.«

Ohne sich an Peregrinus' Ungeduld, der sie bei allen Engeln und Teufeln beschwor, doch nur zu reden, zu erzählen, auch nur im mindesten zu kehren, nahm die Alte gemächlich Platz in einem Lehnstuhl, zog die Dose hervor, nahm eine große Prise und bewies dann dem Peregrinus sehr umständlich mit vielen Worten, daß es keinen größern, schädlichern Fehler gäbe als die Ungeduld.

»Ruhe«, so sprach sie. »Ruhe, mein Söhnchen, ist dir vor allen Dingen nötig; denn sonst läufst du Gefahr, alles zu verlieren in dem Augenblick, als du es gewonnen zu haben glaubst. Ehe du ein Wörtchen von mir hörst, mußt du dich dort still hinsetzen wie ein artiges Kind und mich beileibe nicht in meiner Erzählung unterbrechen.«

Was blieb dem Peregrinus übrig, als der Alten zu gehorchen, die, sowie Peregrinus Platz genommen, Dinge vorbrachte, die wunderlich und seltsam genug anzuhören waren.

So wie die Alte erzählte, hatten die beiden Herren, nämlich Swammerdamm und Leuwenhoek, sich in dem Zimmer noch recht tüchtig herumgebalgt und dabei entsetzlich gelärmt und getobt. Dann war es zwar stille geworden, ein dumpfes Ächzen hatte indessen die Alte befürchten lassen, daß einer von beiden auf den Tod verwundet. Als nun aber die Alte neugierig durch das Schlüsselloch kuckte, gewahrte sie ganz etwas anderes, als sie geglaubt. Swammerdamm und Leuwenhoek hatten den George Pepusch erfaßt und strichen und drückten ihn mit ihren Fäusten so, daß er immer dünner und dünner wurde, worüber er denn so ächzte, wie es die Alte vernommen. Zuletzt, als Pepusch so dünn geworden wie ein Distelstengel, versuchten sie, ihn durch das Schlüsselloch zu drücken. Der arme Pepusch hing schon mit dem halben Leibe heraus auf den Flur, als die Alte entsetzt von dannen floh. Bald darauf vernahm die Alte ein lautes schallendes Gelächter und gewahrte, wie Pepusch in seiner natürlichen Gestalt von den beiden Magiern ganz friedlich zum Hause hinausgeführt wurde. In der Türe des Zimmers stand die schöne Dörtje und winkte die Alte hinein. Sie wollte sich putzen und hatte dabei die Hilfe der Alten nötig.

Die Alte konnte gar nicht genug von der großen Menge Kleider reden, die die Kleine aus allerlei Schränken herbeigeholt und ihr gezeigt, und von denen eins immer reicher und prächtiger gewesen als das andere. Dann versicherte die Alte auch, daß wohl nur eine indische Prinzessin solch Geschmeide

besitzen könne als die Kleine; die Augen täten ihr noch weh von dem blendenden Gefunkel.

118 Die Alte erzählte weiter, wie sie mit dem lieben Zuckerkinde während des Ankleidens dies und jenes gesprochen, wie sie an den seligen Herrn Tyß, an das schöne Leben, das sonst im Hause geführt worden, gedacht und wie sie zuletzt auf ihre verstorbene Verwandten gekommen.

»Sie wissen«, so sprach die Alte, »Sie wissen, lieber Herr Tyß, daß mir nichts über meine selige Frau Muhme, die Kattundruckerfrau, geht. Sie war in Mainz, und ich glaube gar, auch in Indien gewesen und konnte französisch beten und singen. Habe ich dieser Frau Muhme den unchristlichen Namen Aline zu verdanken, so will ich ihr das gern im Grabe verzeihen, da ich, was die feine Lebensart, die Manierlichkeit, den Verstand, die Worte hübsch zu setzen, allein von ihr profitiert habe. Als ich nun recht viel von der Frau Muhme erzählte, fragte die kleine Prinzessin nach meinen Eltern, Großeltern und immer so weiter und weiter in die Familie hinein. Ich schüttete mein Herz aus, ich sprach ganz ohne Rückhalt davon, daß meine Mutter beinahe ebenso schön gewesen sei als ich, wiewohl ich sie in Ansehung der Nase übertreffe, die vom Vater abstamme und überhaupt nach der Form in der Familie gebräuchlich sei, schon seit Menschengedenken. Da kam ich denn auch auf die Kirchweihe zu reden, als ich den Deutschen tanzte mit dem Sergeanten Häberpiep und die himmelblauen Strümpfe angezogen hatte mit den roten Zwickeln. – Nun! lieber Gott, wir sind alle schwache, sündige Menschen. – Doch, Herr Tyß, Sie sollten nun selbst gesehen haben, wie die kleine Prinzeß, die erst gekichert und gelacht hatte, daß es eine Lust war, immer stiller und stiller wurde und mich anstarrte mit solchen seltsamen Blicken, daß mir in der Tat ganz graulich zumute wurde. – Und, denken Sie sich, Herr Tyß, plötzlich, ehe ich mir's versehen, liegt die kleine Prinzeß vor mir auf den Knien und will mir durchaus die Hand küssen und ruft: ›Ja, du bist es, nun erst erkenne ich dich, ja, du bist es selbst!‹ – Und als ich nun ganz erstaunt frage, was das heißen soll –«

Die Alte stockte, und als Peregrinus in sie drang, doch nur weiter zu reden, nahm sie ganz ernst und bedächtig eine große Prise und sprach: »Wirst es zeitig genug erfahren, mein Söhnchen, was sich nun weiter begab. Jedes Ding hat seine Zeit und seine Stunde!«

Peregrinus wollte eben noch schärfer in die Alte dringen, ihm mehr zu sagen, als diese in ein gellendes Gelächter ausbrach. Peregrinus mahnte sie mit finstrem Gesicht daran, daß sein Zimmer eben nicht der Ort sei, wo sie mit ihm Narrenspossen treiben dürfe. Doch die Alte schien, beide Fäuste in die Seiten stemmend, ersticken zu wollen. Die brennend rote Farbe des Antlitzes ging über in ein angenehmes Kirschbraun, und Peregrinus stand im Begriff, der Alten ein volles Glas Wasser ins Gesicht zu gießen, als sie zu Atem kam und die Sprache wiedergewann. »Soll«, sprach sie, »soll man nicht lachen über das kleine närrische Ding. – Nein, solche Liebe gibt es gar nicht mehr auf Erden! – Denken Sie sich, Herr Tyß –« die Alte lachte aufs neue, dem Peregrinus wollte die Geduld ausgehen. Endlich brachte er dann mit Mühe heraus, daß die kleine Prinzeß in dem Wahn stehe, daß er, Herr Peregrinus Tyß, durchaus die Alte heiraten wolle, und daß sie, die Alte, ihr aufs feierlichste versprechen müssen, seine Hand auszuschlagen. –

Dem Peregrinus war es, als sei er in ein böses Hexenwesen verflochten, und es wurde ihm so unheimlich zumute, daß ihm selbst die alte ehrliche Aline ein gespenstiges Wesen bedünken wollte, dem er nicht schnell genug entfliehen könne.

Die Alte ließ ihn nicht fort, weil sie ihm noch ganz geschwind etwas vertrauen müsse, was die kleine Prinzeß angehe.

»Es ist«, sprach die Alte vertraulich, »es ist nun gewiß, daß Ihnen, lieber Herr Peregrinus, der schöne leuchtende Glücksstern aufgegangen, aber es bleibt nun Ihre Sache, sich den Stern günstig zu erhalten. Als ich der Kleinen beteuerte, daß Sie ganz erstaunlich in sie verliebt und weit entfernt wären, mich heiraten zu wollen, meinte sie, daß sie sich nicht eher

davon überzeugen und Ihnen ihre schöne Hand reichen könne,
bis Sie ihr einen Wunsch gewährt, den sie schon lange im
120 tiefsten Herzen trage. Die Kleine behauptet, Sie hätten einen
kleinen allerliebsten Negerknaben bei sich aufgenommen, der
aus ihrem Dienste entlaufen; ich habe dem zwar widersprochen, sie behauptet aber, der Bube sei so winzig klein, daß er in einer Nußschale wohnen könne. Diesen Knaben nun –«

»Daraus wird nichts«, fuhr Peregrinus, der längst wußte, wo die Alte hinauswollte, heftig auf und verließ stürmisch Zimmer und Haus.

Es ist eine alte hergebrachte Sitte, daß der Held der Geschichte, ist er von heftiger Gemütsbewegung ergriffen, hinausläuft in den Wald oder wenigstens in das einsam gelegene Gebüsch. Die Sitte ist darum gut, weil sie im Leben wirklich herrscht. Hiernach konnt' es sich aber mit Herrn Peregrinus Tyß nicht anders begeben, als daß er von seinem Hause auf dem Roßmarkt aus so lange in einem Strich fortrannte, bis er die Stadt hinter sich und ein nahegelegenes Gebüsch erreicht hatte. Da es ferner in einer romanhaften Historie keinem Gebüsch an rauschenden Blättern, seufzenden, lispelnden Abendlüften, murmelnden Quellen, geschwätzigen Bächen usw. fehlen darf, so ist zu denken, daß Peregrinus das alles an seinem Zufluchtsorte fand. Auf einen bemoosten Stein, der zur Hälfte im spiegelhellen Bache lag, dessen Wellen kräuselnd um ihn her plätscherten, ließ sich Peregrinus nieder mit dem festen Vorsatz, die seltsamen Abenteuer des Augenblicks überdenkend, den Ariadne-Faden zu suchen und zu finden, der ihm den Rückweg aus dem Labyrinth der wunderlichsten Rätsel zeigen sollte.

Es mag wohl sein, daß das in abgemessenen Pausen wiederkehrende Geflüster der Büsche, das eintönige Rauschen der Gewässer, das gleichmäßige Klappern einer entfernten Mühle bald sich als Grundton gestaltet, nach dem sich die Gedanken zügeln und formen, so daß sie nicht mehr ohne Rhythmus und Takt durcheinanderbrausen, sondern zu deutlicher Melodie werden. So kam denn auch Peregrinus, nachdem er einige Zeit sich an dem anmutigen Orte befunden, zu ruhiger Betrachtung.

»In der Tat«, sprach Peregrinus zu sich selbst, »ein fantastischer Märchenschreiber könnte nicht tollere, verwirrtere Begebenheiten ersinnen, als ich sie in dem geringen Zeitraum von wenigen Tagen wirklich erlebt habe. – Die Anmut, das Entzücken, die Liebe selbst kommt dem einsiedlerischen Misogyn entgegen, und ein Blick, ein Wort reicht hin, Flammen in seiner Brust anzufachen, deren Marter er scheute, ohne sie zu kennen! Aber Ort, Zeit, die ganze Erscheinung des

fremden, verführerischen Wesens ist so geheimnisvoll, daß ein
seltsamer Zauber sichtbarlich einzugreifen scheint, und nicht
122 lange dauert es, so zeigt ein kleines, winziges, sonst verachtetes
Tier Wissenschaft, Verstand, ja eine wunderbare magische
Kraft. Und dieses Tier spricht von Dingen, die allen gewöhnlichen Begriffen unerfaßlich sind, auf eine Weise, als sei das alles nur das tausendmal wiederholte Gestern und Heute des gemeinen Lebens hinter der Bratenschüssel und der Weinflasche.«

»Bin ich dem Schwungrad zu nahe gekommen, das finstre unbekannte Mächte treiben, und hat es mich erfaßt in seinen Schwingungen? Sollte man nicht glauben, man müsse über derlei Dinge, wenn sie das Leben durchschneiden, den Verstand verlieren? – Und doch befinde ich mich ganz wohl dabei; ja, es fällt mir gar nicht sonderlich mehr auf, daß ein Flohkönig sich in meinen Schutz begeben und dafür ein Geheimnis anvertraut hat, das mir das Geheimnis der innern Gedanken erschließt und so mich über allen Trug des Lebens erhebt. – Wohin wird, kann aber das alles führen? Wie, wenn hinter dieser wunderlichen Maske eines Flohs ein böser Dämon stäke, der mich verlocken wollte ins Verderben, der darauf ausginge, mir alles Liebesglück, das in Dörtjes Besitz mir erblühen könnte, zu rauben auf schnöde Weise? – Wär' es nicht besser, sich des kleinen Ungetüms zu entledigen?«

»Das war«, unterbrach Meister Floh das Selbstgespräch des Peregrinus, »das war ein sehr unfeiner Gedanke, Herr Peregrinus Tyß! Glaubt Ihr, daß das Geheimnis, welches ich Euch anvertraute, ein geringes ist? Kann Euch dies Geschenk nicht als das entscheidendste Kennzeichen meiner aufrichtigen Freundschaft gelten? Schämt Euch, daß Ihr so mißtrauisch seid! Ihr verwundert Euch über den Verstand, über die Geisteskraft eines winzigen, sonst verachteten Tierchens, und das zeugt, nehmt es mir nicht übel, wenigstens von der Beschränktheit Eurer wissenschaftlichen Bildung. Ich wollte, Ihr hättet, was die denkende, sich willkürlich bestimmende Seele der Tiere betrifft, den griechischen Philo oder wenigstens des

Hieronymi Rorarii Abhandlung: ›quod animalia bruta ratione utantur melius homine‹ oder dessen ›oratio pro muribus‹ gelesen. Oder Ihr wüßtet, was Lipsius und der große Leibniz über 123
das geistige Vermögen der Tiere gedacht haben, oder Euch wäre bekannt, was der gelehrte tiefsinnige Rabbi Maimonides über die Seele der Tiere gesagt hat. Schwerlich würdet Ihr dann mich meines Verstandes halber für einen bösen Dämon halten oder gar die geistige Vernunftmasse nach der körperlichen Extension abmessen wollen. Ich glaube, am Ende habt Ihr Euch zur scharfsinnigen Meinung des spanischen Arztes Gomez Pereira hingeneigt, der in den Tieren nichts weiter findet als künstliche Maschinen ohne Denkkraft, ohne Willensfreiheit, die sich willkürlos, automatisch bewegen. Doch nein, für so abgeschmackt will ich Euch nicht halten, guter Herr Peregrinus Tyß, und fest daran glauben, daß Ihr längst durch meine geringe Person eines Bessern belehrt seid. – Ich weiß ferner nicht recht, was Ihr Wunder nennt, schätzbarster Herr Peregrinus, oder auf welche Weise Ihr es vermöget, die Erscheinungen unseres Seins, die wir eigentlich wieder nur selbst sind, da sie uns und wir sie wechselseitig bedingen, in wunderbare und nicht wunderbare zu teilen. Verwundert Ihr Euch über etwas deshalb, weil es Euch noch nicht geschehen ist, oder weil Ihr den Zusammenhang von Ursache und Wirkung nicht einzusehen wähnt, so zeugt das nur von der natürlichen oder angekränkelten Stumpfheit Eures Blicks, der Eurem Erkenntnisvermögen schadet. Doch – nehmt es nicht übel, Herr Tyß – das Drolligste bei der Sache ist, daß Ihr Euch selbst spalten wollt in zwei Teile, von denen einer die sogenannten Wunder erkennt und willig glaubt, der andere dagegen sich über diese Erkenntnis, über diesen Glauben gar höchlich verwundert. Ist es Euch wohl jemals aufgefallen, daß Ihr an die Bilder des Traums glaubt?«

»Ich«, unterbrach Peregrinus den kleinen Redner, »ich bitt' Euch, bester Mann! wie möget Ihr doch vom Traume reden, der nur [von] irgendeiner Unordnung in unserm körperlichen oder geistigen Organismus herrührt.«

Meister Floh schlug bei diesen Worten des Herrn Peregrinus Tyß ein ebenso feines als höhnisches Gelächter auf.

»Armer«, sprach er hierauf zu dem etwas bestürzten Peregrinus, »armer Herr Tyß, so wenig erleuchtet ist Euer Verstand, daß Ihr nicht das Alberne solcher Meinungen einsehet? Seit der Zeit, daß das Chaos zum bildsamen Stoff zusammengeflossen – es mag etwas lange her sein –, formt der Weltgeist alle Gestaltungen aus diesem vorhandenen Stoff, und aus diesem geht auch der Traum mit seinen Gebilden hervor. Skizzen von dem, was war oder vielleicht noch sein wird, sind diese Gebilde, die der Geist hinwirft zu seiner Lust, wenn ihn der Tyrann, Körper genannt, seines Sklavendienstes entlassen. Doch es ist hier weder Ort noch Zeit, Euch zu widerlegen und eines Bessern überzeugen zu wollen; es würde vielleicht auch von gar keinem Nutzen sein. Nur eine einzige Sache möcht' ich Euch noch entdecken.«

»Sprecht«, rief Peregrinus, »sprecht oder schweigt, lieber Meister, tut das, was Euch am geratensten dünkt; denn ich sehe genugsam ein, daß Ihr, seid Ihr auch noch so klein, doch unendlich mehr Verstand und tiefe Kenntnis habt. Ihr zwingt mich zum unbedingten Vertrauen, unerachtet ich Eure verblümten Redensarten nicht ganz verstehe.«

»So vernehmt«, nahm Meister Floh wieder das Wort, »so vernehmt denn, daß Ihr in die Geschichte der Prinzessin Gamaheh verflochten seid, auf ganz besondere Weise. Swammerdamm und Leuwenhoek, die Distel Zeherit und der Egelprinz, überdem aber noch der Genius Thetel, alle streben nach dem Besitz der schönen Prinzessin, und ich selbst muß gestehen, daß leider meine alte Liebe erwacht und ich Tor genug sein konnte, meine Herrschaft mit der holden Treulosen zu teilen. Doch Ihr, Ihr, Herr Peregrinus, seid die Hauptperson, ohne Eure Einwilligung kann die schöne Gamaheh niemanden angehören. Wollt Ihr den eigentlichen tiefern Zusammenhang der Sache, den ich selbst nicht weiß, erfahren, so müßt Ihr mit Leuwenhoek darüber sprechen, der alles herausgebracht hat und gewiß manches Wort fallenlassen wird, wenn

Ihr Euch die Mühe nehmen wollt und es versteht, ihn gehörig auszuforschen.« Meister Floh wollte in seiner Rede fortfahren, als ein Mensch in voller Furie aus dem Gebüsch hervor und auf den Peregrinus losstürzte.

»Ha!« schrie George Pepusch – das war der Mensch – mit wilden Gebärden; »ha, treuloser verräterischer Freund! – Treffe ich dich? – treffe ich dich in der verhängnisvollen Stunde? – Auf denn, durchbohre diese Brust, oder falle von meiner Hand!«

Damit riß Pepusch ein paar Pistolen aus der Tasche, gab ein Pistol dem Peregrinus in die Hand und stellte sich mit dem andern in Positur, indem er rief: »Schieße, feige Memme!«

Peregrinus stellte sich, versicherte aber, daß nichts ihn zu dem heillosen Wahnsinn bringen würde, sich mit seinem einzigen Freunde in einen Zweikampf einzulassen, ohne die Ursache auch nur zu ahnen. Wenigstens würde er in keinem Fall den Freund zuerst mörderisch angreifen.

Da schlug aber Pepusch ein wildes Gelächter auf, und in dem Augenblick schlug auch die Kugel aus dem Pistol, das Pepusch abgedrückt, durch den Hut des Peregrinus. Dieser starrte, ohne den Hut, der zur Erde gefallen, aufzuheben, den Freund an in tiefem Schweigen. Pepusch näherte sich dem Peregrinus bis auf wenige Schritte und murmelte dann dumpf: »Schieße!«

Da drückte Peregrinus das Pistol schnell ab in die Luft. Laut aufheulend wie ein Rasender, stürzte George Pepusch nun an die Brust des Freundes und schrie mit herzzerschneidendem Ton: »Sie stirbt – sie stirbt aus Liebe zu dir, Unglücklicher! – Eile – rette sie – du kannst es! rette sie für dich, und mich laß untergehen in wilder Verzweiflung!« –

Pepusch rannte so schnell von dannen, daß Peregrinus ihn sogleich aus dem Gesicht verloren hatte.

Schwer fiel es aber nun dem Peregrinus aufs Herz, daß des Freundes rasendes Beginnen durch irgend etwas Entsetzliches veranlaßt sein müsse, das sich mit der holden Kleinen begeben. Schnell eilte er nach der Stadt zurück.

Als er in sein Haus trat, kam ihm die Alte entgegen und jammerte laut, daß die arme schöne Prinzeß plötzlich auf das heftigste erkrankt sei und wohl sterben werde; der alte Herr Swammer sei eben selbst nach dem berühmtesten Arzt gegangen, den es in Frankfurt gebe.

Den Tod im Herzen, schlich Peregrinus in Herrn Swammers Zimmer, das ihm die Alte geöffnet. Da lag die Kleine, blaß, erstarrt wie eine Leiche auf dem Sofa, und Peregrinus spürte erst dann ihren leisen Atem, als er niedergekniet sich über sie hinbeugte. Sowie Peregrinus die eiskalte Hand der Armen faßte, spielte ein schmerzliches Lächeln um ihre bleichen Lippen, und sie lispelte: »Bist du es, mein süßer Freund? – Kommst du her, noch einmal die zu sehen, die dich so unaussprechlich liebt? – Ach! die eben deshalb stirbt, weil sie ohne dich nicht zu atmen vermag!«

Peregrinus, ganz aufgelöst im herbsten Weh, ergoß sich in Beteurungen seiner zärtlichsten Liebe und wiederholte, daß nichts in der Welt ihm so teuer sei, um es nicht der Holden zu opfern. Aus den Worten wurden Küsse, aber in diesen Küssen wurden wiederum wie Liebeshauch Worte vernehmbar.

»Du weißt«, so mochten diese Worte lauten, »du weißt, mein

Peregrinus, wie sehr ich dich liebe. Ich kann dein sein, du mein, ich kann gesunden auf der Stelle, erblüht wirst du mich sehen in frischem jugendlichem Glanz wie eine Blume, die der Morgentau erquickt und die nun freudig das gesenkte Haupt emporhebt – aber – gib mir den Gefangenen heraus, mein teurer, geliebter Peregrinus, sonst siehst du mich vor deinen Augen vergehen in namenloser Todesqual! – Peregrinus – ich kann nicht mehr – es ist aus –«

Damit sank die Kleine, die sich halb aufgerichtet hatte, in die Kissen zurück, ihr Busen wallte wie im Todeskampf stürmisch auf und nieder, blauer wurden die Lippen, die Augen schienen zu brechen. – In wilder Angst griff Peregrinus nach der Halsbinde; doch von selbst sprang Meister Floh auf den weißen Hals der Kleinen, indem er mit dem Ton des tiefsten Schmerzes rief: »Ich bin verloren!«

Peregrinus streckte die Hand aus, den Meister zu fassen; plötzlich war es aber, als hielte eine unsichtbare Macht seinen Arm zurück, und ganz andere Gedanken als die, welche ihn bis jetzt erfüllt, gingen ihm durch den Kopf.

»Wie«, dachte er, »weil du ein schwacher Mensch bist, der sich hingibt in toller Leidenschaft, der im Wahnsinn aufgeregter Begier das für Wahrheit nimmt, was doch nur lügnerischer Trug sein kann, darum willst du den treulos verraten, dem du deinen Schutz zugesagt? Darum willst du ein freies harmloses Völklein in Fesseln ewiger Sklaverei schmieden, darum den Freund, den du als den einzigen befunden, dessen Worte mit den Gedanken stimmen, rettungslos verderben? – Nein – nein, ermanne dich, Peregrinus! – lieber den Tod leiden als treulos sein!«

»Gib – den – Gefangenen – ich sterbe!« – So stammelte die Kleine mit verlöschender Stimme.

»Nein«, rief Peregrinus, indem er in heller Verzweiflung die Kleine in die Arme faßte, »nein – nimmermehr, aber laß mich mit dir sterben!«

In dem Augenblick ließ sich ein durchdringender harmonischer Laut hören, als würden kleine Silberglöckchen angeschlagen; Dörtje, plötzlich frischen Rosenschimmer auf Lipp' und Wangen, sprang auf vom Sofa und hüpfte, in ein konvulsivisches Gelächter ausbrechend, im Zimmer umher. Sie schien vom Tarantelstich getroffen.

Entsetzt betrachtete Peregrinus das unheimliche Schauspiel, und ein Gleiches tat der Arzt, der ganz versteinert in der Türe stehenblieb und dem Herrn Swammer, der ihm folgen wollte, den Eingang versperrte.

SECHSTES ABENTEUER

SELTSAMES BEGINNEN REISENDER GAUKLER IN EINEM WEINHAUSE NEBST HINLÄNGLICHEN PRÜGELN. TRAGISCHE GESCHICHTE EINES SCHNEIDERLEINS ZU SACHSENHAUSEN. WIE GEORGE PEPUSCH EHRSAME LEUTE IN STAUNEN SETZT. DAS HOROSKOP. VERGNÜGLICHER KAMPF BEKANNTER LEUTE IM ZIMMER LEUWENHOEKS.

Alle Vorübergehende blieben stehen, reckten die Hälse lang aus und kuckten durch die Fenster in die Weinstube hinein. Immer dichter wälzte sich der Haufe heran, immer ärger stieß und drängte sich alles durcheinander, immer toller wurde das Gewirre, das Gelächter, das Toben, das Jauchzen. Diesen Rumor verursachten zwei Fremde, die sich in der Weinstube eingefunden, und die, außerdem daß ihre Gestalt, ihr Anzug, ihr ganzes Wesen etwas ganz Fremdartiges in sich trug, das widerwärtig war und lächerlich zu gleicher Zeit, solche wunderliche Künste trieben, wie man sie noch niemals gesehen hatte. Der eine, ein alter Mensch von abscheulichem schmutzigem Ansehen, war in einen langen, sehr engen Überrock von fahlschwarzem glänzendem Zeuge gekleidet. Er wußte sich bald lang und dünn zu machen, bald schrumpfte er zu einem kurzen dicken Kerl zusammen, und es war seltsam, daß er sich dabei ringelte wie ein glatter Wurm. Der andere, hochfrisiert, im bunten seidnen Rock, ebensolchen Unterkleidern, großen silbernen Schnallen, einem Petit-maître aus der letzten Hälfte des vorigen Jahrhunderts gleichend, flog dagegen einmal über das andere hoch hinauf an die Stubendecke und ließ sich sanft wieder herab, indem er mit heiserer Stimme mißtönende Lieder in gänzlich unbekannter Sprache trällerte.

Nach der Aussage des Wirts waren beide, einer kurz auf den andern, als ganz vernünftige bescheidene Leute in die Stube hineingetreten und hatten Wein gefordert. Dann blickten sie sich schärfer und schärfer ins Antlitz und fingen an zu diskurieren. Unerachtet ihre Sprache allen Gästen unverständlich war, so zeigte doch Ton und Gebärde, daß sie in einem Zank begriffen, der immer heftiger wurde.

Plötzlich standen sie, in ihre jetzige Gestalt verwandelt, da und begannen das tolle Wesen zu treiben, das immer mehr Zuschauer herbeilockte.

»Der Mensch«, rief einer von den Zuschauern, »der Mensch, der so schön auf und nieder fliegt, das ist ja wohl der Uhrmacher Degen aus Wien, der die Flugmaschine erfunden hat und damit einmal übers andre aus der Luft hinabpurzelt auf die Nase?« – »Ach nein«, erwiderte ein anderer, »das ist nicht der Vogel Degen. Eher würd' ich glauben, es wäre das Schneiderlein aus Sachsenhausen, wüßt' ich nicht, daß das arme Ding verbrannnt ist.« –

Ich weiß nicht, ob der geneigte Leser die merkwürdige Geschichte von dem Schneiderlein aus Sachsenhausen kennt? – Hier ist sie:

Geschichte des Schneiderleins aus Sachsenhausen

Es begab sich, daß ein zartes frommes Schneiderlein zu Sachsenhausen an einem Sonntage gar schön geputzt mit seiner Frau Liebsten aus der Kirche kam. Die Luft war rauh, das Schneiderlein hatte zu Nacht nichts genossen als ein halbes weichgesottenes Ei und eine Pfeffergurke, morgens aber ein kleines Schälchen Kaffee. Wollte ihm daher flau und erbärmlich zumute werden, weil er überdem in der Kirche gar heftig gesungen, und ihm nach einem Magenschnäpschen gelüsten. War die Woche über fleißig gewesen und auch artig gegen die Frau Liebste, der er von den Stücken Zeug, die beim Zuschneiden unter die Bank gefallen, einen propren Unterrock gefertigt. Frau Liebste bewilligte also freundlich, daß das Schneiderlein in die Apotheke treten und ein erwärmendes Schnäpschen genießen möge. Trat auch wirklich in die Apotheke und forderte dergleichen. Der ungeschickte Lehrbursche, der allein in der Apotheke zurückgeblieben, da der Rezeptarius, das Subjekt, kurz, alle übrigen klügeren Leute fortgegangen, vergriff sich und holte eine verschlossene Flasche vom Repositorio herab, in der kein Magenelixier befindlich, wohl aber brennbare Luft, womit die Luftbälle gefüllt werden. Davon schenkte der Lehrbursche ein Gläschen voll; das setzte das Schneiderlein stracks an den Mund und schlurfte die Luft begierig hinunter, als ein angenehmes Labsal. Wurde ihm aber alsbald gar possierlich zumute, war ihm, als hätte er ein Paar Flügel an

den Achseln oder als spiele jemand mit ihm Fangball. Denn ellenhoch und immer höher mußte er in der Apotheke aufsteigen und niedersinken. »Ei Jemine, Jemine«, rief er, »wie bin ich doch solch ein flinker Tänzer geworden!« – Aber dem Lehrburschen stand das Maul offen vor lauter Verwunderung. Geschah nun, daß jemand die Türe rasch aufriß, so daß das Fenster gegenüber aufsprang. Strömte alsbald ein starker Luftzug durch die Apotheke, erfaßte das Schneiderlein, und schnell wie der Wind war es fort durch das offene Fenster in alle Lüfte; niemand hat es wieder gesehen. Begab sich nach mehrerer Zeit, daß die Sachsenhäuser zur Abendzeit hoch in den Lüften eine Feuerkugel erblickten, die mit blendendem Glanz die ganze Gegend erleuchtete und dann verlöschend zur Erde hinabfiel. Wollten alle wissen, was zur Erde gefallen, liefen hin an den Ort, fanden aber nichts als ein kleines Klümpchen Asche; dabei aber den Dorn einer Schuhschnalle, ein Stückchen eiergelben Atlas mit bunten Blumen und ein schwarzes Ding, das beinahe anzusehen war wie ein Stockknopf von schwarzem Horn. Haben alle darüber nachgedacht, wie solche Sachen in einer Feuerkugel aus dem Himmel fallen mögen. Da ist aber die Frau Liebste des entfahrenen Schneiderleins dazugekommen, und als diese die gefundenen Sachen erblickt, hat sie die Hände gerungen, gar erbärmlich getan und geschrien: »Ach Jammer, das ist meines Liebsten Schnallendorn; ach Jammer, das ist meines Liebsten Sonntagsweste, ach Jammer, das ist meines Liebsten Stockknopf!« Hat aber ein großer Gelehrter erklärt, der Stockknopf sei kein Stockknopf, sondern ein Meteorstein oder ein mißratener Weltkörper. Ist nun aber auf diese Weise den Sachsenhäusern und aller Welt kund worden, daß das arme Schneiderlein, dem der Apothekerbursche brennbare Luft gegeben statt Magenschnaps, in den hohen Lüften verbrannt und heruntergesunken ist zur Erde als Meteorstein oder mißratner Weltkörper.

Ende der Geschichte von dem Schneiderlein aus Sachsenhausen.

Der Kellner wurde endlich ungeduldig, daß der wunderliche Fremde nicht aufhörte, sich groß und klein zu machen, ohne auf ihn zu achten, und hielt ihm die Flasche Burgunder, die er bestellt hatte, dicht unter die Nase. Sogleich sog sich der Fremde an der Flasche fest und ließ nicht nach, bis der letzte Tropfen eingeschlürft war. Dann fiel er wie ohnmächtig in den Lehnsessel und konnte sich nur ganz schwach regen.

Die Gäste hatten mit Erstaunen gesehen, wie er während des Trinkens immer mehr aufgeschwollen und nun ganz dick und unförmlich erschien. Des andern Flugwerk schien nun auch zu stocken, er wollte sich keuchend und ganz außer Atem niederlassen; als er aber gewahrte, daß sein Gegner halb tot dalag, sprang er schnell auf ihn zu und begann ihn mit geballter Faust derb abzubleuen.

Da riß ihn aber der Hauswirt zurück und erklärte, daß er ihn gleich zum Hause hinauswerfen werde, wenn er nicht Ruhe halte. Wollten sie beide ihre Taschenspielerkünste zeigen, so möchten sie das tun, jedoch ohne sich zu zanken und zu prügeln wie gemeines Volk. –

Den Flugbegabten schien es etwas zu verschnupfen, daß der Wirt ihn für einen Taschenspieler hielt. Er versicherte, daß er nichts weniger sei als ein schnöder Gaukler, der lose Künste treibe. Sonst habe er die Ballettmeisterstelle bei dem Theater eines berühmten Königs bekleidet, jetzt privatisiere er als schöner Geist und heiße, wie es sein Metier erfordere, nämlich Legénie. Habe er im gerechten Zorn über den fatalen Menschen dort etwas höher gesprungen als gebührlich, so sei das seine Sache und gehe niemanden etwas an.

Der Wirt meinte, daß das alles noch keine Prügelei rechtfertige; der schöne Geist erwiderte indessen, daß der Wirt den boshaften hinterlistigen Menschen nur nicht kenne, da er ihm sonst einen zerbleuten Rücken recht herzlich gönnen würde. Der Mensch sei nämlich ehemals französischer Douanier gewesen, nähre sich jetzt vom Aderlassen, Schröpfen und Barbieren und heiße Monsieur Egel. Ungeschickt, tölpisch, gefräßig, sei er jedem zur Last. Nicht genug, daß der Taugenichts überall, wo er mit ihm zusammentreffe, so wie es eben jetzt geschehen, ihm den Wein vor dem Maule wegsaufe, so führe er auch, der Verruchte, jetzt nichts Geringeres im Schilde, als ihm die schöne Braut wegzukapern, die er aus Frankfurt heimzuführen gedenke.

Der Douanier hatte alles gehört, was der schöne Geist vorgebracht; er blitzte ihn an mit den kleinen, giftiges Feuer sprühenden Augen und sprach dann zum Wirt: »Glaubt doch, Herr Wirt, nicht von dem allen, was der Galgenschwengel, der unnütze Haselant dort hergeplappert.

Führwahr, ein schöner Ballettmeister, der mit seinen Elefantenfüßen den zarten Tänzerinnen die Beine zerquetscht und bei der Pirouette dem Maître des Spektakels an der Kulisse einen Backzahn aus dem Kinnbacken und den Operngucker vom Auge wegschlägt! – Und seine Verse, die haben ebensolche plumpe Füße wie er selbst und taumeln hin und her wie Betrunkene und treten die Gedanken zu Brei. Und da denkt der einbildische Faselhans, weil er zuweilen schwerfällig durch die Lüfte flattert, wie ein verdrossener Gänserich, müßte die Schönste seine Braut sein.«

Der schöne Geist schrie: »Du tückischer Satanswurm sollst den Schnabel des Gänserichts fühlen!« und wollte von neuem in voller Furie auf den Douanier los; der Wirt erfaßte ihn aber von hinten mit starken Armen und warf ihn unter dem unaussprechlichen Jubel des versammelten Haufens zum Fenster hinaus.

Sowie nun der schöne Geist von hinnen war, hatte Monsieur Egel sogleich wieder die solide schlichte Gestalt angenommen, in der er hereingetreten war. Die Leute draußen hielten ihn für einen ganz andern als den, der sich so auseinanderzuschrauben gewußt hatte, und zerstreuten sich. Der Douanier dankte dem Wirt in den verbindlichsten Ausdrükken für die Hilfe, die er ihm gegen den schönen Geist geleistet, und erbot sich, um diese dankbare Gesinnung recht an den Tag zu legen, den Wirt, ohne irgendeine Gratifikation, auf eine solche leichte, angenehme Weise zu rasieren,wie er es in seinem Leben noch nicht empfunden. Der Wirt faßte sich an den Bart, und da es in dem Augenblick ihm vorkam, als wüchsen ihm die Haare lang und stachelicht heraus, so ließ er sich Monsieur Egels Vorschlag gefallen. Der Douanier begann auch das Geschäft mit geschicker leichter Hand zu besorgen, doch plötzlich schnitt er dem Wirt so derb in die Nase, daß die hellen Blutstropfen hervorquollen. Der Wirt, dies für tückische Bosheit haltend, sprang wütend auf, packte den Douanier, und er flog ebenso schnell und behende zur Türe hinaus als der schöne Geist durchs Fenster. Bald darauf entstand auf dem Hausflur ein unziemlicher Lärm, der Wirt nahm sich kaum Zeit, die wunde Nase sattsam mit Feuerschwamm zu mappieren, und rannte hinaus, um nachzusehen, welch ein Satan den neuen Rumor errege.

Da erblickte er zu seiner nicht geringen Verwunderung einen jungen Menschen, der mit einer Faust den schönen Geist, mit der andern aber den Douanier bei der Brust gepackt hatte und, indem seine glühenden Augen wild rollten, wütend schrie: »Ha, satanische Brut, du sollst mir nicht in den Weg treten, du sollst mir meine Gamaheh nicht rauben!« Dazwischen kreischten der schöne Geist und der Douanier: »Ein wahnsinniger Mensch – rettet – rettet uns, Herr Wirt! – Er will uns ermorden – er mißkennt uns!« – »Ei«, rief der Wirt, »ei, lieber Herr Pepusch, was fangen Sie denn an? Sind Sie von diesen wunderlichen Leuten beleidigt worden? Irren Sie sich vielleicht in den Personen? Dies ist der Ballettmeister Herr Legénie und dieser der Douanier, Monsieur Egel?« »Ballettmeister Legénie? – Douanier Egel?« wiederholte Pepusch mit dumpfer Stimme. Er schien, aus einem Traum erwachend, sich auf sich selbst besinnen zu müssen. Indessen waren auch zwei ehrsame Bürgersleute aus der Stube getreten, die den Herrn George Pepusch ebenfalls kannten und die ihm auch zuredeten, ruhig zu bleiben und die schnakischen fremden Leute gehen zu lassen.

Noch einmal wiederholte Pepusch: »Ballettmeister Legénie? – Douanier Egel?« und ließ die Arme kaftlos herabsinken.

Mit Windesschnelle waren die Freigelassenen fort, und manchem auf der Straße wollt' es auffallen, daß der schöne Geist
136 über das Dach des gegenüberstehenden Hauses hinwegflog, der Bartscherer sich aber in dem Schlammwasser verlor, das gerade vor der Türe zwischen den Steinen sich gesammelt hatte.

Die Bürgersleute nötigten den ganz verstörten Pepusch, in die Stube zu treten und mit ihnen eine Flasche echten Niersteiner zu trinken. Pepusch ließ sich das gefallen und schien auch den edlen Wein mit Lust und Appetit hinunterzuschlürfen, wiewohl er ganz stumm und starr dasaß und auf alles Zureden kein Wörtchen erwiderte. Endlich erheiterten sich seine Züge, und er sprach ganz leutselig: »Ihr tatet gut, ihr lieben Leute und freundlichen Kumpane, daß ihr mich abhieltet, diese Elenden, die sich in meiner Gewalt befanden, auf der Stelle zu töten. Aber ihr wißt nicht, was für bedrohliche Geschöpfe sich hinter diesen wunderlichen Masken versteckt hatten.« –

Pepusch hielt inne, und man kann denken, mit welcher gespannten Neugier die Bürgersleute aufhorchten, was nun Pepusch entdecken würde. Auch der Wirt hatte sich genähert, und alle drei, die Bürgersleute und der Wirt, steckten nun, indem sie sich mit übereinandergeschlagenen Armen über den Tisch lehnten, die Köpfe dicht zusammen und hielten den Atem an, daß ja kein Laut aus Pepuschens Munde verloren gehen möge.

»Seht«, sprach Herr George Pepusch weiter, ganz leise und feierlich, »seht, ihr guten Männer, der, den ihr den Ballettmeister Legénie nennt, ist kein anderer als der böse, ungeschickte Genius Thetel, der, den ihr für den Douanier Egel haltet, ist aber der abscheuliche Blutsauger, der häßliche Egelprinz. Beide sind in die Prinzessin Gamaheh, die, wie es euch bekannt sein wird, die schöne herrliche Tochter des mächtigen Königs Sekakis ist, verliebt und sind hier, um sie der Distel Zeherit abspenstig zu machen. Das ist nun die albernste Torheit, die nur in einem dummen Gehirn hausen kann, denn außer der Distel Zeherit gibt es in der ganzen Welt nur noch ein einziges Wesen, dem die schöne Gamaheh angehören darf, und dieses Wesen wird vielleicht auch ganz vergeblich in den Kampf treten mit der Distel Zeherit. Denn bald blühet die Distel um Mitternacht auf in voller Pracht und Kraft, und in dem Liebestod dämmert die Morgenröte des höhern Lebens. – Ich selbst bin aber die Distel Zeherit, und eben daher könnet ihr mir's nicht verdenken, ihr guten Leute, wenn ich ergrimmt bin auf jene Verräter und mir überhaupt die ganze Geschichte gar sehr zu Herzen nehme.«

Die Leute rissen die Augen auf und glotzten den Pepusch sprachlos an mit offnem Munde. Sie waren, wie man zu sagen pflegt, aus den Wolken gefallen, und der Kopf dröhnte ihnen vom jähen Sturz.

Pepusch stürzte einen großen Römer Wein hinunter und sprach dann, sich zum Wirt wendend: »Ja ja, Herr Wirt, bald werdet Ihr's erleben, bald blühe ich als Cactus grandiflorus, und in der ganzen Gegend wird es unmenschlich nach der schönsten Vanille riechen; Ihr könnet mir das glauben.«

Der Wirt konnte nichts herausbringen als ein dummes: »Ei, das wäre der Tausend!« Die andern beiden Männer warfen

sich aber bedenkliche Blicke zu, und einer sprach, indem er Georgs Hand faßte, mit zweideutigem Lächeln: »Sie scheinen

etwas in Unruhe geraten zu sein, lieber Herr Pepusch, wie wär' es, wenn Sie ein Gläschen Wasser –«

»Keinen Tropfen«, unterbrach Pepusch den gutgemeinten Rat, »keinen Tropfen; hat man jemals Wasser in siedendes Öl gegossen, ohne die Wut der Flammen zu reizen? – In Unruhe sei ich, meint Ihr, geraten? In der Tat, das mag der Fall sein, und der Teufel mag ruhig bleiben, wenn er sich, so wie ich es eben getan, mit dem Herzensfreunde herumgeschossen und dann sich selbst eine Kugel durchs Gehirn gejagt! – Hier! – in Eure Hände liefere ich die Mordwaffen, da nun alles vorbei ist.«

Pepusch riß ein Paar Pistolen aus der Tasche, der Wirt prallte zurück, die beiden Bürgersleute griffen darnach und brachen, sowie sie die Mordwaffen in Händen hatten, aus in ein unmäßiges Gelächter. Die Pistolen waren von Holz, ein Kinderspielzeug vom Christmarkt her.

Pepusch schien gar nicht zu bemerken, was um ihn her vorging; er saß da in tiefen Gedanken und rief dann ein Mal übers andre: »Wenn ich ihn nur finden könnte, wenn ich ihn nur finden könnte!« –

Der Wirt faßte Herz und fragte bescheiden: »Wen meinen Sie eigentlich, bester Herr Pepusch, wen können Sie nicht finden?«

»Kennt Ihr«, sprach Pepusch feierlich, indem er den Wirt scharf ins Auge faßte, »kennt Ihr einen, der dem König Sekakis zu vergleichen an Macht und wunderbarer Kraft, so nennt seinen Namen, und ich küsse Euch die Füße! – Doch wollt' ich übrigens Euch fragen, ob Ihr jemanden wißt, der den Herrn Peregrinus Tyß kennt und mir sagen kann, wo ich ihn in diesem Augenblick treffen werde?« –

»Da«, erwiderte freundlich schmunzelnd der Wirt, »da kann ich dienen, verehrtester Herr Pepusch, und Ihnen berichten, daß der gute Herr Tyß sich erst vor einer Stunde hier befand und ein Schöppchen Würzburger zu sich nahm. Er war sehr in Gedanken und rief plötzlich, als ich bloß erwähnte, was die Börsenhalle Neues gebracht: ›Ja, süße Gamaheh! – Ich habe dir entsagt! – Sei glücklich in meines Georges Armen!‹ – Dann sprach eine feine kuriose Stimme: ›Laßt uns jetzt zum Leuwenhoek gehen und ins Horoskop kucken!‹ – Sogleich leerte Herr Tyß eiligst das Glas und machte sich samt der Stimme ohne Körper von dannen; wahrscheinlich sind beide, die Stimme und Herr Tyß, zum Leuwenhoek gegangen, der sich im Lamento befindet, weil ihm sämtliche abgerichtete Flöhe krepiert sind.«

Da sprang George in voller Furie auf, packte den Wirt bei der Kehle und schrie: »Halunkischer Egelsbote, was sprichst du? – Entsagt? – ihr entsagt – Gamaheh – Peregrinus – Sekakis?« –

– Des Wirts Erzählung war ganz der Wahrheit gemäß; den Meister Floh hatte er vernommen, der den Herrn Peregrinus Tyß mit feiner Silberstimme aufforderte, zum Mikroskopisten Leuwenhoek zu gehen; der geneigte Leser weiß bereits, zu welchem Zweck. Peregrinus begab sich auch wirklich auf den Weg dahin.

Leuwenhoek empfing den Peregrinus mit süßlicher widerwärtiger Freundlichkeit und mit jenem demütigen Komplimentenwesen, in dem sich das lästige, erzwungene Anerkenntnis der Superiorität ausspricht. Da aber Peregrinus das mikroskopische Glas in der Pupille hatte, so half dem Herrn Anton von Leuwenhoek alle Freundlichkeit, alle Demut ganz und gar nichts, vielmehr erkannte Peregrinus alsbald den Mißmut, ja den Haß, der des Mikroskopisten Seele erfüllte.

Während er versicherte, wie sehr ihn des Herrn Tyß Besuch ehre und erfreue, lauteten die Gedanken: »Ich wollte, daß dich der schwarzgefiederte Satan zehntausend Klafter tief in den Abgrund schleudere, aber ich #muß freundlich und unterwürfig gegen dich tun, da die verfluchte Konstellation mich unter deine Herrschaft gestellt hat und mein ganzes Sein in gewisser Art von dir abhängig ist. – Doch werde ich dich vielleicht überlisten können, denn trotz deiner vornehmen

Abkunft bist du doch ein einfältiger Tropf. – Du glaubst, daß dich die schöne Dörtje Elverdink liebt, und willst sie vielleicht gar heiraten? – Wende dich nur deshalb an mich, denn fällst du doch trotz der Macht, die dir inwohnt, ohne daß du es weißt, in meine Hand, und ich werde alles anwenden, dich zu verderben und der Dörtje sowie des Meisters Floh habhaft zu werden.«

Natürlicherweise richtete Peregrinus sein Betragen nach diesen Gedanken ein und hütete sich wohl, der schönen Dörtje Elverdink auch nur mit einem Worte zu erwähnen; vielmehr gab er vor, gekommen zu sein, Herrn von Leuwenhoeks gesammelte naturhistorische Merkwürdigkeiten in Augenschein zu nehmen.

Während nun Leuwenhoek die großen Schränke öffnete, sagte Meister Floh dem Peregrinus ganz leise ins Ohr, daß auf dem Tische am Fenster sein (des Peregrinus) Horoskop liege. Peregrinus näherte sich behutsam und blickte scharf hin. Da sah er nun zwar allerlei Linien, die sich mystisch durchkreuzten, und andere wunderbare Zeichen; da es ihm indessen an astrologischer Kenntnis gänzlich mangelte, so konnte er so scharf hinblicken, als er nur wollte, alles blieb ihm doch undeutlich und verworren. Seltsam schien es ihm nur, daß er den roten glänzenden Punkt in der Mitte der Tafel, auf der das Horoskop entworfen, ganz deutlich für sein Selbst anerkennen mußte. Je länger er den Punkt anschaute, desto mehr gewann er die Gestalt eines Herzens, desto brennender rötete er sich; doch funkelte er nur wie durch Gespinst, womit er umzogen.

Peregrinus merkte wohl, wie Leuwenhoek sich mühte, ihn von dem Horoskop abzuziehen, und beschloß ganz vernünftig, seinen freundlichen Feind ohne alle weitere Umschweife geradezu um die Bedeutung der geheimnisvollen Tafel zu befragen, da er nicht Gefahr laufe, belogen zu werden.

Leuwenhoek versicherte, hämisch lächelnd, daß ihm nichts größere Freude verursachen könne, als seinem hochverehrtesten Freund die Zeichen auf der Tafel, die er selbst nach seiner geringen Kenntnis von solchen Sachen entworfen, zu erklären.

Die Gedanken lauteten: »Hoho! willst du da hinaus, mein kluger Patron? Fürwahr, Meister Floh hat dir gar nicht übel geraten! Ich selbst soll, die geheimnisvolle Tafel erklärend, dir vielleicht auf die Sprünge helfen, rücksichts der magischen Macht deiner werten Person? – Ich könnte dir was vorlügen, doch was könnte das nützen, da du, wenn ich dir auch die Wahrheit sage, doch kein Jota von allem verstehst, sondern dumm bleibst wie vorher. Aus purer Bequemlichkeit und, um mich nicht mit neuer Erfindung in Unkosten zu setzen, will ich daher von den Zeichen der Tafel so viel sagen, als mir gerade gut dünkt.«

Peregrinus wußte nun, daß er zwar nicht alles erfahren, jedoch wenigstens nicht belogen werden würde.

Leuwenhoek brachte die Tafel auf das einer Staffelei ähnliche Gestell, welches er aus einem Winkel in die Mitte des Zimmers hervorgerückt hatte. Beide, Leuwenhoek und Peregrinus, setzten sich vor die Tafel hin und betrachteten sie stillschweigend.

»Ihr ahnet«, begann endlich Leuwenhoek mit einiger Feierlichkeit, »Ihr ahnet vielleicht nicht, Peregrinus Tyß, daß jene Züge, jene Zeichen auf der Tafel, die Ihr so aufmerksam betrachtet, Euer eignes Horoskop sind, das ich mit geheimnisvoller astrologischer Kunst unter günstigem Einfluß der Gestirne entworfen. – ›Wie kommt Ihr zu solcher Anmaßung, wie mögt Ihr eindringen in die Verschlingungen meines Lebens, wie mein Geschick enthüllen wollen?‹ So könntet Ihr mich fragen, Peregrinus, und hättet vollkommenes Recht dazu, wenn ich Euch nicht sogleich meinen innern Beruf dazu nachzuweisen imstande wäre. Ich weiß nicht, ob Ihr vielleicht den berühmten Rabbi Isaac Ben Harravad gekannt, oder wenigstens von ihm gehört habt*.

Unter andern tiefen Kenntnissen besaß Rabbi Harravad die seltene Gabe, den Menschen es am Gesicht anzusehen, ob ihre Seele schon früher einen andern Körper bewohnt oder ob solche für gänzlich frisch und neu zu achten. Ich war noch sehr jung, als der alte Rabbi starb an einer Unverdaulichkeit,

* Der Rabbi Isaac Ben Harravad lebte zu Ende des zwölften Jahrhunderts. Siehe Bartolocci, Biblioth. rabbinica. Tom III. p. 888

die er sich durch ein schmackhaftes Knoblauchgericht zugezogen. Die Juden liefen mit der Leiche so schnell von dannen, daß der Selige nicht Zeit hatte, alle seine Kenntnisse und Gaben, die die Krankheit auseinandergestreut, zusammenzuraffen und mitzunehmen. Lachende Erben teilten sich darin, ich aber hatte jene wunderbare Sehergabe in dem Augenblick weggefischt, als sie auf der Spitze des Schwerts schwebte, das der Todesengel auf die Brust des alten Rabbi setzte. So ist aber jene wunderbare Gabe auf mich übergegangen, und auch ich erschaue, wie Rabbi Issac Ben Harravad, aus dem Gesicht des Menschen, ob seine Seele schon einen andern Körper bewohnt hat oder nicht. Euer Antlitz, Peregrinus Tyß, erregte mir, als ich es zum ersten Male sah, die seltsamsten Bedenken und Zweifel. *Gewiß* wurde mir die lange Vorexistenz Eurer Seele, und doch blieb jede Euerm jetzigen Leben vorausgegangene Gestaltung völlig dunkel. Ich mußte meine Zuflucht zu den Gestirnen nehmen und Euer Horoskop stellen, um das Geheimnis zu lösen.«

»Und«, unterbrach Peregrinus den Flohbändiger, »und habt Ihr etwas herausgebracht, Herr Leuwenhoek?«

»Allerdings«, erwiderte Leuwenhoek, indem er noch einen

feierlicheren Ton annahm, »allerdings! Ich habe erkannt, daß das psychische Prinzip, welches jetzt den angenehmeren Körper meines werten Freundes, des Herrn Peregrinus Tyß, belebt, schon lange vorher existierte, wiewohl nur als Gedanke ohne Bewußtsein der Gestaltung. Schaut hin, Herr Peregrinus, betrachtet aufmerksam den roten Punkt in der Mitte der Tafel. Das seid Ihr nicht allein selbst, sondern der Punkt ist auch die Gestalt, deren sich Euer psychisches Prinzip einst nicht bewußt werden konnte. Als strahlender Karfunkel lagt Ihr damals im tiefen Schacht der Erde, aber über Euch, hingestreckt auf die grüne Fläche des Bodens, schlummerte die holde Gamaheh, und nur in jener Bewußtlosigkeit zerrann auch ihre Gestaltung. Seltsame Linien, fremde Konstellationen durchschneiden nun Euer Leben von dem Zeitpunkt an, als der Gedanke sich gestaltete und zum Herrn Peregrinus Tyß wurde. Ihr seid im Besitz eines Talismans, ohne es zu wissen. Dieser Talisman ist eben der rote Karfunkel; es kann sein, daß der König Sekakis ihn als Edelstein in der Krone trug oder daß er gewissermaßen selbst der Karfunkel war; genug – Ihr besitzt ihn jetzt, aber ein gewisses Ereignis muß hinzutreten, wenn seine schlummernde Kraft erweckt werden soll, und mit diesem Erwachen der Kraft Eures Talismans entscheidet sich das Schicksal einer Unglücklichen, die bis jetzt zwischen Furcht und schwankender Hoffnung ein mühseliges Scheinleben geführt hat. – Ach! nur ein Scheinleben konnte die süße Gamaheh durch die tiefste magische Kunst gewinnen, da der wirkende Talisman uns geraubt war! Ihr allein habt sie getötet, Ihr allein könnet ihr Leben einhauchen, wenn der Karfunkel aufgeglüht ist in Eurer Brust!« –

»Und«, unterbrach Peregrinus den Flohbändiger aufs neue, »und jenes Ereignis, wodurch die Kraft des Talismans geweckt werden soll, wißt Ihr mir das zu deuten, Herr Leuwenhoek?«

Der Flohbändiger glotzte den Peregrinus an mit weit aufgerissenen Augen und sah gerade so aus wie einer, den plötzlich große Verlegenheit überrascht und der nicht weiß, was er sagen soll. Die Gedanken lauteten: »Wetter, wie ist es gekommen, daß ich viel mehr gesagt habe, als ich eigentlich sagen

wollte? Hätte ich wenigstens nicht von dem Talisman das Maul halten sollen, den der unglückselige Schlingel im Leibe trägt und der ihm so viel Macht geben kann über uns, daß wir alle nach seiner Pfeife tanzen müssen? – Und nun soll ich ihm das Ereignis sagen, von dem das Erwachen der Kraft seines Talismans abhängt! – Darf ich ihm denn gestehen, daß ich es selbst nicht weiß, daß alle meine Kunst daran scheitert, den Knoten zu lösen, in den sich alle Linien verschlingen, ja, daß, wenn ich dieses siderische Hauptzeichen des Horoskops betrachte, es mir ganz jämmerlich zumute wird und mein ehrwürdiges Haupt mir selbst vorkommt wie ein bunt bemalter Haubenstock, aus schnöder Pappe gefertigt? – Fern sei von mir solch ein Geständnis, das mich ja herabwürdigen und ihm Waffen gegen mich in die Hände geben würde. Ich will dem Pinsel, der sich so klug dünkt, etwas aufheften, das ihm durch alle Glieder fahren und ihm alle Lust benehmen soll, weiter in mich zu dringen.« –

»Allerliebster«, sprach nun der Flohbändiger, indem er ein sehr bedenkliches Gesicht zog, »allerliebster Herr Tyß, verlangt nicht, daß ich von diesem Ereignis sprechen soll. Ihr wißt, daß das Horoskop uns zwar über das Eintreten gewisser Umstände klar und vollständig belehrt, daß aber, so will es die Weisheit der ewigen Macht, der Ausgang bedrohlicher Gefahr stets dunkel bleibt und hierüber nur zweifelhafte Deutungen möglich und zulässig sind. Viel zu lieb hab' ich Euch als einen guten vortrefflichen Herzensmann, bester Herr Tyß, um Euch vor der Zeit in Unruhe und Angst zu setzen; sonst würde ich Euch wenigstens so viel sagen, daß das Ereignis, welches Euch das Bewußtsein Eurer Macht geben dürfte, auch in demselben Augenblick die jetzige Gestaltung Eures Seins unter den entsetzlichsten Qualen der Hölle zerstören könnte. – Doch nein! – Auch *das* will ich Euch verschweigen, und nun kein Wort weiter von dem Horoskop. – Ängstigt Euch nur ja nicht, bester Herr Tyß, unerachtet die Sache sehr schlimm steht und ich, nach aller meiner Wissenschaft, kaum einen guten Ausgang des Abenteuers herausdeuten kann. Vielleicht rettet Euch doch eine ganz unvermutete Konstellation, die noch jetzt außer dem Bereich der Beobachtung liegt, aus der bösen Gefahr.« –

Peregrinus erstaunte über Leuwenhoeks tückische Falschheit, indessen kam ihm die ganze Lage der Sache, die Stellung, in der Leuwenhoek, ohne es zu wissen, zu ahnen, ihm gegenüberstand, so ungemein ergötzlich vor, daß er sich nicht enthalten konnte, in ein schallendes Gelächter auszubrechen.

»Worüber«, fragt der Flohbändiger etwas betreten, »worüber lacht Ihr so sehr, mein wertester Herr Tyß?«

»Ihr tut«, erwiderte Peregrinus, noch immer lachend, »Ihr tut sehr klug, Herr Leuwenhoek, daß Ihr mir das bedrohliche Ereignis aus purer Schonung verschweigt. Denn außerdem, daß Ihr viel zu sehr mein Freund seid, um mich in Angst und Schrecken zu setzen, so habt Ihr noch einen andern triftigen Grund dazu, der in nichts anderem besteht, als daß Ihr selbst nicht das mindeste von jenem Ereignisse wißt. Vergebens blieb ja all Euer Mühen, jenen verschlungenen Knoten zu lösen; mit Eurer ganzen Astrologie ist es ja nicht weit her; und wäre Euch Meister Floh nicht ohnmächtig auf die Nase gefallen, so stünde es mit all Euren Künsten herzlich schlecht.«

Wut entflammte Leuwenhoeks Antlitz, er ballte die Fäuste, er knirschte mit den Zähnen, er zitterte und schwankte so sehr, daß er vom Stuhle gefallen, hätte ihn nicht Peregrinus beim Arm so fest gepackt, als George Pepusch den unglücklichen Weinwirt bei der Kehle. Diesem Wirt gelang es, sich durch einen geschickten Seitensprung zu retten. Alsbald flog Pepusch zur Türe hinaus und trat in Leuwenhoeks Zimmer, gerade in dem Augenblick, als Peregrinus ihn auf dem Stuhle festhielt und er grimmig zwischen den Zähnen murmelte: »Verruchter Swammerdamm, hättest *du* mir das getan!«

Sowie Peregrinus seinen Freund Pepusch erblickte, ließ er den Flohbändiger los, trat dem Freunde entgegen und fragte ängstlich, ob denn die entsetzliche Stimmung vorüber, die ihn mit solcher verderblichen Gewalt ergriffen.

Pepusch schien beinahe bis zu Tränen erweicht, er versicherte, daß er zeit seines Lebens nicht so viel abgeschmackte Torheiten begangen als eben heute, wozu er vorzüglich rechne, daß er, nachdem er sich im Walde eine Kugel durch den Kopf geschossen, in einem Weinhause, selbst wisse er nicht mehr, wo es gewesen, ob bei Protzler, im »Schwan«, im »Weidenhof« oder sonst irgendwo, zu gutmütigen Leuten von überschwenglichen Dingen gesprochen und den Wirt meuchelmörderischerweise erwürgen wollen, bloß weil er aus seinen abgebrochenen Reden zu entnehmen geglaubt, daß das Glückseligste geschehen, was ihm (dem Pepusch) nur widerfahren könne. Alle seine Unfälle würden nun bald die höchste Spitze erreichen, denn nur zu gewiß hätten die Leute seine Reden, sein ganzes Beginnen für den stärksten Ausbruch des Wahnsinnes gehalten, und er müßte fürchten, statt die Früchte des frohsten Ereignisses zu genießen, in das Irrenhaus gesperrt zu werden. – Pepusch deutete hierauf an, was der Weinwirt über Peregrinus' Betragen und Äußerungen fallenlassen, und fragte hocherrötend mit niedergeschlagenen Augen, ob ein solches Opfer, eine solche Entsagung zugunsten eines unglücklichen Freundes, wie er es ahnen wolle, in der jetzigen Zeit, in der der Heroismus von der Erde verschwunden, wohl noch möglich, wohl noch denkbar sein könne.

Peregrinus lebte im Innern ganz auf bei den Äußerungen seines Freundes; er versicherte feurig, daß er seinerseits weit entfernt sei, den bewährten Freund nur im mindesten zu kränken, daß er allen Ansprüchen auf Herz und Hand der schönen Dörtje Elverdink feierlichst entsage und gern auf ein Paradies verzichte, das ihm freilich in glänzendem verführerischem Schimmer entgegengelacht.

»Und dich«, rief Pepusch, indem er an die Brust des Freundes stürzte, »und dich wollte ich ermorden, und weil ich nicht an dich glaubte, darum erschoß ich mich selbst! – O der Raserei, o des wüsten Treibens eines verstörten Gemüts!« – »Ich«, unterbrach Peregrinus den Freund, »ich bitte dich, George, komme zur Besinnung. Du sprichst von Totschießen und stehest frisch und gesund vor mir! – Wie reimt sich das zusammen?«

»Du hast recht«, erwiderte Pepusch, »es scheint, als ob ich nicht mit dir so vernünftig reden könnte, wie es wirklich geschieht, wenn ich mir in der Tat eine Kugel durchs Gehirn gejagt hätte. Die Leute behaupteten auch, meine Pistolen wären keine sonderlich ernste Mordwaffen, auch gar nicht von Eisen, sondern von Holz, mithin nur Kinderspielzeug, und so könnte vielleicht der Zweikampf sowie der Selbstmord nichts gewesen sein als eine vergnügliche Ironie. Hätten wir denn nicht unsere Rollen getauscht und ich begänne mit der Selbstmystifikation und hantierte mit dummen Kindereien in dem Augenblick, da du aus deiner kindischen Fabelwelt heraustrittst in das wirkliche rege Leben. – Doch dem sei, wie ihm wolle, es ist nötig, daß ich deines Edelmuts und meines Glücks gewiß werde, dann zerstreuen sich wohl bald alle Nebel, die meinen Blick trüben oder die mich vielleicht täuschen mit morganischen Truggebilden. Komm, mein Peregrinus, begleite mich hin zu der holden Dörtje Elverdink, aus deiner Hand empfange ich die süße Braut.«

Pepusch faßte den Freund unter den Arm und wollte mit ihm schnell davoneilen, doch der Gang, den sie zu tun gedachten, sollte ihnen erspart werden. Die Türe öffnete sich nämlich, und herein trat Dörtje Elverdink, schön und anmutig wie ein Engelskind, hinter ihr her aber der alte Herr Swammer. Leuwenhoek, der so lange stumm und starr dagestanden und nur bald dem Pepusch, bald dem Peregrinus zornfunkelnde Blicke zugeworfen hatte, schien, als er den alten Swammerdamm erblickte, wie von einem elektrischen Schlage getroffen. Er streckte ihm die geballten Fäuste entgegen und schrie mit vor Wut gellender Stimme: »Ha! kommst du, mich zu verhöhnen, alter, betrügerischer Unhold? – Aber es soll dir nicht gelingen. Verteidige dich, deine letzte Stunde hat geschlagen.«

Swammerdamm prallte einige Schritte zurück und zog, da Leuwenhoek mit dem Fernglas bereits gegen ihn ausfiel, die gleiche Waffe zu seiner Verteidigung. Der Zweikampf, der im

Hause des Herrn Peregrinus Tyß sich entzündet, schien aufs neue beginnen zu wollen.

148 George Pepusch warf sich zwischen die Kämpfenden, und indem er einen mörderischen Blick Leuwenhoeks, der den Gegner zu Boden gestreckt haben würde, geschickt mit der linken Faust wegschlug, drückte er mit der rechten die Waffe, womit der Swammerdamm sich eben blickfertig ausgelegt hatte, hinab, so daß sie den Leuwenhoek nicht verwunden konnte.

Pepusch erklärte dann laut, daß er irgendeinen Streit, irgendeinen gefährlichen Kampf zwischen Leuwenhoek und Swammerdamm nicht eher zulassen werde, bis er die Ursache ihres Zwists von Grund aus erfahren. Peregrinus fand das Beginnen seines Freundes so vernünftig, daß er gar keinen Anstand nahm, ebenfalls zwischen die Kämpfer zu treten und sich ebenso zu erklären wie Pepusch.

Beide, Leuwenhoek und Swammerdamm, waren genötigt, den Freunden nachzugeben. Swammerdamm versicherte überdem, daß er durchaus nicht in feindlicher Absicht, sondern nur deshalb gekommen sei, um rücksichts der Dörtje Elverdink mit Leuwenhoek in gütlichen Vergleich zu treten und so eine Fehde zu enden, die zwei füreinander geschaffene Prinzipe, deren gemeinschaftliches Forschen nur den tiefsten Born der Wissenschaft erschöpfen könne, feindlich entzweit und nur zu lange gedauert habe. Er blickte dabei den Herrn Peregrinus Tyß lächelnd an und meinte, Peregrinus werde, wie er zu hoffen sich unterstehe, da Dörtje doch eigentlich in seine Arme geflohen, den Vermittler machen.

Leuwenhoek versicherte dagegen, daß Dörtjes Besitz freilich der Zankapfel sei; indessen habe er soeben eine neue Tükke seines unwürdigen Kollegen entdeckt. Nicht allein, daß er den Besitz eines gewissen Mikroskops leugne, das er bei einer gewissen Gelegenheit als Abfindung erhalten, um seine unrechtmäßigen Ansprüche auf Dörtjes Besitz zu erneuern, so habe er noch überdem jenes Mikroskop einem andern überlassen, um ihn, den Leuwenhoek, noch mehr zu quälen und zu ängstigen. Swammerdamm schwur dagegen hoch und teuer, daß er das Mikroskop niemals empfangen und große Ursache habe, zu glauben, daß es von Leuwenhoek boshafterweise unterschlagen worden.

»Die Narren«, lispelte Meister Floh dem Peregrinus leise zu, »die Narren, sie sprechen von dem Mikroskop, das Euch im Auge sitzt. Ihr wißt, daß ich bei dem Friedenstraktat, den Swammerdamm und Leuwenhoek über den Besitz der Prinzessin Gamaheh abgeschlossen, zugegen war. Als nun Swammerdamm das mikroskopische Glas, das er in der Tat von Leuwenhoek erhalten, in die Pupille des linken Auges werfen

wollte, schnappte ich es weg, weil es nicht Leuwenhoeks, sondern mein rechtmäßiges Eigentum war. Sagt nur gerade
150 heraus, Herr Peregrinus, daß Ihr das Kleinod habt.«

Peregrinus nahm auch gar keinen Anstand, sogleich zu verkündigen, daß *er* das mikroskopische Glas besitze, welches Swammerdamm von Leuwenhoek erhalten sollen, aber nicht erhalten; mithin sei jener Vergleich noch gar nicht ausgeführt worden, und keiner, weder Leuwenhoek noch Swammerdamm, habe zur Zeit das unbedingte Recht, die Dörtje Elverdink für seine Pflegetochter anzusehen.

Nach vielem Hin- und Herreden kamen die beiden Streitenden dahin überein, daß Herr Peregrinus Tyß die Dörtje Elverdink, welche ihn auf das zärtlichste liebe, zu seiner Frau Gemahlin erkiesen und dann nach sieben Monaten selbst entscheiden solle, wer von beiden Mikroskopisten als wünschenswerter Pflege- und Schwiegervater anzusehen.

So anmutig und allerliebst auch Dörtje Elverdink in dem zierlichsten Anzuge, den Amoretten geschneidert zu haben schienen, aussehen, solche süße, schmachtende Liebesblicke sie auch dem Herrn Peregrinus Tyß zuwerfen mochte, doch gedachte Peregrinus seines Schützlings sowie seines Freundes und blieb dem gegebenen Worte getreu und erklärte von neuem, daß er auf Dörtjes Hand verzichte. Die Mikroskopisten waren nicht wenig betreten, als Peregrinus den George Pepusch für denjenigen erklärte, der die mehrsten und gerechtesten Ansprüche auf Dörtjes Hand habe, und meinten, daß er wenigstens zurzeit gar keine Macht habe, ihren Willen zu bestimmen.

Dörtje Elverdink wankte, indem ein Tränenstrom ihr aus den Augen stürzte, auf Peregrinus zu, der sie in seinen Armen auffing, als sie eben halb ohnmächtig zu Boden sinken wollte. »Undankbarer«, seufzte sie, »du brichst mir das Herz, indem du mich von dir stößest! – Doch du willst es! – nimm noch diesen Abschiedskuß und laß mich sterben.«

Peregrinus bückte sich hinab; als aber sein Mund den Mund der Kleinen berührte, biß sie ihn so heftig in die Lippen, daß das Blut hervorsprang. »Unrat«, rief sie dabei ganz lustig, »so muß man dich züchtigen! – Komm zu Verstande, sei artig und nimm mich, mag auch der andere schreien, wie er will.« – Die beiden Mikroskopisten waren indessen wieder, der Himmel weiß, worüber, in heftigen Zank geraten. George Pepusch warf sich aber ganz trostlos der schönen Dörtje zu Füßen und rief mit einer Stimme, die jämmerlich genug klang, um aus der heiseren Kehle des unglücklichsten Liebhabers zu kommen: »Gamaheh! so ist denn die Flamme in deinem Innern ganz erloschen, so gedenkst du nicht mehr der herrlichen Vorzeit in Famagusta, nicht mehr der schönen Tage in Berlin, nicht mehr –«

»Du bist«, fiel die Kleine dem Unglücklichen lachend ins Wort, »du bist ein Hasenfuß, George, mit deiner Gamaheh, mit deiner Distel Zeherit und all dem andern tollen Zeuge, das dir einmal geträumt hat. Ich war dir gut, mein Freund, und bin es noch und nehme dich, unerachtet mir der Große dort besser gefällt, wenn du mir heilig versprichst, ja feierlich schwörst, daß du alle deine Kräfte anwenden willst« –

Die Kleine lispelte dem Pepusch etwas ganz leise ins Ohr; Peregrinus glaubte aber zu vernehmen, daß von Meister Floh die Rede.

Immer heftiger war indessen der Zank zwischen den beiden Mikroskopisten geworden, sie hatten aufs neue zu den Waffen gegriffen, und Peregrinus mühte sich eben, die erhitzten Gemüter zu besänftigen, als die Gesellschaft sich wiederum vermehrte.

Unter widerwärtigem Kreischen und häßlichem Geschrei wurde die Türe aufgestoßen, und hinein stürzten der schöne Geist, Monsieur Legénie, und der Bartscherer Egel. Mit wilder entsetzlicher Gebärde sprangen sie los auf die Kleine, und der Bartscherer hatte sie schon bei der Schulter gepackt, als Pepusch den häßlichen Feind mit unwiderstehlicher Gewalt wegdrängte, ihn gleichsam mit dem ganzen biegsamen Körper umwand und dermaßen zusammendrückte, daß er ganz lang und spitz in die Höhe schoß, indem er vor Schmerz laut brüllte.

Während dies dem Bartscherer geschah, hatten die beiden Mikroskopisten bei der Erscheinung der Feinde sich augenblicklich miteinander versöhnt und den schönen Geist gemeinschaftlich bekämpft mit vielem Glück. Nichts half es nämlich dem schönen Geist, daß er sich, als er unten gehörig abgebleut worden, zur Stubendecke erhob. Denn beide, Leuwenhoek und Swammerdamm, hatten kurze dicke Knittel ergriffen und trieben den schönen Geist, sowie er herabschweben wollte, durch denjenigen Teil des Körpers, der es am besten vertragen kann, geschickt applizierte Schläge immer wieder in die Höhe. Es war ein zierliches Ballonspiel, bei dem freilich der schöne Geist notgedrungen die ermüdendste und zugleich die undankbarste Rolle übernommen, nämlich die des Ballons.

Der Krieg mit den dämonischen Fremden schien der Kleinen großes Entsetzen einzujagen; sie schmiegte sich fest an Peregrinus und flehte ihn an, sie fortzuschaffen aus diesem bedrohlichen Getümmel. Peregrinus konnte das um so weniger ablehnen, als er überzeugt sein mußte, daß es auf dem Kampfplatz seiner Hilfe nicht bedurfte; er brachte daher die Kleine in ihre Wohnung, das heißt, in die Zimmer seines Mietsmanns.

Es genügt zu sagen, daß die Kleine, als sie sich mit Herrn Peregrinus allein befand, aufs neue alle Künste der feinsten Koketterie anwandte, um ihn in ihr Netz zu verlocken. Mocht' er es auch noch so fest im Sinn behalten, daß das alles Falschheit sei und nur dahin ziele, seinen Schützling in Sklaverei zu bringen, so ergriff ihn doch eine solche Verwirrung, daß er sogar nicht an das mikroskopische Glas dachte, welches ihm zum wirksamen Gegengift gedient haben würde. Meister Floh geriet aufs neue in Gefahr, er wurde jedoch auch diesmal durch Herrn Swammer gerettet, der mit George Pepusch eintrat.

Herr Swammer schien ausnehmend vergnügt, Pepusch hatte dagegen Wut und Eifersucht im glühenden Blick. Peregrinus verließ das Zimmer.

Den tiefsten bittersten Unmut im wunden Herzen, durchstrich er düster und in sich gekehrt die Straßen von Frankfurt; er ging zum Tore hinaus und weiter, bis er endlich zu dem anmutigen Plätzchen kam, wo das seltsame Abenteuer mit seinem Freunde Pepusch sich zugetragen.

Er bedachte aufs neue sein wunderbares Verhängnis, anmutiger, holder, im höhern Liebreiz als jemals ging ihm das Bild der Kleinen auf, sein Blut wallte stärker in den Adern, heftiger schlugen die Pulse, die Brust wollte ihm zerspringen vor brünstiger Sehnsucht. Nur zu schmerzlich fühlte er die Größe des Opfers, das er gebracht und mit dem er alles Glück des Lebens verloren zu haben glaubte.

Die Nacht war eingebrochen, als er zurückkehrte nach der Stadt. Ohne es zu gewahren, vielleicht aus unbewußter Scheu, in sein Haus zurückzukehren, war er in mancherlei Nebenstraßen und zuletzt in die Kalbächer Gasse geraten. Ein Mensch, der ein Felleisen auf dem Rücken trug, fragte ihn, ob hier nicht der Buchbinder Lämmerhirt wohne. Peregrinus schaute auf und gewahrte, daß er wirklich vor dem schmalen hohen Hause stand, in welchem der Buchbinder Lämmerhirt wohnte; er erblickte in luftiger Höhe die hellerleuchteten Fenster des fleißigen Mannes, der die Nacht hindurch arbeitete.

Dem Menschen mit dem Felleisen wurde die Türe geöffnet, und er ging ins Haus.

154 Schwer fiel es dem Peregrinus aufs Herz, daß er in der Verwirrung der letzten Zeit vergessen hatte, dem Buchbinder Lämmerhirt verschiedene Arbeiten zu bezahlen, die er für ihn gefertigt hatte; er beschloß, gleich am folgenden Morgen hinzugehen und seine Schuld zu tilgen.

SIEBENTES ABENTEUER

FEINDLICHE NACHSTELLUNGEN DER VERBÜNDETEN MIKROSKOPISTEN NEBST IHRER FORTWÄHRENDEN DUMMHEIT. NEUE PRÜFUNGEN DES HERRN PEREGRINUS TYSS UND NEUE GEFAHREN DES MEISTERS FLOH. RÖSCHEN LÄMMERHIRT. DER ENTSCHEIDENDE TRAUM UND SCHLUSS DES MÄRCHENS.

Fehlt es auch über den eigentlichen Ausgang des Kampfes in Leuwenhoeks Zimmer gänzlich an bestimmten Nachrichten, so steht doch nichts anders zu vermuten, als daß die beiden Mikroskopisten mit Hilfe des jungen Herrn George Pepusch einen vollständigen Sieg über die bösen feindlichen Gesellen erfochten haben mußten. Unmöglich hätte sonst der alte Swammer bei seiner Rückkehr so freundlich, so vergnügt sein können, als er es wirklich war. – Mit derselben frohen freudigen Miene trat Swammer oder vielmehr Herr Johannes Swammerdamm am andern Morgen hinein zu Herrn Peregrinus, der noch im Bette lag und mit seinem Schützling, dem Meister Floh, in tiefem Gespräch begriffen war.

Peregrinus unterließ nicht, sogleich, als er den Herrn Swammerdamm erblickte, sich das mikroskopische Glas in die Pupille werfen zu lassen.

Nach vielen langen und ebenso langweiligen Entschuldigungen seines zu frühzeitigen Besuchs nahm endlich Swammerdamm Platz dicht an Peregrinus' Bett. Durchaus wollte der Alte nicht zugeben, daß Peregrinus aufstehe und den Schlafrock umwerfe.

In den wunderlichsten Redensarten dankte der Alte dem Peregrinus für die großen Gefälligkeiten, die er ihm erwiesen und die darin bestehen sollten, daß er ihn nicht allein als Mietsmann in sein Haus aufgenommen, sondern auch erlaubt, daß der Hausstand durch ein junges, bisweilen etwas zu lebhaftes

und zu lautes Frauenzimmer vermehrt worden. Ferner aber müsse er die größte Gefälligkeit darin finden, daß Peregrinus,
156 nicht ohne selbst Opfer zu bringen, sein (des Alten) Versöhnung mit dem alten Freunde und Kunstkollegen Anton von Leuwenhoek bewirkt habe. So wie Swammerdamm erzählte, hatten sich beider Herzen in dem Augenblick zueinander hingeneigt, als sie von dem schönen Geist und dem Bartscherer überfallen wurden und die schöne Dörtje Elverdink retten mußten vor den bösen Unholden. Die förmliche ernstliche Versöhnung der Entzweiten war dann bald darauf erfolgt.

Leuwenhoek hatte den günstigen Einfluß, den Peregrinus auf beide gehabt, ebensogut erkannt als Swammerdamm, und der erste Gebrauch, den sie von dem wiederhergestellten Freundschaftsbunde machten, bestand darin, daß sie gemeinschaftlich das seltsam und wunderbar verschlungene Horoskop des Herrn Peregrinus Tyß betrachteten und soviel als möglich zu deuten suchten.

»Was«, so sprach Herr Johannes Swammerdamm, »was meinem Freunde Anton von Leuwenhoek allein nicht gelang, das brachten unsere gemeinschaftlichen Kräfte zustande, und so war dieses Experiment das zweite, welches wir trotz aller Hindernisse, die sich uns entgegenstemmten, mit dem glänzendsten Erfolg unternahmen.«

»Der alberne kurzsichtige Tor«, lispelte Meister Floh, der dicht neben Peregrinus' Ohr auf dem Kopfkissen saß, »noch immer glaubt er, daß durch ihn Prinzessin Gamaheh belebt worden ist. Fürwahr, ein schönes Leben ist das, zu dem die Ungeschicklichkeit der blöden Mikroskopisten die Ärmste gezwungen!« –

»Mein bester«, fuhr Swammerdamm fort, der den Meister Floh um so weniger vernommen, als er gerade stark zu niesen genötigt, »mein bester, vortrefflichster Herr Peregrinus Tyß, Sie sind ein von dem Weltgeist ganz besonders Erkorner, ein Schoßkind der Natur; denn Sie besitzen den wunderbarsten, mächtigsten Talisman oder, um richtiger und wissenschaftlicher zu sprechen, das herrlichste Tsilmenaja oder Tilsemoht,

das jemals, getränkt von dem Tau des Himmels, aus dem Schoß der Erde hervorgegangen. Es macht meiner Kunst Ehre, daß ich und nicht Leuwenhoek es herausgebracht, daß dieses glückliche Tsilmenaja von dem Könige Nacrao abstammt, der lange vor der Sündflut in Ägypten herrschte. – Doch die Kraft des Talismans ruht zur Zeit, bis eine gewisse Konstellation eintritt, die ihren Mittelpunkt in Ihrer werten Person findet. Mit Ihnen selbst, bester Herr Tyß, muß und wird sich etwas ereignen, das Ihnen in demselben Augenblick, als die Kraft des Talismans erwacht ist, auch dieses Erwachen erkennen läßt. Mag Ihnen Leuwenhoek über diesen schwierigsten Punkt des Horoskops gesagt haben, was er will, alles ist erlogen, denn er wußte über jenen Punkt so lange nicht das mindeste, bis ich ihm die Augen geöffnet. – Vielleicht hat Ihnen, bester Herr Tyß, mein lieber Herzensfreund sogar bange machen wollen vor irgendeiner bedrohlichen Katastrophe; denn ich weiß, er liebt es, Leuten unnützerweise Schrecken einzujagen; doch – trauen Sie Ihrem Sie verehrenden Mietsmann, der, Hand aufs Herz, Ihnen schwört, daß Sie durchaus nichts zu befürchten haben. – Gern möchte ich aber denn doch wissen, ob Sie zur Zeit den Besitz des Talismans gar nicht verspüren und was Sie über die ganze Sache überhaupt zu denken belieben?«

158 Swammerdamm sah bei den letzten Worten mit giftigem Lächeln dem Herrn Peregrinus so scharf ins Auge, als wolle er seine tiefsten Gedanken durchschauen; das konnte ihm aber freilich nicht so gelingen als dem Peregrinus mit seinem mikroskopischen Glase. Mittels dieses Glases erfuhr Peregrinus, daß nicht sowohl die gemeinschaftliche Bekämpfung des schönen Geistes und des Bartscherers als eben jenes geheimnisvolle Horoskop die Versöhnung der beiden Mikroskopisten herbeigeführt. Der Besitz des mächtigen Talismans, das war es nun, wonach beide strebten. Swammerdamm war, was den gewissen geheimnisvoll verschlungenen Knoten im Horoskop des Herrn Peregrinus betrifft, ebenso in verdrießlicher Dummheit verblieben als Leuwenhoek, doch meinte er, daß in Peregrinus' Innerm durchaus die Spur liegen müsse, die zur Entdeckung jenes Geheimnisses führe. Diese Spur wollte er nun geschickt aus dem Unwissenden herauslocken und ihn dann mit Leuwenhoeks Hilfe um den Besitz des unschätzbaren Kleinods bringen, noch ehe er dessen Wert erkannt. Swammerdamm war überzeugt, daß der Talisman des Herrn Peregrinus Tyß ganz dem Ringe des weisen Salomo gleich zu achten, da er wie dieser dem, der ihn besitze, die vollkommene Herrschaft über das Geisterreich verleihe.

Peregrinus vergalt Gleiches mit Gleichem, indem er den alten Herrn Swammerdamm, der ihn zu mystifizieren sich mühte, selbst mystifizierte. Geschickt wußte er in solchen verblümten Redensarten zu antworten, daß Swammerdamm befürchten mußte, die Weihe habe bereits begonnen, und ihm werde sich bald das Geheimnis erschließen, das zu enthüllen keiner von beiden, weder er noch Leuwenhoek, vermocht. –

Swammerdamm schlug die Augen nieder, räusperte sich und stotterte unverständliche Worte heraus; der Mann befand sich wirklich in gar übler Lage, seine Gedanken schnurrten beständig durcheinander: »Teufel – was ist denn das, ist das der Peregrinus, der zu mir spricht? – Bin ich der gelehrte weise Swammerdamm oder ein Esel!«

Ganz verzweifelt raffte er sich endlich zusammen und begann: »Doch von etwas anderm, verehrtester Herr Tyß, von etwas anderm und, wie es mir vorkommen will, von etwas Schönem und Erfreulichem!« – 159

Sowie Swammerdamm nun weiter sprach, hatte er sowohl als Leuwenhoek mit großer Freude die innige Zuneigung der schönen Dörtje Elverdink zu dem Herrn Peregrinus Tyß entdeckt. War nun auch sonst jeder anderer Meinung gewesen, indem jeder geglaubt, Dörtje müsse bei *ihm* bleiben, und an Liebe und Heirat sei gar nicht zu denken, so hatten sie sich doch jetzt eines Bessern überzeugt. In Peregrinus' Horoskop meinten sie nämlich zu lesen, daß er durchaus die schöne und anmutige Dörtje Elverdink zu seiner Gemahlin erkiesen müsse, um das für alle Konjunkturen seines ganzen Lebens Ersprießlichste zu tun. Beide zweifelten nicht einen Augenblick, daß Peregrinus nicht in gleicher glühender Liebe zur holden Kleinen befangen sein solle und hielten daher die Angelegenheit für völlig abgeschlossen. Swammerdamm meinte noch, daß Herr Peregrinus Tyß überdem der einzige sei, der seine Nebenbuhler ohne alle Mühe aus dem Felde schlagen könne, und daß selbst die bedrohlichsten Gegner, wie z.B. der schöne Geist und der Bartscherer, gar nichts gegen ihn ausrichten würden. Peregrinus erkannte aus Swammerdamms Gedanken, daß die Mikroskopisten wirklich in seinem Horoskop die unabänderliche Notwendigkeit seiner Vermählung mit der kleinen Dörtje Elverdink gefunden zu haben glaubten. Nur dieser Notwendigkeit wollten sie nachgeben und selbst aus Dörtjes scheinbarem Verlust den größten Gewinn ziehen, nämlich den Herrn Peregrinus Tyß selbst einfangen mitsamt seinem Talisman.

Man kann denken, wie wenig Vertrauen Peregrinus zu der Weisheit und Wissenschaft der beiden Mikroskopisten haben mußte, da beide den Hauptpunkt des Horoskops nicht zu enträtseln vermochten. Gar nichts gab er daher auf jene

angebliche Konjunktur, die die Notwendigkeit seiner Vermählung mit der schönen Dörtje bedingen sollte, und es wurde
160 ihm nicht im mindesten schwer, ganz bestimmt und fest zu erklären, daß er auf Dörtjes Hand verzichtet, um seinen besten innigsten Freund, den jungen Herrn George Pepusch, der ältere und bessere Ansprüche auf den Besitz des holden Wesens habe, nicht zu kränken, und daß er unter keiner Bedingung der Welt sein gegebenes Wort brechen werde.

Herr Swammerdamm schlug die graugrünen Katzenaugen, die er so lange zu Boden gesenkt, auf, glotzte den Peregrinus mächtig an und lächelte wie die Fuchsschlauheit selbst.

Sei, meinte er dann, der Freundschaftsbund mit George Pepusch der einzige Skrupel, der den Peregrinus abhalte, seinen Gefühlen freien Raum zu gönnen, so sei derselbe in diesem Augenblick gehoben; denn eingesehen habe Pepusch, unerachtet er an einigem Wahnsinn leide, daß seiner Vermählung mit Dörtje Elverdink die Konstellation der Gestirne entgegen sei und daß daraus nichts entstehen könne als nur Unglück und Verderben; deshalb habe Pepusch allen Ansprüchen auf Dörtjes Hand entsagt und nur erklärt, daß er mit seinem Leben die Schönste, die niemanden angehören könne als seinem Herzensfreunde Tyß, verteidigen wolle gegen den ungeschickten Tölpel von schönem Geist und gegen den blutgierigen Bartkratzer.

Den Peregrinus durchfuhren eiskalte Schauer, als er aus Swammerdamms Gedanken erkannte, daß alles wahr, was er gesprochen. Übermannt von den seltsamsten widersprechendsten Gefühlen, sank er zurück in die Kissen und schloß die Augen.

Herr Swammerdamm lud den Peregrinus dringendst ein, sich herabzubegeben und selbst aus Dörtjes, aus Georgs Mund die jetzige Lage der Dinge zu vernehmen. Dann empfahl sich derselbe auf ebenso weitläufige und zeremoniöse Weise, wie er gekommen.

Meister Floh, der die ganze Zeit über ruhig auf dem Kopfkissen gesessen, sprang plötzlich hinauf bis zum Zipfel der

Nachtmütze des Herrn Peregrinus. Da erhob er sich hoch auf den langen Hinterbeinen, rang die Hände, streckte sie flehend zum Himmel empor und rief, mit von bittern Tränen halber-
stickter Stimme: »Weh mir Ärmsten! Schon glaubte ich geborgen zu sein, und erst jetzt kommt die gefährlichste Prüfung! – Was hilft aller Mut, alle Standhaftigkeit meines edlen Beschützers, wenn sich alles, alles gegen mich auflehnt! – Ich gebe mich! – es ist alles aus.«

»Was«, sprach Herr Peregrinus mit matter Stimme, »was lamentiert Ihr so auf meiner Nachtmütze, lieber Meister? Glaubt Ihr denn, daß Ihr allein zu klagen habt, daß ich mich selbst nicht auch in dem miserabelsten Zustande von der Welt befinde, da ich in meinem ganzen Wesen ganz zerrüttet und verstört bin und nicht weiß, was ich anfangen, ja, wohin ich meine Gedanken wenden soll? Glaubt aber nicht, lieber Meister Floh, daß ich töricht genug sein werde, mich in die Nähe der Klippe zu wagen, an der ich mit all meinen schönen Vorsätzen und Entschlüssen scheitern kann. Ich werde mich hüten, Swammerdamms Einladung zu folgen und die verführerische Dörtje Elverdink wiederzusehen.«

»In der Tat«, erwiderte Meister Floh, nachdem er wieder den alten Platz auf dem Kopfkissen neben dem Ohr des Herrn Peregrinus Tyß eingenommen, »in der Tat, ich weiß nicht, ob ich, so sehr es mir verderblich scheint, Euch doch nicht gerade raten sollte, sogleich zu Swammerdamm hinunterzugehen. Es ist mir, als wenn die Linien Eures Horoskops jetzt immer schneller und schneller zusammenliefen und Ihr selbst im Begriff ständet, in den roten Punkt zu treten. – Mag nun das dunkle Verhängnis beschlossen haben, was es will, ich sehe ein, daß selbst ein Meister Floh solchem Beschluß nicht zu entgehen vermag und daß es ebenso albern als unnütz sein würde, von Euch meine Rettung zu verlangen. – Geht hin, seht sie, nehmt ihre Hand, überliefert mich der Sklaverei, und damit alles geschehe, wie es die Sterne wollen, ohne daß Fremdes sich einmische, so macht auch keinen Gebrauch von dem mikroskopischen Glase.« –

»Scheint«, sprach Peregrinus, »scheint doch sonst, Meister Floh, Euer Herz stark, Euer Geist fest, und doch seid Ihr jetzt so kleinmütig, so verzagt! Aber möget Ihr sonst auch so weise sein, wie Ihr wollt, ja mag Clemens des Siebenten hochberühmter Nuntius Rorar Euern Verstand weit über den unsrigen setzen, so habt Ihr doch keinen sonderlichen Begriff von dem festen Willen des Menschen und schlagt ihn wenigstens viel zu geringe an. Noch einmal! – ich breche nicht mein Euch gegebenes Wort, und damit Ihr sehet, wie fest mein Entschluß ist, die Kleine nicht wiederzusehen, werde ich jetzt aufstehen und mich, wie ich es mir schon gestern vorgenommen, zum Buchbinder Lämmerhirt begeben.«

»O Peregrinus«, rief Meister Floh, »des Menschen Wille ist ein gebrechliches Ding, oft knickt ihn ein daherziehendes Lüftchen. Welch eine Kluft liegt zwischen dem, was man will, und dem, das geschieht! – Manches Leben ist nur ein stetes Wollen, und mancher weiß vor lauter Wollen am Ende selbst nicht, was er will. – Ihr wollt Dörtje Elverdink nicht wiedersehen, und wer steht Euch dafür, daß es geschieht in dem nächsten Augenblick, da Ihr diesen Entschluß ausgesprochen?«

Seltsam genug war es wohl, daß wirklich sich begab, was Meister Floh mit prophetischem Geiste vorausgesagt.

Peregrinus stand nämlich auf, kleidete sich an und wollte, seinem Vorsatz getreu, zum Buchbinder Lämmerhirt gehen; als er indessen bei Swammerdamms Zimmer vorbeikam, wurde die Türe weit geöffnet, und Peregrinus wußte selbst gar nicht, wie es geschah, daß er plötzlich an Swammerdamms Arm mitten im Zimmer dicht vor Dörtje Elverdink stand, die ganz fröhlich und unbefangen ihm hundert Küsse zuwarf und mit ihrem silbernen Glockenstimmlein freudig rief: »Guten Morgen, mein herzlieber Peregrinus!«

Wer sich aber noch in dem Zimmer befand, das war Herr George Pepusch, der zum offnen Fenster hinausguckte und ein Liedchen pfiff. Jetzt warf er das Fenster heftig zu und drehte sich um. »Ach, sieh da«, rief er, als gewahre er jetzt erst den Freund Peregrinus, »ach, sieh da! – Du besuchst deine

Braut, das ist in der Ordnung und jeder Dritte dabei nur lästig. Ich werde mich darum auch gleich fortpacken; doch zuvor laß es dir sagen, mein guter Freund Peregrinus, daß George Pepusch jede Gabe verschmäht, die der barmherzige Freund ihm gleich dem armen Sünder hinwirft wie ein Almosen! – Verwünscht sei deine Aufopferung, ich will dir nichts zu verdanken haben. Nimm sie hin, die schöne Gamaheh, die dich so innig liebt, aber hüte dich, daß die Distel Zeherit nicht Wurzel faßt und die Mauern deines Hauses zersprengt.«

Georges Ton und ganzes Betragen grenzte an renommistische Brutalität, und Peregrinus wurde von dem tiefsten Unmut erfüllt, als er gewahrte, wie sehr ihn Pepusch in seinem ganzen Beginnen mißverstanden. »Nie«, sprach er, ohne jenen Unmut zu bergen, »nie ist es mir in den Sinn gekommen, dir in den Weg zu treten; der Wahnsinn eifersüchtiger Verliebtheit spricht aus dir, sonst würdest du bedenken, wie schuldlos ich an allem bin, was du in deiner eignen Seele ausgebrütet. Verlange nicht, daß ich die Schlange töten soll, die du zu deiner Selbstqual nährst in deiner Brust! Und daß du es nur weißt, *dir* warf ich keine Gabe hin, *dir* brachte ich kein Opfer, als ich der Schönsten, vielleicht dem höchsten Glück meines Lebens entsagte. Andere, höhere Pflichten, ein unwiderrufliches Wort zwangen mich dazu!« –

164 Pepusch ballte in wildem Zorn die Faust und erhob sie gegen den Freund. Da sprang aber die Kleine zwischen die Freunde und faßte die Hand des Peregrinus, indem sie lachend rief: »Laß doch nur die geckische Distel laufen, sie hat nichts als wirres Zeug im Kopfe und ist, wie es Distelart ist, starr und störrisch, ohne zu wissen, was sie eigentlich will; du bist mein und bleibst es auch, mein süßer herzlieber Peregrinus!« –

Damit zog die Kleine den Peregrinus auf das Kanapee und setzte sich ohne weitere Umstände auf seinen Schoß. Pepusch rannte, nachdem er sich die Nägel sattsam zerkaut, wild zur Türe hinaus.

Die Kleine, wiederum in das fabelhafte verführerische Gewand von Silberzindel gekleidet, war ebenso anmutig, ebenso ganz Liebreiz als sonst; Peregrinus fühlte sich durchströmt von der elektrischen Wärme ihres Leibes, und doch wehten ihn dazwischen eiskalte unheimliche Schauer an wie Todeshauch. Zum erstenmal glaubte er tief in den Augen der Kleinen etwas seltsam Lebloses, Starres zu gewahren, und der Ton ihrer Stimme, ja selbst das Rauschen des wunderlichen Silberzindels schien ein fremdartiges Wesen zu verraten, dem nimmermehr zu trauen. Es fiel ihm schwer aufs Herz, daß damals, als Dörtje gerade so gesprochen, wie sie gedacht, sie auch in Zindel gekleidet gewesen; warum er gerade den Zindel bedrohlich fand, wußte er selbst nicht; aber die Gedanken von Zindel und unheimlicher Wirtschaft verbanden sich von selbst miteinander, so wie ein Traum das Heterogenste vereint und man alles für aberwitzig erklärt, dessen tiefern Zusammenhang man nicht einzusehen vermag.

Peregrinus, weit entfernt, das kleine süße Ding zu kränken mit etwa falschem Verdacht, unterdrückte mit Gewalt seine Gefühle und wartete nur auf einen günstigen Moment, sich loszuwickeln und der Schlange des Paradieses zu entfliehen.

»Aber«, sprach Dörtje endlich, »aber wie kommst du mir

heute vor, mein süßer Freund, so frostig, so unempfindlich! Was liegt dir im Sinn, mein Leben?«

»Kopfschmerz«, erwiderte Peregrinus so gleichmütig, als er es nur vermochte, »Kopfschmerz – Grillen – einfältige Gedanken – nichts anders ist es, das mich etwas verstört, mein holdes Kind. Laß mich ins Freie, und alles ist vorüber in wenigen Minuten; mich ruft ohnedies noch ein Geschäft.« –

»Es ist«, rief die Kleine, indem sie rasch aufsprang, »es ist alles gelogen; aber du bist ein böser Affe, der erst gezähmt werden muß!« –

Peregrinus war froh, als er sich auf der Straße befand; doch ganz ausgelassen freudig gebärdete sich Meister Floh, der in Peregrinus' Halsbinde unaufhörlich kicherte und lachte und die Vorderhände zusammenschlug, daß es hell klatschte.

Dem Peregrinus war diese Fröhlichkeit seines kleinen Schützlings etwas lästig, da sie ihn in seinen Gedanken störte. Er bat den Meister Floh ruhig zu sein, denn schon hätten ihn ernsthafte Leute mit Blicken voll Vorwurfs betrachtet, glaubend, er sei es, der so kichere und lache und närrische Streiche treibe auf öffentlicher Straße.

»O ich Tor«, rief aber Meister Floh, in den Ausbrüchen seiner unmäßigen Freude beharrend, »o ich blödsinniger Tor, daß ich da an dem Siege zweifeln konnte, wo gar kein Kampf mehr vonnöten. Ja, Peregrinus, es ist nicht anders, gesiegt hattet Ihr in dem Augenblick, als selbst der Tod der Geliebten Euern Entschluß nicht zu erschüttern vermochte. Laßt mich jauchzen, laßt mich jubeln, denn alles müßte mich trügen, wenn nicht bald das helle Sonnenlicht aufgehen sollte, das alle Geheimnisse aufklärt.«

Als Peregrinus an Lämmerhirts Türe pochte, rief eine sanfte weibliche Stimme: »Herein!« Er öffnete die Türe, ein Mädchen, die sich allein in der Stube befand, trat ihm entgegen und fragte ihn freundlich, was ihm zu Diensten stehe? – Mag es dem geneigten Leser genügen, wenn gesagt wird, daß das Mädchen ungefähr achtzehn Jahre alt sein mochte, daß sie mehr groß als klein und schlank im reinsten Ebenmaß der

Glieder gewachsen war, daß sie hellbraunes Haar und dunkelblaue Augen und eine Haut hatte, die das zarte Flockengewebe schien von Lilien und Rosen. Mehr als alles dies wollte aber gelten, daß des Mädchens Antlitz jenes zarte Geheimnis jungfräulicher Reinheit, hohen himmlischen Liebreizes aussprach, wie es mancher alte deutsche Maler in seinen Gebilden erfaßt. –

Sowie Peregrinus der holden Jungfrau ins Auge blickte, war es ihm, als habe er in schwerlastenden Banden gelegen, die eine wohltätige Macht gelöst, und der Engel des Lichts stehe vor ihm, an dessen Hand er eingehen werde in das Reich namenloser Liebeswonne und Sehnsucht. – Das Mädchen wiederholte, indem sie, vor Peregrinus' starrem Blick errötend, sittsam die Augen niederschlug, die Frage, was dem Herrn beliebe. Mühsam stotterte Peregrinus heraus, ob der Buchbinder Lämmerhirt hier wohne? Als nun das Mädchen erwiderte, daß Lämmerhirt allerdings hier wohne, daß er aber in Geschäften ausgegangen, da sprach Peregrinus wirr durcheinander von Einbänden, die er bestellt, von Büchern, die Lämmerhirt ihm verschaffen sollen; zuletzt kam er etwas ins Geleise und gedachte der Prachtausgabe des Ariost, die Lämmerhirt in roten Maroquin binden sollen mit reicher goldner Verzierung. Da war es aber, als durchfahre die holde Jungfrau ein elektrischer Funke; sie schlug die Hände zusammen und rief, Tränen in den Augen: »Ach Gott! – Sie sind Herr Tyß!« – Sie machte eine Bewegung, als wolle sie Peregrinus' Hand ergreifen, trat aber schnell zurück, und ein tiefer Seufzer schien die volle Brust zu entlasten. Dann überstrahlte ein anmutiges Lächeln der Jungfrau Antlitz wie liebliches Morgenrot, und sie ergoß sich nun in Dank und Segenswünschen dafür, daß Peregrinus des Vaters, der Mutter Wohltäter sei, daß nicht dies allein – nein! – seine Milde, seine Freundlichkeit, die Art, wie er noch zu vorigen Weihnachten die Kinder beschenkt und Freude und Fröhlichkeit verbreitet, ihnen den Frieden, die Heiterkeit des Himmels gebracht. Sie räumte schnell des Vaters Lehnstuhl ab, der mit Büchern, Skripturen, Heften, ungebundenen Drucken

bepackt war, rückte ihn heran und lud mit anmutiger Gastlichkeit den Peregrinus ein, sich niederzulassen. Dann holte sie den sauber gebundenen Ariost hervor, fuhr mit einem leinenen Tuch leise über die Maroquinbände und überreichte das Meisterwerk der Buchbinderkunst dem Peregrinus mit leuchtenden Blicken, wohl wissend, daß Peregrinus der schönen Arbeit des Vaters seinen Beifall nicht versagen werde. –

Peregrinus nahm einige Goldstücke aus der Tasche; die Holde, dies gewahrend, versicherte schnell, daß sie den Preis der Arbeit nicht wisse und daher keine Bezahlung annehmen

könne. Herr Peregrinus möge es sich aber gefallen lassen, einige Augenblicke zu verweilen, da der Vater gleich zurück-
168 kommen müsse. Dem Peregrinus war es, als schmölze das nichtswürdige Metall in seiner Hand in einen Klumpen zusammen, er steckte die Goldstücke schneller wieder ein, als er sie hervorgeholt. Das Mädchen griff jetzt, als Peregrinus sich mechanisch in Lämmerhirts breiten Lehnsessel niedergelassen, nach ihrem Stuhl; aus instinktmäßiger Höflichkeit sprang Herr Peregrinus auf und wollte den Stuhl heranrücken, da geschah es aber, daß er statt der Stuhllehne des Mädchens Hand erfaßte, und er glaubte, als er das Kleinod leise zu drücken wagte, einen kaum merkbaren Gegendruck zu fühlen.–

»Kätzchen, Kätzchen, was machst du!« Mit diesen Worten wandte sich das Mädchen und hob ein Zwirnknäuel von dem Fußboden auf, das die Katze zwischen den Vorderpfoten hielt, ein mystisches Gewebe beginnend. Dann faßte sie mit kindlicher Unbefangenheit den Arm des in Himmelsentzücken versunkenen Peregrinus, führte ihn zum Lehnsessel und bat ihn nochmals, sich niederzulassen, indem sie selbst sich ihm gegenübersetzte und irgendeine weibliche Arbeit zur Hand nahm.

Peregrinus schwankte im Sturm auf einem wogenden Meer. »O Prinzessin!« Das Wort entschlüpfte ihm, selbst wußte er nicht, wie es geschah. Das Mädchen schaute ihn ganz erschrokken an, da war es ihm, als habe er gegen die Holde gefrevelt, und er rief mit dem weichesten, wehmütigsten Ton: »Meine liebste, teuerste Mademoiselle!«

Das Mädchen errötete und sprach mit holder jungfräulicher Verschämtheit: »Die Eltern nennen mich Röschen, nennen Sie mich auch so, lieber Herr Tyß, denn ich gehöre ja auch zu den Kindern, denen Sie so viel Gutes erzeigt und von denen Sie so hoch verehrt werden.«

»Röschen!« rief Peregrinus ganz außer sich; er hätte der holden Jungfrau zu Füßen stürzen mögen, kaum hielt er sich zurück.

Röschen erzählte nun, indem sie ruhig fortarbeitete, wie seit der Zeit, als die Eltern durch den Krieg in die bitterste

Dürftigkeit geraten, sie von einer Base in einem benachbarten kleinen Städtchen aufgenommen, wie diese Base vor wenigen Wochen gestorben und wie sie dann zu den Eltern zurückgekehrt.

Peregrinus hörte nur Röschens süße Stimme, ohne viel von den Worten zu verstehen, und er überzeugte sich erst, daß er nicht selig träume, als Lämmerhirt ins Zimmer trat und ihn mit dem herzlichsten Willkommen begrüßte. Nicht lange dauerte es, so folgte auch die Frau mit den Kindern, und wie denn in des Menschen unergründlichem Gemüt Gedanken, Regungen, Gefühle in seltsamem bunten Gewirr durcheinanderlaufen, so geschah es, daß Peregrinus selbst in der Ekstase, die ihn einen nie geahnten Himmel schauen ließ, plötzlich daran dachte, wie der murrköpfige Pepusch sein Beschenken der Lämmerhirtschen Kinder getadelt. Es war ihm sehr lieb, auf Befragen zu vernehmen, daß keins von den Kindern sich den Magen am Naschwerk verdorben, und die freundlich feierliche Art, ja der gewisse Stolz, womit sie nach dem hohen Glasschrank, der das glänzende Spielzeug enthielt, heraufblickten, zeigte, daß sie die letzte Bescherung für etwas Außerordentliches hielten, das wohl niemals wiederkehren dürfte. –

Die übelgelaunte Distel hatte also ganz unrecht.

»O Pepusch«, sprach Peregrinus zu sich selbst, »dein verstörtes, zerrissenes Gemüt durchdringt kein reiner Lichtstrahl der wahrhaften Liebe!« – Damit meinte Peregrinus nun wieder wohl mehr als ein beschertes Naschwerk und Spielzeug. – Lämmerhirt, ein sanfter, stiller, frommer Mann, sah mit sichtlicher Freude auf Röschen, die geschäftig aus und ein gegangen, Butter und Brot herbeigebracht und nun an einem kleinen Tischchen in der entfernten Ecke des Zimmers dem Geschwister stattliche Butterstollen bereitete. Die muntern Jungen drängten sich dicht an die liebe Schwester, und wenn sie in verzeihlicher kindischer Begier das Maul etwas weiter aufsperrten, als gerade nötig, so tat das der häuslichen Idylle doch keinen sonderlichen Eintrag.

Den Peregrinus entzückte des holden Mädchens Beginnen, ohne daß ihm dabei Werthers Lotte und ihre Butterbrote in
170 den Sinn kamen.

Lämmerhirt näherte sich dem Peregrinus und begann halb leise von Röschen zu reden, was sie für ein frommes, gutes, liebes Kind sei, der der Himmel auch die Gabe äußerer Schönheit verliehen, und wie er nur Freude an dem holden Kinde zu erleben hoffe. Was, setzte er hinzu, indem sein Gesicht sich in Wonne verklärte, was ihm aber so recht im innersten Herzen wohl tue, sei, daß Röschen sich auch zur edlen Buchbinderkunst hinneige und seit den wenigen Wochen, während sie sich bei ihm befinde, in feiner zierlicher Arbeit ungemein viel profitiert habe, so daß sie bereits viel geschickter sei als mancher Lümmel von Lehrbursche, der Jahre hindurch Maroquin und Gold vergeude und die Buchstaben schief und krumm stelle, daß sie aussähen wie betrunkene Bauern, die aus der Schenke torkeln.

Ganz zutraulich flüsterte der entzückte Vater dem Peregrinus ins Ohr: »Es muß heraus, Herr Tyß, es drückt mir sonst das Herz ab, ich kann mir nicht helfen. – Wissen Sie wohl, daß *mein Röschen* den Schnitt des Ariosto vergoldet hat?«

Sowie Peregrinus dies vernahm, griff er hastig nach den saubern Maroquinbänden, als müsse er sich des Heiligtums bemächtigen, ehe ein feindlicher Zufall es ihm raube. Lämmerhirt hielt das für ein Zeichen, daß Peregrinus fort wolle, und bat ihn, es sich noch einige Augenblicke in der Familie gefallen zu lassen. Eben dies erinnerte aber den Peregrinus, daß er doch endlich sich losreißen müsse. Er zahlte schnell die Rechnung, und Lämmerhirt reichte ihm wie gewöhnlich die Hand zum Abschiede, die Frau tat dasselbe und auch Röschen! – Die Jungen standen in der offnen Türe, und damit der Liebestorheit ihr Recht geschehe, riß Peregrinus im Hinausschreiten dem Jüngsten das Restchen Butterstolle aus der Hand, an dem er eben kaute, und rannte wie gehetzt die Treppe hinab.

»Nun, nun«, sprach der Kleine ganz verdutzt, »was ist denn

das? Hätt' es mir ja sagen können, der Herr Tyß, wenn er hungrig war, hätt' ihm ja gern meine ganze Stolle gegeben!« –

Schritt vor Schritt ging Herr Peregrinus Tyß nach Hause, die schweren Quartanten mühsam unter dem Arm fortschleppend und mit verklärtem Blick einen Bissen des Butterstollenrestes nach dem andern auf die Lippe nehmend, als genösse er himmlisches Manna.

»Der ist nunmehro auch übergeschnappt!« sagte ein vorübergehender Bürger. Es war dem Mann nicht zu verdenken, daß er dergleichen von Peregrinus dachte. –

Als Peregrinus Tyß ins Haus trat, kam ihm die alte Aline entgegen und winkte mit Gebärden, die Angst und Besorgnis ausdrückten, nach dem Zimmer des Herrn Swammerdamm. Die Türe stand offen, und Peregrinus gewahrte Dörtje Elverdink, die erstarrt auf einem Lehnstuhl saß und deren zusammengeschrumpftes Gesicht einer Leiche zu gehören schien, die bereits im Grabe gelegen. Ebenso erstarrt, ebenso leichenähnlich saßen vor ihr auf Lehnstühlen Pepusch, Swammerdamm und Leuwenhoek. »Ist das«, sprach die Alte, »ist das eine tolle gespenstische Wirtschaft hier unten! So sitzen die drei unseligen Menschen schon den ganzen lieben Tag über und essen nichts und trinken nichts und reden nichts und holen kaum Atem!« –

172 Dem Peregrinus wollte zwar ob des in der Tat etwas schauerlichen Anblicks halber einiges Entsetzen anwandeln, indessen wurde, indem er die Treppe hinaufstieg, das gespenstische Bild von dem wogenden Meer der Himmelsträume verschlungen, in dem der entzückte Peregrinus schwamm seit dem Augenblick, als er Röschen gesehen. – Wünsche, Träume, selige Hoffnungen strömen gern über in das befreundete Gemüt; aber gab es für den armen Peregrinus jetzt ein anderes als das ehrliche des guten Meisters Floh? – Dem wollte er nun sein ganzes Herz ausschütten, dem wollte er von Röschen alles erzählen, was sich eigentlich gar nicht so recht erzählen ließ. Doch er mochte so viel rufen, so viel locken, als er wollte, kein Meister Floh ließ sich sehen, er war auf und davon. In der Falte der Halsbinde, wo sonst Meister Floh bei Ausgängen sich beherbergt, fand Peregrinus bei sorgfältigerem Nachsuchen ein kleines Schächtelchen, worauf die Worte standen:

»Hierin befindet sich das mikroskopische Gedankenglas. Seht Ihr mit dem linken Auge scharf in die Schachtel hinein, so sitzt Euch das Glas augenblicklich in der Pupille; wollt Ihr es wieder heraus haben, so dürft Ihr nur, das Auge in die Schachtel hineinhaltend, die Pupille sanft drücken, und das Glas fällt auf den Boden der Schachtel. – Ich arbeite in Euern Geschäften und wage viel dabei, doch für meinen lieben Schutzherrn tue ich alles, als Euer dienstwilligster Meister Floh.«

– Hier gäb' es nun für einen tüchtigen handfesten Romanschreiber, der mit starker, kielbewaffneter Hand alles menschliche Tun und Treiben zusammenarbeitet nach Herzenslust, die erwünschteste Gelegenheit, den heillosen Unterschied zwischen Verliebtsein und Lieben, nachdem solcher theoretisch genugsam abgehandelt, praktisch darzutun durch Peregrinus' Beispiel. Viel ließe sich da sagen vom sinnlichen Triebe, von dem Fluch der Erbsünde und von dem himmlischen Prometheusfunken, der in der Liebe die wahrhafte Geistergemeinschaft des diversen Geschlechts entzündet, die den eigentlichen notwendigen Dualismus der Natur bildet. Sollte nun auch besagter Prometheusfunken nebenher die Fackel des Ehegottes anstecken wie ein tüchtiges hellbrennendes Wirtschaftslicht, bei dem es sich gut lesen, schreiben, stricken, nähen läßt, sollte auch eine fröhliche Nachkommenschaft sich ebensogut die Mäulchen gelegentlich mit Kirschmus beschmieren als jede andere, so ist das hienieden nun einmal nicht anders. Überdem nimmt sich eine solche himmlische Liebe als erhabene Poesie sehr gut aus, und als das Beste darf in der Tat gerühmt werden, daß diese Liebe kein leeres Hirngespinst, sondern daß wirklich etwas daran ist, wie viele Leute bezeugen können, denen es mit dieser Liebe bald gut, bald schlimm ergangen. –

Der geneigte Leser hat es aber längst erraten, daß Herr Peregrinus Tyß in die kleine Dörtje sich bloß beträchtlich verliebt hatte, daß aber erst in dem Augenblick, da er Lämmerhirts Röschen, das holde liebe Engelsbild erblickte, die wahre himmlische Liebe hell aufloderte in seiner Brust.

Wenigen Dank würde aber gegenwärtiger Referent des tollsten, wunderlichsten aller Märchen einernten, wenn er, sich steif und fest an den Paradeschritt der daherstolzierenden Romanisten haltend, nicht unterlassen könnte, hier die jedem regelrechten Roman höchst nötige Langeweile sattsam zu erregen. Nämlich dadurch, daß er bei jedem Stadium, das das Liebespaar, nach gewöhnlicher Weise, zu überstehen hat, sich gemächliche Ruh' und Rast gönnte. Nein! laß uns, geliebter Leser, wie wackre, rüstige Reiter auf mutigen Rennern daherbrausend und alles, was links und rechts liegt, nicht achtend, dem Ziel entgegeneilen. – Wir sind da! – Seufzer, Liebesklagen, Schmerz, Entzücken, Seligkeit, alles einigt sich in dem Brennpunkt des Augenblicks, da das holde Röschen, das reizende Inkarnat holder Jungfräulichkeit auf den Wangen, dem überglücklichen Peregrinus Tyß gesteht, daß sie ihn liebe, ja, daß sie es gar nicht sagen könne, wie so sehr, wie so über alle Maßen sie ihn liebe, wie sie nur in ihm lebe, wie er allein ihr einziger Gedanke, ihr einziges Glück sei.

Der finstere arglistige Dämon pflegt in die hellsten Sonnenblicke des Lebens hineinzugreifen mit seinen schwarzen Krallen; ja! durch den finstern Schatten seines unheilbringenden Wesens jenen Sonnenschein zu verdunkeln ganz und gar. So geschah es, daß in Peregrinus böse Zweifel aufstiegen, ja, daß ein gar böser Argwohn sich regte in seiner Brust.

»Wie?« schien eine Stimme ihm zuzuflüstern, »wie? auch jene Dörtje Elverdink gestand dir ihre Liebe, und doch war es schnöder Eigennutz, von dem beseelt sie dich verlocken wollte, die Treue zu brechen und Verräter zu werden an dem besten Freunde, an dem armen Meister Floh?

Ich bin reich, man sagt, daß ein gewisses gutmütiges Betragen, eine gewisse Offenheit, von manchem Einfalt genannt, mir die zweideutige Gunst der Menschen und auch wohl gar der Weiber verschaffen könne; und diese, die dir nun ihre Liebe gesteht –«

Schnell griff er nach dem verhängnisvollen Geschenk des Meister Floh, er brachte das Schächtelchen hervor und war im Begriff, es zu öffnen, um sich das mikroskopische Glas in die Pupille des rechten Auges zu setzen und so Röschens Gedanken zu durchschauen.

Er blickte auf, und das reine Himmelsazur der schönsten Augen leuchtete in seine Seele hinein. Röschen, seine innere Bewegung wohl bemerkend, sah ihn ganz verwundert und beinahe besorglich an.

Da war es ihm, als durchzucke ihn ein jäher Blitz, und das vernichtende Gefühl der Verderbtheit seines Sinnes zermalmte sein ganzes Wesen.

»Wie?« sprach er zu sich selbst, »in das himmelreine Heiligtum dieses Engels willst du eindringen in sündhaftem Frevel? Gedanken willst du erspähen, die nichts gemein haben können mit dem verworfenen Treiben gemeiner, im Irdischen befangener Seelen? Verhöhnen willst du den Geist der Liebe selbst, ihn mit den verruchten Künsten bedrohlicher unheimlicher Mächte versuchend?«

Er hatte mit Hast das Schächtelchen in seine Tasche verborgen, es war ihm, als habe er eine Sünde begangen, die er nie, nie werde abbüßen können.

Ganz aufgelöst in Wehmut und Schmerz, stürzte er dem erschrockenen Röschen zu Füßen, rief, er sei ein Frevler, ein sündiger Mensch, der der Liebe eines engelreinen Wesens wie Röschen nicht wert sei, badete sich in Tränen.

Röschen, die nicht begreifen konnte, welcher finstere Geist über Peregrinus gekommen, sank zu ihm nieder, umfaßte ihn, indem sie weinend lispelte: »Um Gott, mein geliebter Peregrinus, was ist dir? was ist dir geschehen? welcher schlimme Feind stellt sich zwischen uns? o komm, o komm, setze dich ruhig zu mir nieder!«

Peregrinus ließ sich schweigend, keiner willkürlichen Bewegung fähig, von Röschen sanft in die Höhe ziehen.

Es war gut, daß das alte, etwas zerbrechliche Kanapee wie gewöhnlich mit broschierten Büchern, fertigen Einbänden und einem nicht geringen Vorrat von allerlei Buchbinderutensilien bepackt war; so daß Röschen manches wegräumen mußte, um Platz für sich und den zerknirschten Herrn Peregrinus Tyß zu gewinnen. Er bekam dadurch Zeit, sich zu erholen, und sein großer Schmerz, seine herzzerreißende Wehmut löste sich auf in das mildere Gefühl verübter, jedoch wohl zu sühnender Unbill.

War er zuvor, was seine Gesichtszüge betrifft, dem trostlosen Sünder zu vergleichen, über den das Verdammungsurteil unwiderruflich ausgesprochen, so sah er jetzt nur noch ein wenig einfältig aus. Solches Aussehen ist aber bei derlei Umständen jedesmal ein gutes Prognostikon.

Als nun beide, Röschen und Herr Peregrinus Tyß, zusammen auf besagtem gebrechlichem Kanapee des ehrsamen Buchbindermeisters Lämmerhirt saßen, begann Röschen mit niedergeschlagenen Augen und halb beschämtem Lächeln: »Ich mag wohl erraten, mein Geliebter, was dein Gemüt so plötzlich bestürmt. Gestehen will ich es dir, man hat mir allerlei Wunderliches von den seltsamen Bewohnern deines Hauses erzählt. Die Nachbarinnen, – nun du weißt, wie Nachbarinnen sind, die schwatzen und schwatzen gar gern und wissen oft nicht selbst einmal, was; – ja, diese bösen Nachbarinnen haben mir erzählt, in deinem Hause sei ein gar wunderbares Frauenzimmer, die manche gar für eine Prinzessin hielten, und die du selbst in der Christnacht in dein Haus getragen. Der alte Herr Swammer habe sie freilich als seine entflohene Nichte bei sich aufgenommen, aber die Person stelle dir nach mit seltsamen Verlockungen. Doch das ist beileibe noch nicht das Schlimmste; denke dir, mein geliebter Peregrinus, die alte Muhme geradeüber – du kennst sie wohl, die alte Frau mit der spitzen Nase, die so freundlich hinübergrüßt, wenn sie dich sieht, und von der du einmal sagtest, als du sie sonntags in ihrem bunten stoffenen Ehrenkleide nach der Kirche ziehen sahst – ich muß noch lachen, wenn ich daran denke – es wolle dich gemahnen, als wandle ein Feuerlilienstrauch über die Straße, diese mißtrauische Muhme hat mir allerlei Böses in den Kopf setzen wollen.

So freundlich sie dich auch grüßt, so hat sie mich doch stets vor dir gewarnt und nichts Geringeres behauptet, als daß in deinem Hause Satanskünste getrieben würden und daß die kleine Dörtje gar nichts anderes sei als ein kleines verkapptes Teufelchen, welches, um dich zu verlocken, in Menschengestalt umherwandle, und zwar in gar anmutiger und verführerischer.

Peregrinus! mein holder, geliebter Peregrinus, sieh mir ins Auge, du wirst keine Spur des leisesten Argwohns finden, ich habe dein reines Gemüt erkannt, niemals hat dein Wort, dein Blick nur einen verfinsternden Hauch auf den hellen klaren Spiegel meiner Seele geworfen.

Ich vertraue dir, ich vertraue dem Gedanken der Seligkeit, die über uns kommen wird, wann ein festes Band uns verknüpft, und die mir süße Träume voll Liebe und Sehnsucht verkündet! Peregrinus! mögen auch finstre Geister über dich beschlossen haben, was sie wollen, ihre Macht scheitert, gebrochen an deinem frommen Wesen, das fest und stark ist in Liebe und unwandelbarer Treue.

Was soll, was kann eine Liebe verstören wie die unsrige; verbanne jeden Zweifel, unsre Liebe ist der Talisman, vor dem die mächtigen Gestalten fliehen.« –

Dem Peregrinus kam Röschen in diesem Augenblick vor wie ein höheres Wesen, jedes ihrer Worte wie Trost des Himmels. Ein unbeschreiblich Gefühl der reinsten Wonne durchströmte sein Innres wie milder süßer Frühlingshauch. Er war nicht mehr der Sünder, der vermeßne Frevler, für den er sich gehalten, er glaubte mit Entzücken zu erkennen, daß er wert sei der Liebe der holdesten, engelreinsten Jungfrau.

Der Buchbindermeister Lämmerhirt kehrte mit seiner Familie von einem Spaziergange zurück.

Dem Peregrinus sowie dem süßen Röschen strömte das Herz über, und Herr Peregrinus verließ beim Einbruch der Nacht die enge Wohnung des himmelhoch erfreuten Buchbinders und seiner guten Alten, die vor lauter Wonne und Freude ein wenig mehr schluchzten als gerade nötig, als glücklicher, seliger Bräutigam.

Alle glaubwürdige und sehr authentische Notizen, aus denen diese wundersame Geschichte entnommen, stimmen darin überein, und der hundertjährige Kalender bestätigte es, daß gerade in der Nacht, da Herr Peregrinus Tyß als glücklicher Bräutigam nach Hause kam, der Vollmond sehr hell und freundlich schien, so daß der ganze Roßmarkt sich in seinem Silberglanz gar anmutig geputzt hatte. Natürlich scheint es, daß Herr Peregrinus Tyß, statt die Ruhe zu suchen, sich ins offene Fenster legte, um, wie es Liebenden ziemlich ist und wohl ansteht, in den Mond guckend, noch ein wenig den Gedanken an seine holde Geliebte nachzuhängen.

Mag es nun aber auch bei dem geneigten Leser, vorzüglich aber bei den geneigten Leserinnen dem Herrn Peregrinus Tyß zum offenbaren Nachteil gereichen, der Wahrheit muß ihr Recht geschehen, und es darf nicht verschwiegen bleiben, daß Herr Peregrinus, trotz seiner Seligkeit, zweimal so übermäßig und so laut gähnte, daß ein etwas angetrunkener Markthelfer, der gerade über die Straße taumelte, ihm laut zurief: »Na! er

da oben mit der weißen Nachtmütze, freß' er mich nur nicht auf!« Dies war nun die genügende Ursache, warum Herr Peregrinus Tyß ganz unwillig das Fenster zuwarf, so daß die Scheiben klirrten. Man will sogar behaupten, daß er währnend dieses Akts laut genug gerufen: »Grober Schlingel!!« Doch kann dies durchaus nicht verbürgt werden; da solches mit seiner sanften Gemütsart und Seelenstimmung ganz unverträglich scheint. Genug! Herr Peregrinus Tyß warf das Fenster zu und begab sich zur Ruhe. Das Bedürfnis des Schlafes schien indessen durch jenes unmäßige Gähnen beseitigt zu sein. Gedanken und Gedanken durchkreuzten sein Gehirn, und vorzüglich lebhaft trat ihm die überstandene Gefahr vor Augen, da eine finstere Macht ihn zu einem versuchten Gebrauch des mikroskopischen Glases verlocken wollen; doch nun erst ging es ihm auch deutlich auf, daß Meister Flohs verhängnisvolles Geschenk, habe er es selbst auch gut damit gemeint, doch in jedem Betracht ein Geschenk sei, das der Hölle angehöre.

»Wie?« sprach er zu sich selbst, »ein Mensch, der die geheimsten Gedanken seiner Brüder erforscht, bringt über den diese verhängnisvolle Gabe nicht jenes entsetzliche Verhängnis, welches den ewigen Juden traf, der durch das bunteste Gewühl der Welt ohne Freude, ohne Hoffnung, ohne Schmerz, in dumpfer Gleichgültigkeit, die das Caput mortuum der Verzweiflung ist, wie durch eine unwirtbare trostlose Einöde wandelte?

Immer aufs neue hoffend, immer aufs neue vertrauend und immer wieder bitter getäuscht, wie kann es anders möglich sein, als daß Mißtrauen, böser Argwohn, Haß, Rachsucht der Seele sich festnisten und jede Spur des wahrhaft menschlichen Prinzips, das sich ausspricht in mildem Vertrauen, in frommer Gutmütigkeit, wegzehren muß? Nein! dein freundliches Gesicht, deine glatten Worte sollen mich nicht täuschen, du in dessen tiefem Innern vielleicht unverdienter Haß gegen mich verborgen; ich will dich für meinen Freund halten, ich will dir Gutes erzeigen, wie ich nur kann, ich will dir meine Seele erschließen, weil es mir wohltut, und das bittre Gefühl des Augenblicks, wenn du mich enttäuschest, ist geringzuachten gegen die Freuden eines schönen vergangenen Traumes. Und selbst die wahrhaften Freunde, die es wirklich gut meinen – wie wandelbar ist des Menschen Gemüt! – Kann nicht selbst ein böses Zusammentreffen widerwärtiger Umstände, eine Mißstimmung, von der Unbill des launischen Zufalls erzeugt, in der Seele dieser Freunde einen vorübergehenden feindseligen Gedanken hervorbringen? Und diesen Gedanken – erfaßt das unglückselige Glas, finsteres Mißtrauen erfüllt das Gemüt, und im ungerechtesten Zorn, in wahnsinniger Betörtheit stoß' ich auch den wahren Freund von der Brust,

und immer tiefer und tiefer bis in die Wurzel des Lebens frißt das tötende Gift des bösen Grolls, der mich mit allem Sein
180 hienieden entzweit, mich mir selbst entfremdet.

Nein! Frevel, ruchloser Frevel ist es, sich wie jener gefallene Engel des Lichts, der die Sünde über die Welt brachte, gleichstellen zu wollen der ewigen Macht, die das Innere des Menschen durchschaut, weil sie es beherrscht. Fort, fort mit der unseligen Gabe!«

Herr Peregrinus Tyß hatte das kleine Schächtelchen, worin das mikroskopische Glas befindlich, ergriffen und war im Begriff, es mit aller Gewalt gegen die Stubendecke zu schleudern.

Plötzlich saß Meister Floh in seiner mikroskopischen Gestalt, gar hübsch und anmutig anzuschauen, mit gleißendem Schuppenpanzer und den schönsten polierten goldenen Stiefeln dicht vor dem Herrn Peregrinus Tyß auf der Bettdecke. »Halt!« rief er, »halt, Verehrtester! beginnt kein unnützes Zeug! Eher würdet Ihr ein Sonnenstäubchen vernichten, als dieses kleine unvertilgbare Glas auch nur einen Fuß breit fortschaffen, solange ich in der Nähe bin. Übrigens hatte ich mich, ohne daß Ihr es merktet, schon beim ehrlichen Buchbindermeister Lämmerhirt, wie gewöhnlich, in die Falte Eurer Halsbinde versteckt und war daher Zeuge alles dessen, was sich begeben. Ebenso habe ich Euer jetziges erbauliches Selbstgespräch mit angehört und manche Lehre daraus gezogen.

Zuvörderst habt Ihr jetzt erst Euer von der wahrhaften Liebe rein beseeltes Gemüt in der glänzendsten Glorie wie einen mächtigen Strahl aus Euerm Innern hervorblitzen lassen, so daß, wie ich glaube, der höchst entscheidende Moment sich naht.

Dann habe ich auch eingesehen, daß, in Rücksicht des mikroskopischen Glases, ich in großem Irrtum befangen war. Glaubt es mir, verehrtester, geprüftester Freund, ohnerachtet ich nicht das Vergnügen habe, ein Mensch zu sein wie ihr, sondern nur ein Floh, wiewohl kein simpler, sondern ein graduierter, meiner glorreichen Meisterschaft halber, so verstehe ich mich dennoch sehr gut auf das menschliche Gemüt und auf das Tun und Treiben der Menschen, unter denen ich ja beständig hausiere. Manches Mal kommt mir dies Treiben sehr possierlich, beinahe albern vor; nehmt das nicht übel, Verehrtester, ich sage das nur als Meister Floh. Ihr habt recht, mein Freund, es wäre ein garstiges Ding und könnte unmöglich zu Gutem führen, wenn ein Mensch dem andern so mir nichts, dir nichts durch das Gehirn schaute; dem unbefangenen heitern Floh ist indessen diese Gabe des mikroskopischen Glases durchaus nicht im mindesten bedrohlich.

Ihr wißt es, verehrtester und bald, will es das Geschick, glückseligster Herr Peregrinus, meine Nation ist leichten, ja leichtfertigen, mutigen Sinnes, und man könnte sagen, sie bestehe aus lauter jugendlich kecken Springinsfelden. Dabei kann ich meinesteils mich aber einer gar besondern Lebensklugheit berühmen, die euch weisen Menschenkindern gemeinhin abzugehen pflegt. Das heißt, ich habe nie etwas getan im unschicklichen Moment. Stechen ist nun einmal das Hauptbedingnis meines Seins; aber stets habe ich zu rechter Zeit und an rechter Stelle gestochen. Laßt Euch das zu Herzen gehen, ehrlicher treuer Freund!

Ich empfange nun das Euch zugedachte Geschenk, welches weder das Präparat von Menschen, Swammerdamm genannt, noch der sich selbst in kleinlicher Mißgunst verzehrende Leuwenhoek besitzen konnte, aus Euren Händen zurück und werde es getreu bewahren. Jetzt, mein verehrtester Herr Tyß, überlaßt Euch dem Schlummer. Bald werdet Ihr in ein träumerisches Delirium verfallen, in welchem der große Moment sich kundtut. Zu rechter Zeit bin ich wieder bei Euch.«

Meister Floh verschwand, und der Glanz, den er verbreitet, verlöschte in der tiefen finstren Nacht des Zimmers, dessen Vorhänge fest zugezogen.

Es geschah, wie Meister Floh gesagt hatte.

Herr Peregrinus Tyß wähnte bald, er liege an dem Ufer eines rauschenden Waldbachs und vernehme das Säuseln des Windes, das Flüstern der Gebüsche, das Sumsen von tausend

Insekten, die ihn umschwirrten. Dann war es, als würden seltsame Stimmen vernehmbar und deutlicher und immer deutlicher, so daß Peregrinus zuletzt Worte zu verstehen glaubte.

Doch nur ein verwirrtes sinnbetörendes Geschwätz drang in sein Ohr.

Endlich begann eine dumpfe feierliche Stimme, die jedoch immer heller und heller erklang, folgende Worte:

»Unglücklicher König Sekakis, der du das Verständnis der Natur verschmähtest, der du, verblendet von dem bösen Zauber des arglistigen Dämons, den falschen Teraphim erschautest statt des wahrhaften Geistes.

An jenem verhängnisvollen Orte, auf Famagusta, in tiefem Schacht der Erde verborgen, lag der Talisman, doch da du dich selbst vernichtet, gab es kein Prinzip, seine erstarrte Kraft zu entzünden. Vergebens opfertest du deine Tochter, die schöne Gamaheh, vergebens war die Liebesverzweiflung der Distel Zeherit; doch auch ohnmächtig und wirkungslos blieb der Blutdurst des Egelprinzen. Gezwungen wurde selbst der tölpische Genius Thetel, die süße Beute fahrenzulassen; denn so mächtig war noch, o König Sekakis, dein halberloschener Gedanke, daß du die Verlorne wiedergeben konntest dem Urelement, dem sie entsprossen.

Wahnsinnige Detailhändler der Natur, daß euch die Arme in die Hände fallen mußte, da ihr sie in dem Blumenstaub jener verhängnisvollen Harlemer Tulpe entdecktet! Daß ihr sie quälen mußtet mit euren abscheulichen Versuchen, in kindischem Übermut wähnend, ihr vermöchtet durch eure schnöden Künste das zu bewirken, was nur durch die Kraft jenes schlummernden Talismans geschehen kann!

Und auch dir, Meister Floh, mocht' es nicht vergönnt sein, das Geheimnis zu durchschauen, da deinem klaren Blick doch nicht die Kraft innewohnte, einzudringen in die Tiefe der Erde und den erstarrten Karfunkel zu erspähen.

Die Gestirne zogen daher, durchkreuzten sich auf ihrer Bahn in wunderbaren Schwingungen, und furchtbare Konstellationen erzeugten das Staunenswerte, das dem blöden Auge des Menschen Unerforschliche. Doch kein siderischer Konflikt weckte den Karfunkel; denn nicht geboren wurde das menschliche Gemüt, das den Karfunkel hegen und pflegen müßte, damit er in der Erkenntnis des Höchsten in der menschlichen Natur erwache zu freudigem Leben – doch endlich! –

Das Wunder ist erfüllt, der Augenblick ist gekommen.« –

Ein heller flackernder Schein fuhr bei Peregrinus' Augen vorüber. Er erwachte halb aus der Betäubung und – gewahrte zu seinem nicht geringen Erstaunen den Meister Floh, der in seiner mikroskopischen Gestalt, jedoch in den schönsten faltenreichen Talar gehüllt, eine hochauflodernde Fackel in den Vorderpfötchen haltend, emsig und geschäftig in dem Zimmer auf und nieder hüpfte und dabei feine gellende Töne ausstieß.

Herr Peregrinus wollte sich ganz aus dem Schlafe ermuntern; doch plötzlich zuckten tausend feurige Blitze durch das Gemach, das bald von einem einzigen glühenden Feuerballe erfüllt schien.

Da durchzog aber ein milder aromatischer Duft das wilde Feuer, das bald wegloderte und zum sanften Mondesschimmer wurde.

Peregrinus fand sich wieder, auf einem prächtigen Throne stehend, in den reichen Gewändern eines indischen Königs, das funkelnde Diadem auf dem Haupte, die bedeutungsvolle Lotosblume statt des Szepters in der Hand. Der Thron stand in einem unabsehbaren Saal errichtet, dessen tausend Säulen schlanke, himmelhohe Zedern waren.

Dazwischen erhoben aus dunklem Gesträuch die schönsten Rosen sowie wundervolle süßduftende Blumen jeder Art ihre Häupter empor, wie in dürstender Sehnsucht nach dem reinen Azur, das, durch die verschlungenen Zweige der Zedern glänzend, wie mit liebenden Augen hinabblickte.

Peregrinus erkannte sich selbst, er fühlte, daß der zum Leben entzündete Karfunkel glühe in seiner eigenen Brust. Im fernsten Hintergrunde bemühte sich der Genius Thetel, in die Lüfte zu steigen, doch erreichte er nicht die halbe Höhe der Zedernstämme, sondern plumpte schmachvoll zur Erde nieder.

Hier kroch aber der garstige Egelprinz in widerwärtigen Krümmungen hin und her und suchte sich auf ekelhafte Weise bald dick aufzublasen, bald sich lang zu ziehen, und dabei stöhnte er: »Gamaheh – doch mein!«

In der Mitte des Saals saßen auf kolossalen Mikroskopen Leuwenhoek und Swammerdamm und schnitten gar klägliche, jämmerliche Gesichter, indem sie sich vorwurfsvoll wechselweise zuriefen: »Seht Ihr, das war der Punkt im Horoskop, dessen Bedeutung Ihr nicht herausbringen konntet. Auf ewig ist uns der Talisman verloren!«

Dicht an den Stufen des Thrones schienen aber Dörtje Elverdink und George Pepusch nicht sowohl zu schlummern als in tiefe Ohnmacht versunken.

Peregrinus oder – wir können ihn jetzt allenfalls so nennen – König Sekakis schlug den Königsmantel, dessen Falten seine Brust bedeckten, zurück, und aus seinem Innern schoß der Karfunkel, wie Himmelsfeuer blendende Strahlen durch den weiten Saal.

Mit einem dumpfen Geächze zerstäubte der Genius Thetel, indem er sich eben aufs neue in die Höhe schwingen wollte, in unzählige farblose Flocken, die, wie vom Sturme gejagt, sich im Gebüsche verloren.

Mit dem entsetzlichen Tone des herzzerschneidendsten Jammers krümmte sich der Egelprinz zusammen, verschwand in der Erde, und man vernahm ein unwilliges Brausen, als nehme sie den häßlichen unwillkommenen Flüchtling nur ungern auf in ihren Schoß. Leuwenhoek und Swammerdamm waren von den Mikroskopen herab in sich selbst zusammengesunken, und man vernahm aus ihrem angstvollen Stöhnen und Ächzen, aus ihren bangen Todesseufzern, daß eine harte Qual sie erfaßt.

Aber Dörtje Elverdink und George Pepusch, oder wie sie hier besser zu benennen, die Prinzessin Gamaheh und die Distel Zeherit, waren aus ihrer Ohnmacht erwacht und hingekniet vor dem Könige, zu dem sie in sehnsüchtigen Seufzern zu flehen schienen. Doch senkten sie den Blick zur Erde, als vermöchten sie nicht den Glanz des strahlenden Karfunkels zu ertragen.

Sehr feierlich sprach nun Peregrinus:

»Aus schnödem Ton und den Federflocken, die ein einfältiger, schwerfälliger Strauß verloren, hatte dich der böse Dämon zusammengeknetet, dich, der du die Menschen täuschen solltest als Genius Thetel; deshalb vernichtete dich der Strahl der Liebe, dich leeres, wirres Phantom, und du mußtest zerstäuben in das gehaltlose Nichts.

Und auch du, blutdürstiges Ungetüm der Nacht, verhaßter Egelprinz, mußtest vor dem Strahl des glühenden Karfunkels entfliehen in den Schoß der Erde.

Aber ihr arme Betörte, unglücklicher Swammerdamm, beklagenswerter Leuwenhoek, euer ganzes Leben war ein unaufhörlicher ununterbrochener Irrtum. Ihr trachtetet die Natur zu erforschen, ohne die Bedeutung ihres innersten Wesens zu ahnen.

Ihr wagtet es, einzudringen in ihre Werkstatt und ihre geheimnisvolle Arbeit belauschen zu wollen, wähnend, daß es euch gelingen werde, ungestraft die furchtbaren Geheimnisse jener Untiefen, die dem menschlichen Auge unerforschlich, zu erschauen. Euer Herz blieb tot und starr, niemals hat die wahrhafte Liebe euer Wesen entzündet, niemals haben die Blumen, die bunten leichtgeflügelten Insekten zu euch gesprochen mit süßen Worten. Ihr glaubtet die hohen heiligen Wunder der Natur in frommer Bewunderung und Andacht anzuschauen, aber indem ihr in freveligem Beginnen die Bedingnisse jener Wunder bis in den innersten Keim zu erforschen euch abmühtet, vernichtetet ihr selbst jene Andacht, und die Erkenntnis, nach der ihr strebtet, war nur ein Phantom, von dem ihr getäuscht wurdet, wie neugierige, vorwitzige Kinder.

Toren! Euch gibt der Strahl des Karfunkels keinen Trost, keine Hoffnung mehr.«

»Ha, ha! noch ist wohl Trost, noch ist wohl Hoffnung, die Alte begibt sich zu den Alten, das ist 'ne Liebe, das ist 'ne

Treue, das ist 'ne Zärtlichkeit. Und die Alte ist nun wirklich eine Königin und führt ihr Swammerdämmchen, ihr Leuwenhoekchen in ihr Reich, und da sind sie schöne Prinzen und zupfen Silberfaden und Goldfaden und Seidenflickchen aus und verrichten andere gescheite und sehr nützliche Dinge.«

So sprach die alte Aline, die plötzlich in wunderlichen Kleidern angetan, welche beinahe dem Anzuge der Königin von Golkonda in der Oper glichen, zwischen beiden Mikroskopisten stand. Diese waren aber auf solche Weise zusammengeschrumpft, daß sie kaum noch eine Spanne hoch zu sein schienen. Die Königin von Golkonda nahm die Kleinen, welche merklich ächzten und stöhnten, an ihre Brust und liebkoste und hätschelte sie wie kleine Bübchen, indem sie ihnen mit tändelnden Worten freundlich zusprach. Darauf legte die Königin von Golkonda ihre niedlichen Püppchen in zwei kleine sehr zierlich aus dem schönsten Elfenbein geschnitzte Wiegen und wiegte sie, indem sie dabei sang:

»Schlaf, mein Kindchen, schlaf,
Im Garten gehn zwei Schaf'.
Ein schwarzes und ein weißes« usw.

Während dies geschah, knieten die Prinzessin Gamaheh und die Distel Zeherit noch immer auf den Stufen des Throns.

Da sprach Peregrinus: »Nein! Verstorben ist der Irrtum, der dein Leben verstörte, du geliebtes Paar. Kommt an meine Brust, Geliebte! Der Strahl des Karfunkels wird euer Herz durchdringen, und ihr werdet die Seligkeit des Himmels genießen.« Mit einem Laut freudiger Hoffnung erhoben sich beide, die Prinzessin Gamaheh und die Distel Zeherit, und Peregrinus drückte sie fest an sein flammendes Herz.

So wie er sie ließ, fielen sie sich in hohem Entzücken in die Arme; – verschwunden war die Leichenblässe von ihrem Antlitz, und frisches jungendliches Leben blühte auf ihren Wangen, leuchtete aus ihren Augen.

Meister Floh, der so lange wie ein zierlicher Trabant an der Seite des Thrones gestanden, nahm plötzlich seine natürliche Gestalt an und sprang, indem er laut gellend rief: »Alte Liebe rostet nicht!« mit einem tüchtigen Satz hinein in Dörtjes Nacken.

Doch, o Wunder, in demselben Augenblick lag auch Röschen, in hoher unbeschreiblicher Anmut holder Jungfräulichkeit prangend, überstrahlt von dem Glanz der reinsten Liebe, wie ein Cherub des Himmels, an Peregrinus' Busen. Da rauschten die Zweige der Zedern, und höher und freudiger erhoben die Blumen ihre Häupter und gleitende Paradiesvögel schwangen sich durch den Saal, und süße Melodien strömten aus den dunklen Büschen, und wie aus weiter Ferne hallte jauchzender Jubel, und ein tausendstimmiger Hymnus der überschwenglichsten Lust erfüllte die Lüfte, und in der heiligen Weihe der Liebe regten sich die höchsten Wonnen des Lebens und sprühten und loderten empor, reines Ätherfeuer des Himmels! –

Herr Peregrinus Tyß hatte in der Nähe der Stadt ein gar schönes Landhaus gekauft, und hier sollte an einem Tage seine sowie die Hochzeit seines Freundes George Pepusch mit der kleinen Dörtje Elverdink gefeiert werden.

Der geneigte Leser erläßt es mir wohl, den Hochzeitsschmaus zu beschreiben, sowie genau zu sagen, wie sich übrigens alles an dem festlichen Tage begeben.

Gern überlasse ich es auch den schönen Leserinnen, den Anzug der beiden Bräute so zu ordnen, wie das Bild davon ihrer Fantasie gerade vorschwebt. Zu bemerken ist nur, daß Peregrinus und sein holdes Röschen, die heitre kindliche Unbefangenheit selbst, George und Dörtje dagegen tief in sich gekehrt waren und, Blick in Blick gesenkt, nur sich zu schauen, zu fühlen, zu denken schienen.

Es war Mitternacht, als plötzlich der balsamische Geruch der großblumigen Fackeldistel den ganzen weiten Garten, das ganze Landhaus durchdrang.

Peregrinus erwachte aus dem Schlaf, er glaubte tief klagende Melodien einer hoffnungslosen Sehnsucht zu vernehmen, und ein seltsames ahnendes Gefühl bemeisterte sich seiner.

Es war ihm, als reiße sich ein Freund gewaltsam von seinem Busen.

Am andern Morgen wurde das zweite Brautpaar, nämlich George Pepusch und Dörtje Elverdink, vermißt, und man erstaunte nicht wenig, als man wahrnahm, daß sie das Brautgemach gar nicht betreten.

Der Gärtner kam in diesem Augenblick ganz außer sich herbei und rief, er wisse gar nicht, was er davon denken solle, aber ein seltsames Wunder sei im Garten aufgegangen.

Die ganze Nacht habe er vom blühenden Cactus grandiflorus geträumt und nun erst die Ursache davon erfahren. Man solle nur kommen und schauen.

Peregrinus und Röschen gingen herab in den Garten. In der Mitte eines schönen Bosketts war eine hohe Fackeldistel emporgeschossen, die ihre im Morgenstrahl verwelkte Blüte hinabsenkte, und um diese Blüte schlang sich liebend eine lila- und gelbgestreifte Tulpe, die auch den Pflanzentod gestorben. –

»O meine Ahnung«, rief Peregrinus, indem ihm die Stimme vor tiefer Wehmut bebte, »o meine Ahnung, sie hat mich nicht getäuscht! Der Strahl des Karfunkels, der mich zum höchsten Leben entzündete, gab dir den Tod, du durch seltsame Verschlingungen eines geheimnisvollen Zwiespalts dunkler Mächte verbundenes Paar.

Das Mysterium ist erschlossen, der höchste Augenblick alles erfüllten Sehnens war auch der Augenblick deines Todes.«

Auch Röschen schien die Bedeutung des Wunders zu ahnen, sie bückte sich zu der armen gestorbenen Tulpe herab und vergoß häufige Tränen.

»Ihr habt ganz recht«, sprach Meister Floh (der plötzlich in seiner anmutigen mikroskopischen Gestalt auf der Fackeldistel saß), »ja, Ihr habt ganz recht, wertester Herr Peregrinus; es verhält sich alles so, wie Ihr da eben gesprochen habt, und ich verlor nun meine Geliebte auf immer.«

Röschen hatte sich beinahe über das kleine Ungetüm entsetzt, da Meister Floh sie aber mit solchen klugen freundlichen Augen anblickte und Herr Peregrinus so vertraulich mit ihm tat, so faßte sie ein Herz, schaute ihm dreist ins kleine niedliche Antlitz und gewann um so mehr Zutrauen zu der kleinen sonderbaren Kreatur, als Peregrinus ihr zuflüsterte: »Das ist mein guter lieber Meister Floh«.

»Mein bester Peregrinus«, sprach nun Meister Floh sehr zärtlich, »meine holde liebe Frau, ich muß euch nun verlassen und zurückkehren zu meinem Volk, doch werde ich euch treu und freundlich gewogen bleiben immerdar, und ihr sollt meine Gegenwart auf euch ergötzliche Weise verspüren. Lebt wohl, lebt beide herzlich wohl! Alles Glück mit euch!«

Meister Floh hatte während dieser Zeit seine natürliche Gestalt angenommen und war spurlos verschwunden. –

Wirklich soll sich auch Meister Floh in der Familie des Herrn Peregrinus Tyß stets als ein guter Hausgeist bewiesen haben und vorzüglich tätig gewesen sein, als nach Jahresfrist ein kleiner Peregrinus das holde Paar erfreute. Da hat Meister Floh am Bette der holden Frau gesessen und der Wärterin in die Nase gestochen, wenn sie eingeschlafen, ist in die mißratene Krankensuppe hinein- und wieder herausgesprungen usw.

Gar hübsch war es aber von dem Meister Floh, daß er der Tyßischen Nachkommenschaft am Christtage es nie an den zierlichsten, von den geschicktesten Künstlern seines Volks ausgearbeiteten Spielsächelchen fehlen ließ, so aber den Herrn Peregrinus Tyß auf gar angenehme Weise an jene verhängnisvolle Weihnachtsbescherung erinnerte, die gleichsam das Nest der wunderbarsten, tollsten Ereignisse zu nennen.

Hier brachen plötzlich alle weiteren Notizen ab, und die wundersame Geschichte von dem Meister Floh nimmt ein fröhliches und erwünschtes

ENDE

Die Illustrationen von Otto Nückel-Aibling
wurden der »Meister Floh«-Ausgabe im G. Hirth's Verlag München
von 1922 entnommen

Gestaltung *Ulrike Seyfart und Bernhard Strasser*
Layout und Satz *Dana Seliger*
Herstellung *atelier eilenberger*

Satz aus der Adobe Caslon Pro
Gedruckt und gebunden in der *Offizin Andersen Nexö, Zwenkau*
Printed in Germany

ISBN 978-3-86730-094-0

Von dieser Ausgabe
erscheint eine auf 200 Exemplare
limitierte Vorzugsausgabe
in Halbleder und Schmuckschuber
ISBN 978-3-86730-095-7

Dieses und weitere schöne Bücher
finden Sie im Internet unter

www.faberundfaber.de

William M. Thackeray
Das Snobbuch

Mit 70 zweifarbigen
Illustrationen
von Hans Ticha
Leinenband mit Schutzumschlag
EUR 24,90 / sFr 44,90
ISBN 978-3-86730-027-8
Vorzugsausgabe
Halblederband im Schmuckschuber
EUR 55,– / sFr 98,50
ISBN 978-3-86730-028-5

Heinrich Heine
Buch der Lieder

Mit 53 erstmals veröffentlichten
Illustrationen von Hans Meid
Leinenband mit Schutzumschlag
EUR 24,– / sFr 44,–
ISBN 978-3-86730-061-2
Vorzugsausgabe
Halblederband im Schmuckschuber
EUR 55,– / sFr 98,50
ISBN 978-3-86730-062-9

Maxim Gorki
Das blaue Leben
und andere Erzählungen

Mit 30 Illustrationen von
Karl-Georg Hirsch
Leinenband mit SU
EUR 24,– / sFr 44,–
ISBN 978-3-86730-076-6
Vorzugsausgabe
Halblederband im Schmuckschuber
EUR 55,– / sFr 98,50
ISBN 978-3-86730-077-3